# 악마의 눈이 보여 주는 것

문학, 진문하게 함께 읽기

홍종락

비아
토르
niator

# 목차

# 생계형 독서와
# 취미형 독서의 만남

단행본 번역을 업으로 삼아 생계를 꾸리고 있지만 책을 읽을 시간은 여전히 늘 아쉽다. 이 말이 좀 이상하게 들릴 수도 있다. 하루 대부분의 시간을 맡은 책을 읽고 번역하는 작업과 관련된 일에 보내는 번역가가 책 읽을 시간이 아쉽다니. 번역가의 독서는 번역을 위한 '생계형 독서'와 그와 무관한 '취미형 독서'로 나뉘기 때문이다. 학자들도 그렇다고 들었다. 논문을 쓰고 경력을 쌓기 위해 읽어야 하는 책이 있고, 재미로, 취미로 읽는 책이 있다고.

내가 발붙이고 일하는 기독교 출판계에서 문학은 관심을

악마의 눈이 보여 주는 것

6

잘 얻지 못하는 영역이다. 그나마 나는 문학에 사명감을 갖고 꾸준히 내놓았던 어느 출판사 덕분에 몇 권의 소설을 번역할 수 있었고 영문학자 C. S. 루이스의 책이나 그와 관련된 책들을 번역할 기회가 있긴 했지만, 오랫동안 문학 읽기는 내게 대체로 '취미형 독서'에 해당했다.

그런데 몇 년 전 서양 고전을 100권 가까이 소개하는 책 《고전》(홍성사)의 번역을 맡으면서 상황이 사뭇 달라졌다. 넉넉하게 시간적 여유를 잡고 번역을 맡았던 터라, 거기 소개되는 책을 꽤 읽을 수 있었다. 그중에 문학이 많았기 때문에 1년이 넘도록 '일을 준비하는 차원에서' 서양 고전문학 수십 권을 느긋한 마음으로 읽었다. 그리고 블로그에 감상문을 남기고 번역을 하는 과정에서 생계형 독서와 취미형 독서의 융합(덕업일치!)이 이루어지기 시작했다.

《고전》의 번역을 마치고 거기 소개된 책 중 10권으로 독서 모임을 가졌다. 모임 준비를 생각하며 책을 꼼꼼히 다시 읽고 매회 짧은 강연을 준비하고 질문지를 만드는 과정과 독서 모임에서 함께 읽으며 나눈 대화들은 독서의 즐거움과 책에 대한 이해를 크게 높여 주었다. 그리고 그 과정에서 배운 내용과 문학작품 속 장면들과 등장인물들은 그때 쓰고 있던 다른 글들의 막힌 부분들을 뚫어 주는 송곳이자 따로 노는 부분들을 연결해 주는 귀한 실의 역할을 몇 번이나 해 주었다.

무엇보다, 내가 읽은 문학작품들을 매달 본격적으로 다루는 글을 기윤실 웹진 〈좋은나무〉에 일부 게재할 기회를 얻게 된 것은 행운이었다. 일관된 주제로 문학작품을 꿰어 내는 글쓰기는 다른 방식으로는 결코 얻을 수 없었을 깊은 이해와 깨달음을 안겨 주었다. 그 글쓰기는 《고전》 번역을 맡으면서 시작된 문학 읽기의 축적된 과정이 있었기에 가능했다.

이 모든 과정을 통해 몇 가지 문학 읽기의 방법을 체득했다. 수용하며 읽기, 느리게 읽기, 생각하며 읽기, 끼적이며 읽기, 다시 읽기, 함께 읽기, 독후감 쓰기다. 이 책에 실린 책들을 독자가 읽어 갈 때 염두에 두었으면 하는 독서 지침으로 조심스럽게 제시해 본다.

❶ **수용하며 읽기** 흔히들 맹목적 읽기를 경계하며 비판적 읽기를 강조하지만, 작가가 말하는 내용에 마음을 열고 귀를 기울이지 않으면 독자의 생각과 자아만 강화될 뿐이다. 수용적 읽기는 루이스가 《오독》(홍성사)에서 제시하는 독서론의 핵심 주장이기도 하다. 충실한 수용적 읽기는 충실하고 정당하고 예리한 비판을 가능하게 하는 힘이기도 하다. 나는 김은국의 《순교자》를 읽으며 이 점을 실감했다(이 책은 전작 《오리지널 에필로그》에서 다룬 바 있다).

❷ **느리게 읽기** 나는 군대에서, 밖에서라면 손대지 않았을 이런저런 책들을 잡다하게 읽을 기회가 생겼다. 시간이 있었

악마의 눈이 보여 주는 것

기 때문에 느리게 읽을 수 있었다. 말년에는 후임병들과 뜻을 모아 구입한 네 권 분량의《레미제라블》완역본을 읽으며 보냈다. 그때 전방에서 보낸 겨울은 회색빛이었던 군대 시절에서도 컬러사진처럼 소중한 기억으로 남아 있다. 그때의 기억을 떠올리며《레미제라블》을 다시 읽고 글을 쓸 수 있었던 것은 큰 기쁨이었다.

❸ 생각하며 읽기  신뢰할 수 있는 작가인데 작가의 주장이 잘 들어오지 않고 저자가 이야기를 풀어 가는 방식, 캐릭터의 특성이 다가오지 않을 경우, 거기엔 내가 모르는 무언가 담겨 있음이 분명하다. 내가 기대하는 것과 저자가 말하려는 바가 맞지 않을 수도 있다. 그렇다면 생각하고 물음을 던질 수밖에 없다. 이렇게 읽었던 대표적인 책이 도스토옙스키의《백치》였다. 이 책에 실린 결과물이 보여 주다시피,《백치》는 그런 나의 수고에 몇 갑절의 보상을 안겨 주었다.

❹ 끼적이며 읽기(포스트잇을 붙여 가며 읽기)  사실 책 좀 읽어 본 사람이라면 이건 다들 하는 이야기다. 짧은 메모 정도면 충분하다. 읽고 나서 간단한 총평을 적어 보는 것도 좋다. 이건 생각하며 읽기, 다시 읽기, 함께 읽기, 독후감 쓰기를 효율적이고 보람차게 만들어 주는 기본이 되는 작업이다.

❺ 다시 읽기  C. S. 루이스는 서너 번 이상 읽은 책에서만 유익을 얻었다고 한다. 좋은 사람은 자꾸 만나도 지루하지 않은 것처럼, 좋은 책은 다시 읽어도 늘 새롭다. 오히려 읽을 때마

다 새롭게 깨닫고, 이전에 눈에 들어오지 않던 것을 알게 되는 재미도 쏠쏠하다. 이 책을 위한 글을 쓰는 과정에서 나는 대부분의 책을 여러 번 뒤적거려야 했고, 그에 따른 수고는 큰 보람으로 돌아왔다.

❻ 함께 읽기, ❼ 독후감 쓰기는 위에서 다룬 셈이니 따로 설명하지 않겠다.

"좋은 소설은 주인공에 관한 진실을 들려주고, 나쁜 소설은 저자에 관한 진실을 들려준다." 이 책을 위한 글을 쓰면서 체스터턴(G. K. Chesterton)이 한 이 말이 뇌리에서 떠나지 않았다. 소설까지는 아니더라도, 소설에 대한 글도 마찬가지다. 내가 쓰는 글은 뭔가 중요한 진실을 말해 주는 걸까, 혹시 글 쓰는 나의 실상만, 빈속만 적나라하게 드러내는 건 아닐까. 책에 실린 글 한두 편만 읽어 봐도 이것이 문학 전문가의 글이 아니라는 사실은 금세 드러날 텐데. 어떤 분에게는 이 책에 실린 글들이 문학에서 너무 많은 것을 읽어 낸 무리한 시도로 보일 테고, 어떤 분에게는 뻔히 보이는 것도 읽어 내지 못하는 눈먼 글들로 보일 텐데 말이다.

그럼에도 씩씩하게 글을 쓰고 겁도 없이 책까지 낼 수 있었던 것은 다른 분들의 격려 덕분이었다. 독서 모임을 통해 인연을 맺은 송용원 목사님이 격려해 주셔서 지금까지 이 글을 쓸 수 있었다. 목사님은 이후로도 줄곧 글에 대해 과분하

악마의 눈이 보여 주는 것

고 열렬한 반응으로 부족한 사람을 격려해 주셨다. 비아토르 김도완 대표님은 원고를 맨 먼저 검토하게 해 달라는 거부할 수 없는 제안을 해 주셨다. 홍성사 정애주 대표님은 《고전》의 번역부터 이후 두 차례의 독서 모임까지 제안해 주셔서 본격적 문학 읽기의 판을 깔아 주셨다. 독서 모임에 함께해 주셨던 여러 참여자들에게도 감사를 전한다. 그중 한 분이었던 두부왕 님은 원고를 바탕으로 감탄이 나올 만큼 멋진 일러스트를 그려 내어 이 책의 글 하나하나에 강렬한 이미지와 선명한 포인트를 안겨 주셨다. 허구한 날 책 이야기만 하는 내 말에 귀를 기울여 주고 번번이 원고를 읽어 주고 때로는 따뜻하고 때로는 따끔하고 냉정한, 그러나 언제나 정직한 논평으로 글의 방향을 잡도록 도와준 아내에게 고마움을 전한다. 가끔 원고를 들이밀면 예리한 논평으로 논리의 빈구석과 글의 허점을 짚어 주고 가끔 원고에 삽화도 그려 준 딸도 빠뜨릴 수 없다.

이 책을 통해 24편의 문학작품을 읽으며 내가 누렸던 즐거움과 배움을 독자와 나눌 수 있어 기쁘다. 이것이 독자에게도 기쁨과 통찰로 다가가고, 더욱 깊은 읽기로 가는 나름의 디딤돌이 된다면 더없는 영광이겠다. 각 장의 말미에 실은 '함께 읽고 나누기 위한 질문'은 혼자 읽기에도 도움이 되겠지만, 독서 모임을 염두에 두고 작성한 것이니 널리 활용해 주길 바란다.

내가 읽고 참고한 번역본은 다음과 같다(이 책들이 번역되어 나오는 데 얼마나 많은 수고가 있었는지 생각하면 감사할 따름이다. 덕분에 잘 읽었습니다!)

《오셀로》, 윌리엄 셰익스피어 지음, 권오숙 옮김, 열린책들

《현명한 피》, 플래너리 오코너 지음, 허명수 옮김, IVP

《황폐한 집》, 찰스 디킨스 지음, 정태룡 옮김, 동서문화사

《허클베리 핀의 모험》, 마크 트웨인 지음, 김욱동 옮김, 민음사

《모비 딕》, 허먼 멜빌 지음, 강수정 옮김, 열린책들

《이토록 고고한 연예》, 김탁환 지음, 북스피어

《천로역정》, 존 버니언 지음, 최종훈 옮김, 포이에마

《두 도시 이야기》, 찰스 디킨스 지음, 이은정 옮김, 펭귄클래식
　　코리아

《주홍 글자》, 너새니얼 호손 지음, 김욱동 옮김, 민음사

《로드》, 코맥 매카시 지음, 정영목 옮김, 문학동네

《리어왕》, 윌리엄 셰익스피어 지음, 박우수 옮김, 열린책들

《죄와 벌》, 표도르 도스토옙스키 지음, 홍대화 역, 열린책들

《침묵》, 엔도 슈사쿠 지음, 공문혜 옮김, 홍성사

《프랑켄슈타인》, 메리 셸리 지음, 김선형 옮김, 문학동네

《우리가 얼굴을 찾을 때까지》, C. S. 루이스 지음, 강유나 옮김,
　　홍성사

《권력과 영광》, 그레이엄 그린 지음, 김연수 옮김, 열린책들

악마의 눈이 보여 주는 것

《로빈슨 크루소》, 다니엘 디포 지음, 남명성 옮김, 펭귄클래식
    코리아
《레미제라블》, 빅토르 위고 지음, 정기수 옮김, 민음사
《스크루테이프의 편지》, C. S. 루이스 지음, 김선형 옮김, 홍성사
《산둥 수용소》, 랭던 길키 지음, 이선숙 옮김, 새물결플러스
《나니아 연대기》, C. S. 루이스 지음, 햇살과나무꾼 옮김, 시공
    주니어
《백치》, 표도르 도스토옙스키 지음, 김근식 옮김, 열린책들
《길리아드》, 메릴린 로빈슨 지음, 공경희 옮김, 마로니에북스
《이선 프롬》, 이디스 워튼 지음, 손영미 옮김, 문예출판사

윌리엄 셰익스피어_《오셀로》

# 오셀로, 이아고 그리고 《커튼》

**01**

《오셀로》는 무슨 이야기인가. 물론 질투에 대한 이야기다. 고지식한 장군이 악당의 말에 넘어가 아내를 의심하고, 질투를 이기지 못해 아내를 제 손으로 목 졸라 죽이는 치정 살인극이다. 다 아는 이야기. 단순한 줄거리. 뭐가 더 있겠느냐고? 글쎄, 너무 쉽게 단정하지 마시라. 혹시 그렇게 생각하고 있다면, 당신은 아직 당신의 자리에서 당신의 눈으로 《오셀로》를 읽지 않은 것이다. 질문을 바꿔 보자.

경지에 이른 추리소설가가 《오셀로》를 읽으면 어떻게 보일까? 무엇이 눈에 들어올까? 꼭 그럴 의도가 없더라도, 추리소설가로서의 후각은 그 이야기 속에서 범죄의 냄새를 맡을 것이다. 그의 더듬이는 범죄의 동기부터 시작해서 범죄의 수법, 은폐의 시도, 범죄가 밝혀지는 과정, 가능하면 추리 기법까지 찾을 것이다. 그리고 어느새 추리소설 비평가의 눈으로, 그 작품이 추리소설이라면 어떤 부분에서 탁월하고 어떤 부분에서 부족한지 비평하게 될 것이다.

## 애거사 크리스티가 셰익스피어에게 바치는 오마주

《커튼Curtain: A Hercule Poirot's Last Case》(황금가지)이 바로 그런 작품이다. 《커튼》은 20세기 최고의 추리소설가로 이름을 날렸던 애거사 크리스티(Agatha Christie)가 추리소설가로서 《오셀로》를 읽고 셰익스피어에게 바친 오마주다. 《커튼》은 미스 마플과 더불어 애거사 크리스티가 낳은 또 하나의 명탐정 에르퀼 푸아로가 등장하는 마지막 작품. 하지만 집필 시기를 따져 보면 이 작품은 푸아로가 등장하는 마지막 작품이 아니었다. 작가가 진작 써 놓고 한참을 묵혀 둔 작품이다. 말하자면 애거사 크리스티는 《오셀로》를 읽다가 명탐정 에르퀼 푸아로의 마지막을 장식해 줄 최악의 범죄자를 구상하고 《커튼》을 써 놓고 세상에 내보낼 때를 기다렸으리라.

어떤 악당이어야 에르퀼 푸아로에게 걸맞은 악당이 될 수 있을까? 애거사 크리스티는 《오셀로》에서 그 전형이 되는 인물을 발견한다. 바로 이아고다. 《오셀로》에서는 모두 네 명이 죽는다. 데스데모나, 오셀로, 로데리고, 이아고의 아내. 그런데 범인은 두 사람이다. 로데리고와 이아고의 아내를 죽인 사람은 이아고, 데스데모나와 오셀로를 죽인 사람은 오셀로다. 하지만 애거사 크리스티는 데스데모나와 오셀로를 죽인 사람도 이아고라고 본다. 질투심을 못 이겨 아내 데스데모나를 목졸라 죽이고 결국 스스로 칼을 들어 자결한 것은 오셀로였지만, 결국 모든 살인의 진정한 원인은 뒤에서 범죄를 계획하고 사람들을 조종했던 이아고였다는 것이다. 크리스티는 더 나아가, 그로부터 완벽한 살인 기술을 포착해 낸다.

푸아로가 최후의 상대, 완전범죄자(이하 X)에 대해 하는 말을 직접 들어 보자. "자네가 꼭 알아야 할 것이 있네, 헤이스팅스. 사람들은 누구나 잠재적인 살인자라는 것. 살인을 저지를 의지까지는 아니더라도, 누구나 가끔씩 살인을 하고픈 충동을 느낀다네.…누군가를 죽이고 싶은 마음이 생길 수도 있지.…그렇지만 그런 마음을 그대로 행동으로 옮기지는 않지.…X가 사용하는 방법은 사람들에게 살인의 욕망을 암시하는 것이 아니라, 그들의 정상적인 사회적 내성을 무너뜨리는 것이라네. 오랜 연습 끝에 완성된 기술이지. X는 사람들에게 암시를 하고 그들의 취약점에 더 무거운 압력을 가하기 위해 어떤 단어와 구절, 어조를 사용해야 하는지 정확하게 알고있지! 그리고 효과를 거두었지. X는 희생자에게 전혀 의심을 받지 않고 그런 일을 할 수가 있었어.…사람들 사이의 불화

오셀로, 이아고 그리고 《커튼》

를 증폭시키는 방법이 그것이지. 최고의 기술이면서 동시에 가장 악랄한 기술이기도 하지."

## 이아고에 대하여

물론 《커튼》의 X는 이아고에게 존재하는 한 측면의 화신이다. 안전한 배후에서 보이지 않게 모든 것을 조종해 살인을 이끌어 내는 그의 면모를 극대화하고 형상화한 인물이다. 결코 법망에 걸리는 일 없고, 의심도 사지 않고, 안전하게 계속해서 범죄 자체를 즐길 수 있는 인물. 그러기 위해서는 이해관계가 얽혀 있지 않아야 하고, 사람의 목숨을 갖고 노는 일 자체를 즐겨야 한다. 말하자면 그게 순수한 취미여야 한다. 그 일 자체의 재미를 즐기는 존재여야 한다.

　푸아로는 그것을 사디스트적인 욕망과 사람의 목숨을 좌우하는 권력욕이라고 정의하며, 악당에게 그것은 일종의 마약과도 같다고 말한다. 하지만 《오셀로》의 악당 이아고는 그보다 훨씬 복잡한 인물이다. 뒤에서 조종하고 암시를 흘리지만 여차하면 직접 칼을 휘두르는 것도 마다하지 않는다. 《커튼》의 X처럼 안전한 간접 살인에서만 기쁨을 느끼는 수도사적, 금욕주의자적인 존재도 아니다. 이아고는 피와 살을 가진 사람이다. 기대했던 부관 자리를 얻지 못하자 상관인 오셀로와 부관 카시오에게 앙심을 품는다. 게다가 질투에 사로잡혀 있다. 오셀로가 자기 아내와 잠자리를 같이했다고 생각한다. 데스데모나와 오셀로의 관계를 망치려는 집요한 노력은 나름대로는 복수의 시도였던 것.

과연 그랬을까? 오셀로와 이아고의 아내가 그렇고 그런 사이였을까? 정황상 그런 것 같지는 않다. 문제는 뭐 눈에는 뭐만 보인다고, 이아고는 다들 자기와 같다고 생각했고, 자기가 모든 사람을 다 꿰뚫어 본다고 생각했다는 점이다. 그런 면에서 이아고가 데스데모나에 대해 오셀로에게 했던 말은 그의 본심이었다. "부인께서는 같은 나라, 같은 피부색, 같은 신분의 수많은 혼처를 모조리 외면했단 말씀입니다. 우리는 그런 인간들의 욕망에서 가장 부패하고 추하게 일그러진 비정상적인 생각을 읽어 낼 수 있죠."

인간이란 다 그렇고 그런 존재로, 정절입네 사랑입네 하는 그럴싸한 말은 다 헛소리라 보았다. "그녀들의 도덕관이라는 건 안 하는 게 아니라 안 들키는 거니까요." 누구도 믿지 않던 이아고. 그 또한 의심과 질투심에 사로잡혀 있었고, 인간을 향한 자신의 태도가 세상의 본질을 꿰뚫어 볼 뿐 아니라, 누구에게도 속지 않을 방어막이 되어 줄 거라 생각했다.

## 이아고에게 대처하는 법

《커튼》에서 X는 어디에 있건 사람들이 서로 죽이도록 유도할 기회를 엿본다. 그래서 그가 있는 곳에는 불화가 싹트고 살인이 벌어진다. 그의 시도가 늘 성공한 것은 아니었다. 그가 어

오셀로, 이아고 그리고 《커튼》

떻게 할 수 없는 외부적 상황(예를 들면 에르퀼 푸아로 같은!)도 있고, 그에게 영향을 받지 않는 유형의 사람(Y라 하자)도 있다. 푸아로는 이런 사람의 특징에 대해, 본인의 감정을 정확하게 인지하고, 흑백이 분명한 논리 체계를 갖추었으며, 자신의 연구에 집중하는 태도, 이렇게 세 가지로 정리한다.

먼저, 본인의 감정을 정확하게 인지한다는 것은, 주어진 상황이나 인물에 대한 자신의 감정적 반응을 안다는 것이다. 자신의 감정을 외면하지 않고, 다른 사람이 그것을 규정해 주도록 내버려 두지도 않고, 오히려 정직하게 대면한다는 말이다. 둘째, 흑백이 분명한 논리 체계는 무엇일까? 아무리 원하는 게 있어도, 그것을 얻을 수 있는 길이 있다 해도, 해도 되는 일과 안 되는 일에 대해 분명한 선을 가지고 있다는 뜻이다. 도덕 원칙이 분명하다는 말이다. 그렇기에 제아무리 은근하게 살인을 부추겨도 넘어가지 않을 수 있었다. 셋째는 자신이 하는 일에 보람을 갖고 힘껏 매진하는 태도다. 여기저기 기웃거리지 않고 자신이 좋아하고 가치 있게 여기는 일에 매진한다. 푸아로는 이상을 엉뚱한 수작에 넘어가지 않는 비결로 꼽았다.

《오셀로》도,《커튼》도 사실 심각한 도덕적 질문을 제기한다. 자유와 책임의 문제다. 자유로운 의사 결정이 없이는 책임도 있을 수 없다. 그런데 두 책 모두 인간이 얼마나 쉽게 휘둘리고 남의 뜻대로 조종될 수 있는 존재인가, 하는 점을 보

악마의 눈이 보여 주는 것

여 준다. 나는 내가 생각하듯 그렇게 자유로운 존재가 아니라는 뜻이다. 사람이 과연 그렇게 쉽사리 조종될 수 있는 존재인가? 그런 것 같다. 우리의 경험도 그 사실을 증명해 준다. 그렇지 않고서야 기업들이 왜 그렇게 엄청난 돈을 쏟아부어 광고를 해 댄단 말인가. 그래서 잠언에서도 '마음을 지키는 것이 성을 차지하는 것보다 어렵다'고 했나 보다.

여러 가지 생각이 든다. 특히 그리스도인이라면 우리의 원수, 궁극의 이아고를 떠올리지 않을 수 없다. 베드로가 뭣도 모르고 덤비다가 예수님께 사탄이라는 말을 들었던 일도, 이아고와 연결해 생각하면 새롭고 실감 나게 다가온다. 언제라도 그자에게 이용당할 수 있다는 인식, 있어야겠다. 하지만 '저놈이 이아고가 아닐까?' 하고 모든 사람, 모든 상황을 의심하는 건 부질없는 짓이다. 그것은 이아고가 선택했던 길, 죽는 길이다. 오히려 X에게 영향을 받지 않았던 Y의 특징을 떠올려 보는 편이 낫다.

## 궁극의 선인?

궁극의 악당은 자신의 손에 피를 묻히지 않고, 몹쓸 생각을 부추기고 적절한 말이나 암시를 주어 불화를 조장하고 죄를 짓게 하는 존재다. 그렇다면 궁극의 선인은 어떤 존재로 상정할 수 있을까? 어떤 역경과 좌절 속에서도 선한 소원을 지속적으로 불어넣는 존재다(빌 2:13). 그리스도인에게는 이미 그런 분이 계신다. 그분이 주시는 소욕에 따라 살아가는 선인의 구체화된 화신은? 그런 소원에 따라 말과 행동으로 충실하게 살아가는, 혹은 그렇게 살아가려 노력하는 존재로 볼 수 있다. 머리에 떠오르는 사람들이 있을 것이다. 이렇게 보면 온갖 수준의 이아고와 맞붙는 싸움도 승산이 아예 없지는 않겠구나, 해 볼 만하겠구나 싶어진다.

# 《오셀로》

❶ 질투는 푸른 눈의 괴물이라 했지요. 질투에 사로잡히면 판단이 흐려지고 평정심을 유지하기가 어렵지요. 혹시, 질투해 보셨나요? 오셀로의 심정이 이해되시나요?

❷ 오셀로에게 질투는 의심의 형태로 찾아옵니다. 의심은 불편하고 거북한 것이지요. 그런데 오셀로는 분명하지 않은 상황에서 오는 불편함을 참지 못하고 단박에 해결하고자 하는 충동을 보여 줍니다. 불편함과 거북함의 원인을 제거하여 속 편하고 싶은 유혹이지요. 심지어 그 원인이 사랑하는 아내라 해도 말이지요. 하지만 인생은 원래 불확실한 것이므로 불확실성을 줄이려는 노력과 함께, 어느 정도의 불확실성을 안고 사는 능력은 대단히 중요하지요. 하지만 그것은 결코 쉬운 일이 아닙니다. 어떻게 이런 능력을 기를 수 있을까요?

❸ 인생의 불확실성, 상황의 모호함은 괴로움의 원천이기도 하지만 그 덕분에 믿음과 미덕이 설 자리가 있고 가치를 발하게 되는 것도 사실입니다. 이 말에 동의하시나요? 동의하든 동의하지 않든 그 이유를 말씀해 주십시오.

오셀로, 이아고 그리고 《커튼》

❹ 오셀로 부부의 가장 큰 비극은 대화할 줄 모른다는 점 같습니다. 격렬한 감정과 각자의 생각만 있지요. 커플 간의 대화는 학습이 가능한 것일까요? 어떤 비결이 있을까요?

❺ 오셀로의 경우가 보여 주듯, 정작 믿어야 할 사람은 믿지 못하고 믿어서는 안 될 자를 믿는 것은 인생의 큰 문제이지요. 이런 불행한 상태에서 어떻게 벗어날 수 있을까요?

❻ 이아고 같은 악당에게 속지 않는 법이 있을까요? 누구에게도 속지 않도록 아무도 믿지 않겠어, 이런 다짐이 답이 될 수 있을까요? 어떻게 해야 할까요?

❼ 궁극의 악인은 어떤 존재인가요? 또 궁극의 선인은 어떤 존재일까요? 그 존재들은 논리적인 가상의 존재일 뿐일까요? 우리의 현실과 어떤 관련은 없을까요?

악마의 눈이 보여 주는 것

"부인께서는 같은 나라, 같은 피부색,
같은 신분의 수많은 혼처를 모조리 외면했단 말씀입니다.
우리는 그런 인간들의 욕망에서 가장 부패하고 추하게
일그러진 비정상적인 생각을 읽어 낼 수 있죠."

플래너리 오코너_《현명한 피》

# 어떻게든 살아 보려고 하다가
## 나온 선택들

**02**

서양 고전 안내서 《고전》을 번역하면서 플래너리 오코너 (Flannery O'Connor, 1925-1964)를 알게 되었다. 때마침 오코너의 소설집이 막 번역되어 나온 터라 쉽게 구해 볼 수 있었다. 사전 지식이 없이, 줄거리를 전혀 모르는 채 그녀의 단편소설 〈좋은 사람은 찾기 힘들다A Good Man is Hard to Find〉(1953)를 읽고● "어어어" 하면서 등장인물들과 함께 감당할 수 없는 상황 속으로 속수무책 끌려갔던 기억이 생생하다. 몇 편의

---

● 《좋은 사람은 찾기 힘들다》(문학수첩, 2014)에 수록되어 있다.

단편을 더 읽은 후부터 그녀의 소설을 읽어 나갈 때는 마음의 각오를 단단히 하게 되었다.

플래너리 오코너는 미국의 대표적인 기독교 작가다. 그녀는 개신교가 주류를 이룬 미국 남부에 사는 독실한 가톨릭 신자만이 가질 수 있는 독특한 관찰자의 눈으로 그곳의 열광적인 개신교 세계를 때로는 짓궂게, 때로는 낯선 시선으로 바라본다. 그녀의 소설을 읽고 내가 기독교 소설에서 기대한, 또는 지레짐작한 전형이 있었음을 깨달았다. 주인공이 유혹을 받고 타락했다가 은혜를 받고 돌아서는 회심의 이야기. 또는 온갖 역경을 뚫고 믿음의 싸움을 하는 감동의 서사시. 또는 교리적, 교훈적, 계도적인 내용. 뭐 이런 게 아니었던가 싶다.

플래너리 오코너는 그런 (어쩌면 나만 갖고 있었을지도 모를 촌스러운) 선입견 내지 고정관념을 확실하게 깨뜨린다. 그녀의 작품들은 분명히 종교적인 주제를 다루고 있고, 예수, 구원, 죄, 피, 설교, 교회 등 종교적인 소재와 대화가 난무하지만, 그 모든 주제는 광기를 담고 있고 현실에 발붙이지 못하는 부적절함이 느껴진다. 기독교인 또는 종교적 담론에 대한 조롱과 희화화가 아닌가 싶어질 정도다. 하나같이 충격적이고 파괴적인 결말도 문제지만, '신실한' 그리스도인은 눈을 씻고 찾아봐도 보이지 않는다. 어떻게 보면 반기독교 소설로 읽을 수도 있을 것 같은데, 평판은 그렇지가 않다. 어떤 의미에서 이 작품을 기독교 소설이라 할 수 있을까? 이 질문에 대한 답변

악마의 눈이 보여 주는 것

은 뒤에서 정리하기로 하고 장편소설《현명한 피*Wise Blood*》 (1952)* 이야기로 들어가 보자.

## 어떻게든 살아 보려고 하다가 나온 선택

주인공 헤이즐 모츠(이하 헤이즈)는 그리스도 없는 교회를 전한다. 죄를 거부하기 위해 죄를 짓고, 신성모독을 통해 구원을 받으려고 한다. 다 지난 일이라면서도 입을 열 때마다 헤어진 연인 이야기를 꺼내는 사람처럼, 믿지 않는 예수에 대해 끊임없이 떠든다. 너무나 진지한 탓에 자신이 믿는 바에 따라 타인을 공격하는 일도 서슴지 않는다. 그가 원했던 구원은 무엇이었을까? 본인도 잘 모르는 것 같다. 어쨌든 그는 기독교(의 캐리커처)를 끝없이 반대하는 것에서 구원을 찾으려 했는데, '무엇이든 반대로' 하는 데서 구원이 나올 리 없다. 그는 먼저 두 가지를 시도한다.

　첫째, 헤이즈는 "죄를 믿지 않아요"(70)라고 말한다. 그러면서 본인이 대표적인 죄라고 생각하는 성적인 죄를 열심히 짓는다. 죄를 안 짓는다고 세상이 확 바뀌지 않는 것처럼, 성적인 죄를 짓는다고 해서 구원의 길이 주어질 리 만무하다. 모츠는 굳이 믿지도 않는 죄를 저지름으로써 끊임없이 자신이 부인하는 죄를 의식하고 있음을 보여 준다. 비슷한 방식으로

---

* 허명수 옮김(IVP, 2017).

그는 신성모독에 구원의 길이 있다고 생각하기도 했다.

둘째, '죄를 믿지 않는다' 정도로는 부족하다. 아예 화끈하게 믿음 자체를 거부하는 건 어떨까? "나는 어떤 것도 믿지 않으니 어떤 것으로부터도 달아날 이유가 없습니다"(94). 헤이즈는 믿지 않는다는 말을 많이 한다. 그런데 사실 많이 믿고 많이 속는다(대부분의 등장인물에게 속는다). 그에게 진실을 말해 준 사람이 둘이다. 그의 차는 도저히 수리가 불가능하다고 했던 첫 번째 수리공과 픽업트럭으로 기름을 가져다준 사람이다. 그런데 헤이즈는 그들을 달가워하지 않는다. 자신이 듣고 싶은 말, 믿고 싶은 말을 하는 사람의 말만 믿기 때문이다. 믿음은 한 번에 확 다 내다 버릴 수 있는 것이 아니라는 점이 문제다.

그는 내면에 커다란 목마름과 갈급함을 느꼈던 것 같다. 자기가 아는 기존 교회의 가르침과 반대로 해 보지만 결과가 신통치 않다. 그래서 그는 주위를 둘러본다. 자신의 갈증을 채워 줄 뭔가를 누군가는 갖고 있지 않을까 하고. 마침 그가 기대를 걸 만한 후보가 나타났다. 맹인 설교자 아사 호크스. 헤이즈는 호크스에게 집착한다. 그를 계속 따라다니고, 꿈속에서조차 자기를 구해 주기를 기대한다. 예수를 위해 자기 눈을 멀게 했다는 맹인 설교자 아사 호크스. 그 정도로 큰 희생을 감수할 정도라면 진짜가 아닐까? 그에게서 뭔가 진짜를 배울 수 있지 않을까?

그러나 아사 호크스는 가짜였다. 그는 사기꾼, 장사꾼이었다. 여기서 헤이즈는 모든 것에 환멸을 느끼고 예수 이름을 들먹이는 모든 일은 가짜라고 판단할 수도 있었을 것이다. 그러나 그 정도로 물러나면 헤이즈가 아니다. 그는 아사 호크스가 하지 못했던 일을 감행하기로 한다. 자신의 눈을 멀게 하는 큰 희생을 감수한다면 뭔가 돌파구가 열리지 않을까? 참사랑과 참믿음이 큰 희생을 감수하게 할 만한 것이라면, 큰 희생이 참사랑과 믿음의 척도라는 말 아닐까? 이런 큰 희생은 진리를 보장해 주지 않을까?

헤이즈가 어떤 선택을 내렸는지, 그 이후로 또 어떤 길이 남아 있었는지, 그가 어떻게 되었는지, 이것까지 말하면 너무 심한 스포일러가 될 것 같다. 지금까지 소개한 내용으로 헤이즈의 방식을 한번 정리해 보자. 많은 이들은 소유와 인정에서 구원의 길을 찾는다. 외부적인 것을 추구하고 더 가지려는 방식으로 답을 찾으려 한다. 그런 것들이 주는 기쁨과 성취감, 뭐 그런 것들이 있으니까. 그러나 헤이즈는 달랐다. 애초부터 무엇인가 더 가져서 구원을 얻으리라 기대하지 않았다. 헤이즈의 방식은 부정하고 버리는 것이었다. 그는 신앙과 그리스도만 없을 뿐, 스타일과 골격은 천상 구도자, 수도자, 청교도였고, 자신이 믿지 않는 바를 전파하는 설교자이고자 했다. 기성 교회의 가르침과 정반대로 행하여, 즉 그리스도를 부정하고 타락하고 죄에 빠져서 구원을 찾아보려던 그는, 그런 식의 외부적 일탈과 거부에 뾰족한 해결책이 없음을 깨닫고 자신에게 남은 유일한 것을 통해 답을 찾으려 한다. 바로 자기 자신을 부정하는 금욕과 고행을 통해서다. 그의 처절한 시도는 과연 구원을 안겨다 줄 것인가?

헤이즈의 행동과 말, 선택이 처음에는 괴이하기만 했으나 곰곰이 생각해 보니 (극단적으로 실행되고 있기는 하지만) 구원에 대한 본능적 갈망을 품은 사람이 안내자나 나침반, 지도 없이 그 갈망을 채워 보려고 이리저리 시도해 볼 때 능히 택할 만한 여러 선택지를 보여 준다 싶었다. 우리의 모든 선택과 행동과 말은 따지고 보면 각자가 처한 상황과 물려받은 여러 조건에서 어떻게든 '살아 보려고' 하다가 나온 것이라고 할 수도 있지 않을까? 그러고 보니, 나도 그렇고 많은 이들의 모습이 헤이즈와 그리 다르지 않다는 생각까지 들었다.

## 오코너의 소설이 갖는 특성

오코너의 소설이 갖는 특성은 이제 독자들이 당연히 기독교 신앙을 갖고 있으리라 전제하고 글을 쓸 수 없게 되었다는 상황 인식에서 나왔다. 그로 인해 두 가지가 따라온다. 첫째는 진짜 종교인과는 거리가 먼 등장인물들이고, 둘째는 폭력적이고 충격적인 줄거리다.

첫째, 등장인물의 특성이다. 오코너의 작품에서는 기독교 소설이라고 할 때 기대해 볼 만한 신실한 기독교인이 등장하지 않는다. 헤이즈를 위시해 이 책의 등장인물 중에서 훌륭한 신앙인은커녕 '제대로 된 인간'조차 찾아보기 힘들다. 뭔가 문제가 있는 등장인물들이 나름의 방식으로 구원을 모색하며 몸부림친다. 다른 사람에게서 길을 구하고 구원을 갈구한다. 그러다 상처받고 무너지고 떠나가고, 또 다른 사람에게 상처를 주고 다른 사람을 밀어낸다. 왜 이런 인물들만 등장시키는 것일까? 《카라마조프 가의 형제들》에 나오는 조시마 장로나 《레미제라블》의 미리엘 신부 같은 이들은 어디에 있단 말인가?

C. S. 루이스의 영적 자서전 《예기치 못한 기쁨》에는 그가 기독교 신앙으로 이끌려 가는 과정이 흥미롭게 그려진다. 그 과정에서 맥도널드, 체스터턴 등의 기독교 작가들과 톨킨 같은 친구들과의 대화가 핵심 역할을 감당했다. 그런데 전혀 뜻밖의 곳에서 그의 불신을 크게 흔들어 놓은 한 방을 날린 사람은 그가 아는 "무신론자 중에서도 가장 과격한 무신론자"였던 친구다. 친구는 루이스의 방 벽난로 맞은편에 앉아 "복음서가 정말 놀라울 정도로 역사적인 신빙성을 갖추고 있다"며 이렇게 말했다. "범상치가 않아." 그때 루이스는 크게 동요하며 이렇게 묻는다. "냉소주의자 중에 냉소주의자요, 강심장 중에 강심장인 친구조차 '안전하지' 않다면…도대체 나는 어디에 기대야 한단 말인가?"

신앙이 없는 독자라면, 책에서 신앙을 가진 등장인물의 입에서 나오는 신앙적인 말, 신앙을 긍정하는 말은 일단 색안경을 쓰고 바라볼 것이다. 신앙인이 달리 무슨 말을 하겠느냐 생각하면서. 이런 상황에서 무신론자에게 가장 위협적인 말은 가장 강력한 무신론자의 입에서 불쑥 터져 나오는 "범상치 않아" 같은 말이리라. 가장 무서운 공격은 예상할 수 없는 곳에서 찌르고 들어오는 불의의 일격인 법. 그래서 오코너의 작품에는 신실한 그리스도인이 등장하지 않는 것 아닐까. (물론 스스로 신실하다고 생각하는 신자들은 무수히 등장한다. 오코너의 많은 소설은 그런 이들이 가진 위선과 가면, 한계를 폭로하는 내용이다.)

둘째, 폭력적이고 충격적인 전개와 결말이다.《현명한 피》도 그렇지만, 오코너의 소설들은 정도 차는 있지만 대부분 폭력적이고 충격적으로 마무리된다. 거의 모든 소설이 그런 파국을 향해 달려간다. 왜 그렇게 할까? 세상이 원래 그런 것이라고 말하면 곤란하다. 세상에는 폭력적인 것도 많지만 평화로운 모습도 얼마든지 있으니까. 그런데 왜 꼭 별종들만 그러모아서 극단적인 상황으로 몰아붙이는 것일까? 현실감각이 부족해서일까? 물론 그렇지 않다. 복잡다단한 현실 속에서 작가가 말하고 싶은 것, 보여 주고 싶은 것만 '편파적으로' 취사선택하여 버무려 놓은 것이 문학이라 그렇다. 오코너는 일부러 작정하고 이야기를 극단적으로, 폭력적으로 밀어붙인다. 왜 그렇게 하는 것일까? 그녀는 이렇게 말한 바 있다.

악마의 눈이 보여 주는 것

기독교적 관심사를 가진 소설가는 현대의 삶에서 불쾌하게 다가오는 왜곡들을 발견할 테고, 그런 왜곡들을 자연스러운 것으로 여기는 데 익숙한 독자들에게 그것들이 왜곡으로 보이게 만드는 일이 그에게는 큰 문제일 것이다. 그가 이 적대적인 독자들에게 자신의 시각을 전달하기 위해 늘 더 폭력적인 수단을 쓸 수밖에 없는 것은 당연한 일이다.… 독자들에게 믿음이 없다고 가정할 때는 충격요법을 써서 자신의 시각을 분명히 드러내야 한다. 귀가 어두운 사람에게는 큰 소리로 말하고, 눈이 거의 먼 사람에게는 크고 놀라운 그림을 그려 보여야 한다.*

플래너리 오코너의 소설은 흔히 이렇게 극단적이고 폭력적인 방식으로 펼쳐진다. 그리고 그런 극단의 한 지점에서 현상태인 자기만족에 균열이 일어나고 희미한 구원의 서광이 번득이는 것으로 마무리된다. 오코너의 작품을 처음 접했을 때 아주 독특한 느낌을 받았다. 초행길을 가는 것 같은 긴장감, 뜻밖의 순간에 예측하지 못한 방향에서 날아오는 한 방. 그리고 긴 여운. 아주 작은 균열. 먹구름을 뚫고 나온 한 줄기

---

• Flannery O'Connor, "The Fiction Writer and His Country," in *Mystery and Manners*, pp. 33-34. *Sources of the Christian Self: A Cultural History of Christian Identity*, ed. James M. Houston and Jens Zimmermann (Grand Rapids: Eerdmans Publishing Co., 2018)에서 재인용.

의 빛. 작가가 모든 이야기를 다 할 필요가 있겠는가. 그 정도면 괜찮다고, 그로부터 무슨 일이 벌어질지 누가 아느냐고 오코너는 말하는 것 같다.

　난 공포 영화를 보지 않는다. 무서워서다. 그런데 공포 영화의 진정한 영향은 영화를 보는 도중이나 보고 난 직후가 아니라 그날 밤에 시작된다. 그런 면에서 《현명한 피》는 공포 영화와 비슷하다. 한창 읽을 때는 등장인물들을 보고 '이상한 놈들이네', '나쁜 놈들이네', '이게 뭐야?' 정도의 반응이 전부였다. 책을 덮고도 당장에는 '이게 뭔가' 하는 생각이 컸다. 그런데 시간이 갈수록 이 소설의 장면들, 주인공들의 선택이 자꾸만 머리를 맴돈다. 그러다 어느 순간 내 안에서, 내가 아는 사람들 안에서 《현명한 피》의 등장인물들의 면면이 보이기 시작한다. 이 책의 영향은 이제 막 시작된 모양이다.

악마의 눈이 보여 주는 것

# 《현명한 피》

❶ 이 작품에서는 '예수'라는 이름이 극단의 광기와 철저한 냉대 사이를 오가는 것 같습니다. 그 사이사이로 예수라는 이름은 감탄사와 욕설로서 등장하지요. 사기의 도구로 쓰이는 사례도 여럿 등장합니다. 예수의 이름이 그 의미에 합당하게 불렸다 싶은 경우는 한 번밖에 없었던 것 같습니다. 전방위적으로 등장하는 예수의 이름에서 어떤 느낌을 받으셨습니까?

## 헤이즐 모츠

❶ 앞부분에서 모츠는 만나는 사람마다 "당신은 구원받았습니까?"라고 묻습니다. 이것은 어떤 의미가 있을까요? 모츠는 무엇을 알고 싶었던 것일까요? [참고: "당신 같은 사람도 구원받는다면 난 포기하겠소."(27)] 그가 생각하는 구원이란 무엇일까요? 구원이란 무엇일까요?

어떻게든 살아 보려고 하다가 나온 선택들

❷ 헤이즐 모츠는 왜 맹인 설교자에게 그렇게 연연할까요? 그를 계속 따라다니고, 꿈속에서는 자기를 구해 주기를 기대하기도 합니다. 그에게서 설교자로서 어떤 돌파구를 기대했던 것은 아닐까 싶은데, 모츠와 아사 호크스는 어떤 관계였다고 생각하시나요?

❸ 모츠는 자신이 환멸을 느낀 교회와 그리스도의 실체를 그대로 전하고 싶어 합니다. 어떻게 보면 정직한 사람이지요. 어떤 면에서는 그런 그의 모습이 아무 실체도 없이 '유혹에 이기는 자신을 증명하고' 싶어 했던 초기의 모츠보다 더 신심이 깊고 진리에 더 가까워 보입니다. 모츠의 심리 상태에 대해 어떻게 생각하시나요?

❹ 모츠는 "죄를 믿지 않아요."(70)라고 말합니다. 그러면서 본인이 대표적인 죄라고 생각하는 성적인 죄를 열심히 짓지요. 죄를 믿지 않는다고 없어지는 것도 아니기에, 모츠는 오히려 끊임없이 자신이 부인하던 점을 의식하고 살아갑니다. 처음에는 신성모독에 구원의 길이 있다고 생각하기도 했습니다. 부정하고, 버리고, 부인하는 모츠의 방식이 공감이 되시나요? 그것이 어떤 의미가 있다고 생각하십니까?

❺ "나는 어떤 것도 믿지 않으니 어떤 것으로부터도 달아날

악마의 눈이 보여 주는 것

이유가 없습니다"(94). 모츠는 믿지 않는다는 말을 자주 합니다. 그런데 모츠는 사실 많이 믿고 많이 속지요(대부분의 등장인물에게 속아 넘어갑니다). 그에게 진실을 말해 준 두 사람이 있습니다. 그의 차는 수리가 불가능하다고 말했던 첫 번째 수리공과 픽업트럭으로 기름을 가져다준 사람입니다. 그런데 그들을 모츠는 달가워하지 않습니다. 모츠는 자신이 듣고 싶은 말, 믿고 싶은 말을 하는 사람의 말만 믿기 때문이지요. 이것이 혹시 모츠에 대해 무언가를 말해 주는 걸까요?

❻ 이 책에서는 시력이 아주 중요한 상징으로 등장합니다. 맹인 행세를 하던 아사 호크스는 예수를 위해 자신의 눈을 멀게 하는 것을 대단한 헌신의 표시로 제시하고자 했습니다. 정작 호크스는 그것을 실천하지 못했지만, 헤이즐 모츠는 그것을 실천하는 결단력 있는 모습을 보여 줍니다. 모츠는 눈을 멀게 하면서 무엇을 기대했을까요? 모츠가 그렇게 한 이유는 무엇이었을까요?

❼ 모츠는 신발에 돌, 유리 조각을 넣고 "대가를 치른다"고 말합니다. 무엇에 대한 대가를 치른다는 것일까요? 이것과 엮어서 생각해 봅시다. 109쪽에서 모츠는 "나는 깨끗해요. 예수가 존재한다면 나는 깨끗하지 않을 겁니다"라고 말합니다. 그런데 나중에 14장에 가면 철사로 자기 몸을 감싸면서 그 이유

어떻게든 살아 보려고 하다가 나온 선택들

로 "깨끗하지 않아서"라고 대답하는데요. 모츠는 이런 고행을 통해 무엇을 기대했을까요? 그는 기대한 바를 이루었을까요?

# 에녹에머리

❶ "현명한 피" 운운하는 에녹의 말을 어떻게 생각하시나요? 그가 대단한 의미를 부여했던 여러 느낌은 어떤 가치가 있을까요? 그런 것들과 제대로 된 통찰과 건전한 직관, 또는 기독교인들이 말하는 성령의 인도하심은 어떻게 다른 걸까요?

❷ 그렇게 비중 있게 나오는 것 같지도 않은데, 저자는 왜 책의 제목을 '현명한 피'라고 했을까요? 이 점에 대한 생각을 나눠 주시기 바랍니다.

❸ 왜 에녹은 모츠에게 그렇게 연연했을까요? 그가 모츠에게 기대한 것은 무엇이었을까요?

❹ 에녹은 스타가 되어 다른 이들이 악수하려고 줄 서는 존재가 되고 싶었습니다. 고릴라가 된 것이 그런 소망의 실현이라

고 할 수 있습니다. 에녹의 선택을 어떻게 생각하시나요?

# 플러드 부인

❶《현명한 피》에서 뭔가 희미한 빛을 발견하는 열린 등장인물을 꼽는다면 집주인 플러드 부인을 들 수 있습니다. 처음에는 모츠를 도무지 이해하지 못하고, 그러다 그의 돈에 관심을 갖게 되고, 연정을 품기에 이르고 같이 살 생각까지 합니다.
"그녀는 종교적이거나 병적이지 않았다. 그렇지 않은 것을 행운으로 여기며 매일 감사했다. 그럼에도 그녀는 어떤 식으로든 그런 구석이 있는 사람을 신뢰하곤 했다." 이랬던 그녀가 소설의 마지막 부분에서 눈을 감고 헤이즐 모츠의 눈을 바라보면서 바늘구멍 같은 빛을 보지요. 처음에는 무언가의 입구에서 길이 막힌 느낌이었는데, 눈을 감고 보니 "지금까지 시작하지 못했던 무언가를 시작하는 시점에 마침내 도달"했다고 느낍니다.
바늘구멍 같은 빛, 무언가의 입구, 무언가를 시작하는 시점(지점)은 다 무엇을 가리키는 것일까요? 그것이 의미 있는 무엇이라 할 수 있을까요?

어떻게든 살아 보려고 하다가 나온 선택들

❷ 방향을 영 잘못 잡은 것 같은 모츠 같은 종교인을 통해서
도 올바른 각성의 계기가 제공될 수 있을까요? 오히려 또 다
른 광신자만 낳는 건 아닐까요?

"모츠씨, 당신 정말로 예수를 믿고 있나 봐요.
그렇지 않고는 이렇게 멍청한 짓을 할 리가 없겠죠."

찰스 디킨스_《황폐한 집》

# 내가 누리는 것들의 근거

**03**

《황폐한 집》은 찰스 디킨스의 대표작 중 하나로 손꼽히는 장편소설이다. 이 소설은 작중 화자인 고아 소녀 에스더의 수기와 전지적 작가 시점의 장이 교차하며 나오다가 하나로 합쳐지는 흥미로운 구조로 구성되었다. 소설의 주요 무대인 '황폐한 집(Bleak House)'은 에스더의 후견인 존 잔다이스가 사는 저택의 이름이다. 에스더가 이곳에서 여러 만남과 경험을 거치며 성숙해지고 마침내 참사랑을 이루는 것이 이야기의 큰 뼈대다. 소설의 또 다른 주요 무대인 레스터 데들록 경의 저택 체스니 월드와 그곳 여주인의 사연이 에스더의 이야기와 합쳐지면서 소설은 클라이맥스를 향해 달려간다. 그리고 잔다이스 가문을 40년째 괴롭혀 온 잔다이스 대 잔다이스 재판의 어두운 역사가 작품의 배경으로 자리하면서 여러 등장인물에게 그늘을 드리우고, 존 잔다이스의 또 다른 피후견인인 리처드가 그 재판에 휘말려 무너져 가는 과정이 이야기의 또 다른 큰 흐름을 이룬다.

1,000쪽이 넘는 방대한 분량의 이 소설을 두고 장르를 묻는 것은 무의미한 일이다. 이 소설은 성장소설, 연애소설, 가정소설이자 법정소설, 추리소설, 사회고발소설의 면모를 다 가지고 있다. 이 정도 소설을 가지고는 무슨 이야기인들 못 하랴 싶지만, 이 글에서는 세 가지 주제만 살펴볼까 한다. 첫째, 소설 전체를 관통하는 '잔다이스 대 잔다이스 재판'이다. 둘째는 '무엇이 나를 나로 규정하는가' 하는 '정체성'의 문제다. 셋째, 내가 누리고 있는 것들의 기반 문제다. 먼저 재판부터 살펴보자.

## 잔다이스 대 잔다이스 재판

으스스한 이름과 달리 소설에서 처음 등장하는 황폐한 집은 유쾌한 곳이다. 주인공 에스더와 잔다이스 가문의 고아 리처드, 역시 고아인 사촌 에이더가 후견인 존 잔다이스와 만나서 함께 지내는 초반부의 황폐한 집은 너그러운 후견인과 그의 도움을 받은 싱그러운 젊은이들의 모습이 아름답게 펼쳐지는

악마의 눈이 보여 주는 것

즐거운 집이다.

그러나 거대한 불행의 기운이 잔다이스 가문에 드리워져 있다는 사실이 서서히 드러난다. 40년이나 이어진 '잔다이스 대 잔다이스 재판'이 원흉이다. 재판의 실체는 진작 오리무중이 되어 버렸다. 절차는 계속 진행되지만, 정작 아무것도 되는 일은 없는 소송으로 득을 보는 사람은 법원과 변호사들 그리고 그 주변에서 먹고사는 이들뿐이다. 잔다이스 가문 사람 중에는 어떻게든 이 지긋지긋한 재판에서 깔끔하게 벗어나려고 적극적으로 개입하다가 무너진 사람도 있고, 재판이 어떻게든 정리가 되면 상당한 액수의 유산이 자기에게 떨어질지 모른다는 기약 없는 기대에 목매다가 인생을 고스란히 허비해 버린 이들도 있다.

존 잔다이스의 피후견인 중 한 사람인 리처드는 자신의 미래를 개척하고 준비하는 힘든 과정을 진득하게 해낼 줄 모른다. 모든 가능성이 열려 있는 막막한 젊은 날에는 자신이 무엇을 잘할 수 있는지, 무엇을 해야 좋을지 부딪쳐 가며 확인하는 수밖에 없다. 그런데 가진 것 없는 보통 사람이라면 자신이 가진 자원과 재능을 활용해 미래를 준비하는 수밖에 없다. 그래서 힘들어도, 하기 싫어도 이를 악물고 자신을 채찍질하게 된다.

하지만 불행히도(!) 리처드에게는 기댈 구석이 있었다. 적어도 그의 눈에는 그렇게 보였다. 잔다이스 대 잔다이스 소송! 소송이 잘 진행될 경우 펼쳐질 장밋빛 그림이 그의 마음에서 조금씩 큰 자리를 차지하기 시작한다. 이 소송만 어떻게 잘되면 평생 먹고살 유산이 떨어질 것 같다. 그러면 이런 고생을 하지 않고도 그녀와 아름다운 인생을 꾸려 갈 수 있을 텐데, 이런 생각들이 조금씩 그를 사로잡는다.

후견인 존 잔다이스가 거듭해서 애정 어린 경고를 보내지만, 그것은 두 사람을 멀어지게 만들 뿐이다. 아저씨의 조언에 따르자면 힘든 현실을 직시하고 노력해야 할 테니까. 이윽고 리처드는 잔다이스 가문 사람들을 재판에 끌어들이려 호시탐탐 노리는 악덕 변호사의 손쉬운 먹잇감으로 전락한다. 과연 그는 숱한 친척들이 걸어간 길에서 벗어날 수 있을 것인가.

그런데 같은 잔다이스 가문의 어른인 존 잔다이스는 그와는 전혀 다른 길을 꿋꿋이 걸어간다. 존 잔다이스는 재판과는 철저히 거리를 두고 황폐한 집을 지키며, 자신이 돌볼 수 있는 젊은이들을 보살피고 그들의 후견인 역할을 멋지게 감당한다. 그는 어떻게 그렇게 살아갈 수 있었을까? 자살로 생을 마감한 큰아버지를 비롯한 집안사람들의 파멸에서 교훈을 얻었을 것이다.

그런데 그는 그렇게 재판을 피하는 정도에서 그치지 않는다. 매우 멋있고 훌륭한 사람, 존경할 만한 어른으로 살아간다. 그가 소송의 트라우마로 위축되어 남을 믿지 못하는 냉혈한으로 머물지 않고 더없이 따뜻하고 너그러운 사람이 될 수 있었던 비결은 무엇일까? 사실 존 잔다이스의 과거는 거의 등장하지 않는다. 그러나 나중에 존 잔다이스가 마음에 둔 여인에게 하는 고백을 액면 그대로 받아들인다면 (그의 사람됨을 보건대 허튼소리일 것 같지는 않다) 그를 바꿔 놓은 것은 사랑이었다.

그는 그녀에게 이렇게 말한다. "그 겨울날 역마차 안에서 만난 뒤로 너는 나의 사람됨을 바꾸어 주었다. 그때부터 줄곧 내게 여러 가지 좋은 일을 해 주었어." 여기서 사랑하는 사람에게 부끄럽지 않은 사람이 되고 싶다는 마음을 읽을 수 있다. 이런 모습은 남녀 간의 사랑에만 해당하지 않는다. "잊지 말자. 나는 어머니의 자부심이다"라고 되뇌던 《미생》의 주인공 장그래, 자식들에게 부끄럽지 않은 아버지가 되겠다고 이를 악무는 여러 아버지의 사연에서 비슷한 면모를 볼 수 있다. 사람을 변화시키는 사랑의 위력, 이것은 주인공 에스더를 비롯해 《황폐한 집》의 여러 등장인물들에게 중요하게 작용한다.

그런데 이렇게 그저 존 잔다이스에게 미친 사랑의 힘을 말하고 끝낼 수가 없다. 리처드에게도 사랑하는 이가 있었고, 그의 사랑도 진실한 것이었으니까. 그러나 존 잔다이스의 경우와 달리, 사랑은 리처드를 변화시키지 못했고 오히려 그의 현실 회피적 성향을 더욱 심화시켰으며 어리석은 선택을 정당화하는 구실로 작용했다. 어쩌면 엄청난 한 방을 기대하게 만드는 재판도, 사람의 마음을 근본적으로 흔들어 놓는 사랑도, 그 사람을 바꿔 놓는다기보다는 그 사람에게 처음부터 있

내가 누리는 것들의 근거

던 무엇인가를 건드리고 촉발하고 피어나게 하는 것이 아닐까. 이 문제는 《황폐한 집》의 진짜 주인공, 에스더 이야기로 들어가 좀 더 살펴보자.

## 정체성

무엇이 정체성의 핵심일까. 이름일까? 누군가와 맺는 관계일까? 직업일까? 그가 이룬 어떤 업적일까? 뒤집어서 말해 보자. 무엇이 정체성을 바꿔 놓을까? 무엇을 잃으면 더 이상 내가 아니라고 할 수 있을까? 나를 나로 규정하는 핵심은 무엇인가. 디킨스는 이 소설에서 그 문제를 끈질기게 탐구한다.

주인공 에스더는 의붓어머니에게 사랑받지 못했다. 자신은 어머니 얼굴에 먹칠한 존재이고 '어두운 그림자를 짊어지고 태어난' 사람이라는 말을 듣는다. 자신을 소중히 여기는 사람이 없음을 알게 된 어린 에스더는 놀랍게도 좌절하거나 세상을 원망하지 않고, 어른이 되면 근면, 만족, 친절을 익히고 남을 위해 살고 가능하면 사람들에게 사랑받도록 노력하자고 결심한다. 그리고 그런 결심에 따라 '의무의 삶'을 살고, 가는 곳마다 사랑받는 사람이 된다. 그녀는 의무를 다하는 삶의 화신과도 같다. 나중에 어느 등장인물이 한마디로 정의한 것처럼, 그녀는 '온순하면서도 용감한' 사람이 된다.

에스더는 고아라는 사실로도, 아무도 사랑해 주는 이가 없을 때도, 그것으로 자신을 규정하지 않는다. 그녀는 미덕(근면,

만족, 친절)을 갖추고 이타적으로 살기로 한다. 자신의 정체성을 스스로 만들어 가기로, 어떤 사람이 될지 스스로 결정하기로 선택한 것이다. 그녀는 이후에도 줄곧 그 싸움을 계속하게 된다. 출생의 비밀이 밝혀질 때, 그로 인해 자신이 누구도 원하지 않은 사람이라는 생각이 밀려올 때도 그 생각에 지지 않는다.

그런데 에스더의 정체성이 가장 크게 위협받는 순간이 찾아온다. 아름다운 젊은 처녀 에스더가 열병에 걸린 하녀를 돌보다가 열병에 걸리고 만 것이다. 다행히 목숨은 건지지만 그녀는 열병의 후유증으로 아름다움을 잃고 얼굴이 완전히 달라져 버린다. 얼굴이 달라지기 전에 방문했던 마을을 다시 찾았을 때, 그 마을의 어느 아이가 자기 엄마에게 이렇게 묻는다. "왜 저 아가씨는 옛날처럼 아름답지 않아요?"

어떤 이들은 얼굴이 달라진 그녀를 전과 다르게 대한다. 청혼 사실 자체를 없었던 일로 하고 싶어 하는 이도 있다. 그러나 그녀가 진정 사랑하는 이들은 전과 다를 바 없이 그녀를 사랑한다. "그녀의 변해 버린 얼굴도 그에게는 전혀 변함이 없는 것처럼 느껴진다." 마지막 부분에서 에스더는 대놓고 이렇게 고백한다. "옛날 그대로의 얼굴이었다고 해도 지금 이상으로 사랑받지는 못했으리라." 아름다운 얼굴은 참으로 에스더를 구성하는 일부였을 뿐이었다.

그런데 아무도 사랑하는 사람이 없었을 때도 그랬던 것처

내가 누리는 것들의 근거

럼, 에스더는 아쉬운 현실을 그대로 받아들여야 하는 순간에도, 사랑을 확인하는 순간에도 동일하게 반응한다. 아름다움을 잃고 연모했던 사람과의 인연을 기대할 수 없다고 믿게 된 순간에도, 그녀는 어린 시절의 기도를 되새기고 이렇게 다짐한다. '나는 의무의 길을 얌전히 걸으면 되고,…그 길의 끝에서 그분이 나에 대해 어떤 호감을 가지고 있던 그 시절의 내 모습보다 더 나은 모습으로 그분을 다시 만나게 되기를 바랍니다.' 이미 정혼한 상태에서 진정한 사랑, 자신이 소중하게 여기는 사람이 자기를 사랑한다는 사실을 발견하고 벅찬 기쁨과 아쉬움을 동시에 느끼면서도 같은 결심을 한다. "타인을 배려하는 따뜻한 마음씨. 자기 몸은 조금도 돌보지 않고.…당신 덕분에 얼마나 많은 사람이 감동을 받고 깨달음을 얻었는지, 사람들이 당신을 얼마나 사랑하고 존경하는지." 그 사람의 칭찬에 그녀는 정말 그런 사람이 되고 싶다고 더욱 굳게 결심한다.

흥미롭게도, 에스더는 사랑받지 못했을 때나 사랑받고 있음을 알았을 때나 한결같이 같은 결심을 한다. 어떤 상황이 닥치든 그녀는 다른 사람을 배려하고 친절하고 사랑받는 더 나은 사람이 되어야겠다고 결심하는 것 같다. 상황이 어떻든 어김없이 그런 결론으로 나가게 만드는 원동력은 과연 무엇일까? 원래부터 그런 사람이었다고 말할 수밖에 없을 것 같은 이 선한 지향의 근원은 무엇일까?

악마의 눈이 보여 주는 것

악의 근원 못지않게 선의 근원도 신비다. 끊임없이 선을 추구하고 낙심하지 않고 선의로 남을 대하는 모습은 보는 이들에게 감동을 넘어 경이감을 안겨 준다. 거기서 초자연적이고 신적 근원을 떠올리는 것은 어쩌면 자연스러운 일이다. 하지만 선의 근원에 대해서는 신비와 '은혜'를 말할 수밖에 없다 해도, 그것이 유지되는 조건에 대해서는 분명히 말할 수 있다. 에스더의 선한 지향이 잘 다독여지고 열매를 맺을 수 있었던 것은 존 잔다이스라는 훌륭한 후견인이 있었기 때문이다. 후견인의 전폭적인 지지와 격려, 사랑이 있었기에 그녀의 선한 의지와 성품이 꺾이지 않고, 이용당하지 않고, 더욱더 아름답게 피어날 수 있었다. 그녀가 온전히 홀로서기를 해야 했다면, 아무도 돌봐주는 이 없이 세상에서 끝없이 시달려야 했던 거리의 아이 조와 같았다면, 일이 어떻게 되었을지 누가 알겠는가. 여기서 《황폐한 집》의 또 다른 주요 인물을 통해 '내가 누리는 것의 기반' 문제로 넘어간다.

## 내가 누리고 있는 것의 기반

《황폐한 집》의 양대 무대는 바로 황폐한 집과 레스터 데들록 경의 저택인 체스니 월드다. 그리고 체스니 월드의 안주인 데들록 부인은 사교계의 정점에 있는 존재다. 그녀는 아름답고 도도한 미의 화신, 유행을 선도하는 존재다. 그런데 그녀에게는 아주 치명적인 비밀이 있었다. 그녀는 초인적인 의지와 연기력으로 비밀을 숨기고 자신의 위치를 아슬아슬하게 지켜 나간다.

그러나 마침내 그녀의 비밀을 파악한 사람이 등장하고, 그녀의 비밀을 쥐고 그녀를 압박하던 그 사람이 갑자기 살해당한다. 얼마 후 데들록 부인은 자신이 가장 유력한 용의자라는 사실과 자신의 숨겨 온 과거가 곧 드러나게 생겼음을 깨닫는다. 자신이 그토록 오랫동안 두려워하던 숨겨 온 과거로 그녀를 압박하다 이제 죽어서는 억울한 누명까지 안겨 준 이 추적자에게서 벗어나려면 죽는 수밖에 없다고 생각한다. 그리고 남편에게 살인 혐의에 대해서는 결백하지만, 그 외의 모든 죄과에 대해서는 인정한다는 편지를 남기고 떠나간다. 편지는 이렇게 마무리된다.

나에게는 이제 집이 없습니다. 앞으로는 당신에게 폐를 끼치는 일이 없을 것입니다. 이제까지 당신으로부터 과분한 애정을 받으면서 가문의 명예를 더럽힌 여자에 대해 화를 내시는 것도 당연한 일이겠지요. 부디 저를 잊어 주십시오. 당신을 떠나는 것은 이제부터 벗어나려 하는 치욕보다도 더 깊은 부끄러움을 느끼고 있기 때문입니다. 이것이 마지막 인사입니다.

뇌졸중으로 쓰러진 데들록 경은 아내가 사라졌음을 알고,

불편해진 몸으로 이렇게 아내에게 보내는 메시지를 쓰려고 한다. "모든 것을 용서할 테니 부디…." 그리고 차마 다 쓰지 못한 데들록 경의 메시지를 전달하고 데들록 부인의 목숨을 구하기 위한 버킷 경감의 추적이 시작된다. 모습을 감추어 버린 데들록 부인에게 그 소식이 제때 전해질 수 있을까? 과연 그녀는 남편의 관대한 소식을 받아들일 수 있을 것인가?

그녀는 자신이 외통수에 걸렸다고 생각했다. 자신이 저지르지도 않은 살인죄 때문에 억울하게 벌을 받을 것으로 생각했다. 그러나 그녀가 생각한 것보다 훨씬 뛰어난 경찰관이 있었다. 버킷 경감은 치밀한 조사 끝에 이미 진범을 밝혀낸 것이다. 그녀가 생각한 억울한 누명과 그로 인한 돌이킬 수 없는 불명예는 그녀의 머릿속에만 존재했다. 버킷 경감이 전할 소식에는 진범이 잡혔다는 기쁜 소식도 포함되어 있었다.

그녀의 편지에서 이전의 그녀를 규정하던 오만과 도도함은 찾아볼 수 없다. '폐를 끼치는' '과분한 애정' '깊은 부끄러움' 같은 표현만 가득하다. 급기야 그녀는 '가문의 명예를 더럽힌' 자신이 남편에게 기대할 수 있는 것은 '분노'뿐이라고 밝힌다. 그것이 그녀가 생각하는 '당연한' 반응이었다. 이 문제를 '그녀가 누리던 것의 기반'이라는 말로 정리할 수 있을 것 같다. 그녀는 자신의 지위가 자신의 연기 위에, 철저한 자기 관리와 비밀 유지 위에 서 있는 것으로 생각한 듯하다. 그것이 무너질 때, 그녀는 자신이 가진 모든 것도 무너진다고

내가 누리는 것들의 근거

생각했다.

데들록 부인은 자신과 남편의 관계를 오해했다. 남편의 명예와 지위에 걸맞게 자신을 포장하고 유지하는 것이 관계의 기반이요, 남편과의 관계를 유지할 수 있는 조건이라고 생각했다. 그런 생각과 그 입장에 충실한 자기 관리가 최소한의 염치요 부끄러움을 아는 일이라고 여겼다. 어쩌면 그녀의 결혼과 인생 전체가 그런 허약한 기반 위에 서 있었기 때문에 오히려 늘 그렇게 도도할 수 있었는지도 모른다. 자신이 한순간에 무너져 내릴 수 있음을 늘 의식했으며, 자신의 실체를 사람들이 알면 어떻게 생각할지 능히 상상할 수 있었기에 사람들의 선망과 존경도 다 모래로 쌓은 성처럼 덧없게 느껴졌을 것이다.

하지만 친척조차 없었던 그녀가 데들록 부인의 지위에 오른 것은 순전히 남편의 사랑 때문이었다. 그녀는 자신이 살인범 혐의를 벗을 수 없으리라 믿었다. 그와 마찬가지로, 자신이 과거를 성공적으로 숨김으로써 가문의 명예가 유지될 수 있었기 때문에 남편과의 관계도 지속되었다고 믿었다. 그리고 그녀의 머릿속에 너무나 단단하게 자리 잡은 이 두 가지 믿음이 곧 그녀의 현실을 규정해 버렸다. 하지만 그녀가 모르는 가운데 버킷 경감은 이미 진범을 밝혀냈고, 남편은 가문의 명예 따위는 전혀 개의치 않는다. 그것은 아내에 비하면 전혀 중요하지 않았다. 그는 정말 아내를 사랑했다. 그는 남아 있는 하인들에게 이렇게 선언한다.

> 나와 아내 사이에는 아무것도 달라진 게 없고, 나는 아내에게 아무런 불만도 없으며, 내가 지금까지 그래 왔던 것처럼 아내를 몹시 사랑한다는 것에 대해서, 나의 이 같은 뜻을 아내와 다른 모든 사람들에게 전해 주었으면 해.

그것으로 성에 차지 않는지, 그는 비슷한 메시지를 다시금 반복한다.

> 나는 아내에게 베푼 호의를 거둬들일 생각이 없으며, 나와 아내와의 관계는 조금도 달라지지 않았고, 내가 이제까지 아내의 유익과 행복을 위해 한 그 어떤 일도 취소할 생각이 없다네.

이것은 아주 특별한 사랑이다. 이 사랑을 받아들일 수만 있다면, 이 사랑에 합당하게 반응할 수만 있다면, 자신이 어떤 기반 위에 서 있었는지, 그동안 자신의 지위를 가능하게 만든 것이 무엇이었는지 제대로 안다면, 모든 것이 달라질 것이다. 사랑이 더 근본적이었고, 아내의 과거 따위는 전혀 개의치 않고 그냥 안전하게 돌아오기만 바라는 메시지에 반응하는 것으로 충분했다. 과연 그녀는 그렇게 반응할 수 있을까.

내가 누리는 것들의 근거

디킨스는 자신의 의지와 연기로, 극도의 노력으로 간신히 버틴다고 생각하는 모든 사람에게 똑같이 묻고 있는 듯하다. 당신의 연기와 속임수가 당신을 붙들고 있는 것이 아니요, 그보다 더 근본적인 사랑이 우리 존재의 근거라고. 그 사랑에 합당하게 반응할 수 있겠느냐고.

# 《황폐한 집》

❶ 이 소설 전체를 관통하는 배경이 되는 사건이 '잔다이스 대 잔다이스 재판'입니다. 그 재판 때문에 망가진 잔다이스 사람들이 여럿 등장합니다. 재판만 어떻게 잘되면 팔자가 풀리고 모든 문제가 해결될 것이라는 기대가 그들을 결국 망가뜨리지요. 반면, 그 가문에서도 그런 유혹에서 벗어난 한 사람이 등장합니다. 존 잔다이스는 어떻게 거기서 벗어날 수 있었을까요?

❷ 에스더는 열병에 걸린 하녀를 간호하다 열병을 앓고서 미모를 잃었지요. 그런데 그것을 계기로 그녀를 진정으로 아끼는 사람과 그녀의 미모 때문에 그녀를 원하던 사람이 선명하게 모습을 드러냅니다. 혹시 이렇게 뭔가를 잃고 기대하지 못했던 다른 것을 얻은 적이 있습니까?

❸ 악은 많은 부분이 가려진 신비입니다. 그와 마찬가지로, 선도 신비하게 느껴질 때가 있습니다. 에스더는 어려움에 처하고 낙심하기 딱 좋을 때도 절망하지 않고 선을 추구하며 살기로 결심하고 상대의 행복을 빌어 줍니다. 이런 선량함, 선의

내가 누리는 것들의 근거

기원은 어디서 나오는 것일까요? 원래 그런 사람이 따로 있는 것일까요, 아니면 특별한 비결이나 비밀이 있는 것일까요? 주변에서 이런 '선한 사람'을 보신 적이 있습니까? 소개해 주실 수 있을까요?

❹ 이야기의 전개를 볼 때 데들록 부인을 협박하던 변호사가 살해되면서 그의 살인범도, 살인의 동기도 너무나 분명해 보입니다. 그러나 실제 살인범도, 살인의 동기도 전혀 뜻밖이었지요. 이처럼 겉으로 보이는 것과 실상이 전혀 달랐던 일을 겪어 본 적이 있으신가요? 그런 경험에서 혹시 배운 것이 있다면 나눠 주시겠습니까?

❺ 데들록 부인은 과거를 숨기고 사교계의 여왕으로 화려하게 살아갑니다. 그녀는 자신의 과거를 철저히 숨기는 탁월한 연기로 그 자리를 지킵니다. 대단한 자기 절제와 노력과 재능으로만 가능한 성취였지요. 그러나 그녀의 생각과 달리 데들록 부인으로서 그녀의 존재 기반은 그런 연기력이 아니었습니다. 누군가의 관계에서든, 어떤 자리에서든 자신이 가진 것이 자신의 노력으로 성취한 것이 아니었음을 깨달았던 적이 있습니까?

❻ 과거를 숨긴 아내, 말하자면 처음부터 자신을 속인 아내를

악마의 눈이 보여 주는 것

향한 데들록 경의 사랑은 모든 사실을 알고 난 후에도 달라지지 않습니다. 그리고 그 사실을 모든 하인들에게 분명하게 공표합니다. 체면도 자신의 명예도 개의치 않는 사랑, 어쨌든 아내가 안전하게 돌아오기만 바라는 이 사랑이 참 큽니다. 데들록 부인은 그 사랑을 몰랐던 것일까요? 아니면 알았더라도 받아들일 수 없었을까요? 어떻게 생각하시나요?

내가 누리는 것들의 근거

마크 트웨인_⟨허클베리 핀의 모험⟩

# "좋아, 난 지옥으로 가겠어"

**04**

답답하고 어두운 시절이다. 하지만 책을 가까이하기 좋은 시절이기도 하다. 이번에 생각해 볼 책은 《허클베리 핀의 모험》이다. 《톰 소여의 모험》에서 사이드킥*으로 등장했던 허클베리 핀(이하 '헉' 또는 '핀')이 주인공으로 나선다. 아버지의 폭력을 피해 달아난 헉과 헉의 보호자였던 왓슨 아주머니 집에서 탈출한 노예 짐이 함께 자유의 여행을 떠나고, 미시시피 강변을 따라가는 그들의 여정과 더불어 남북전쟁 직전의 당시 미

---

* 조수, 조연.

국 남부 사회의 모습과 문제적인 여러 상황들이 세밀하게 그려진다. 영화식으로 말하자면 로드 무비* 스타일의 버디 무비**라고 할 수 있다. (나는 어린 시절에 즐겨 봤던 만화영화 〈은하철도 999〉가 떠올랐다.)

이 책의 묘미는 천연덕스럽게 거짓말을 해 대는 등장인물들의 능청스러움이다. 그런데 그것이 밉지가 않고 귀엽게 다가온다. 이 부분의 재미를 제대로 느끼려면 책을 직접 보는 수밖에 없을 것 같다. 이번 글에서는 독자들과 두 가지를 생각해 보고 싶다. (이것은 "이 이야기에서 어떤 교훈을 찾으려고 하는 자는 추방할 것"이라는 저자의 경고를 무시한 처사임을 미리 밝혀 둔다.) 하나는 소설의 클라이맥스에서 헉이 겪는 도덕적 갈등이고, 또 하나는 막판에 등장하는 톰 소여의 역할이다.

**"좋아, 난 지옥으로 가겠어"**

허클베리 핀이 하는 모험의 클라이맥스. 헉은 짐과 오랜 세월 뗏목 생활을 하며 온갖 모험과 고생을 함께한 특별한 사이가 된다. 그런데 짐이 사로잡히면서 헉은 심각한 고민에 빠진다. 헉은 진작부터 왓슨 아주머니의 소유물인 짐이 도망가도록 도왔던 일에 대한 양심의 가책을 느꼈다. 이 결정적인 대목에서 그런 마음의 부담과 정면으로 부딪힐 수밖에 없게 된 것이다.

---

• 주인공의 여행 과정에서 생긴 일을 다룬 영화.
•• 친구 사이의 우정을 다룬 영화.

악마의 눈이 보여 주는 것

양심의 가책을 느낌과 동시에 자기에게 아무 해도 끼친 일이 없는 불쌍한 노파로부터 검둥이를 훔쳐 내고 있을 동안 자기를 늘 지켜보고 계셨을 하나님을 인식하고 두려움에 떤다. 자기는 본디 못된 아이로 자라서 할 수 없지 않겠느냐고 항변해 보지만, 주일학교라는 게 있었지 않느냐는 생각이 든다. 검둥이를 도와준 일 때문에 지옥에 가게 될 거라는 사실을 충분히 배울 수 있었지 않겠느냐는 것이다. 그래서 헉은 기도를 올리기로 마음먹는다. 그러나 기도가 안 나온다. 왜 그럴까?

그것은 내 마음이 올바르지 않기 때문입니다. 죄를 포기하는 척하면서도 마음속 깊은 곳에서는 가장 큰 죄에 매달려 있는 거지요. 입으로는 옳은 일, 깨끗한 일을 하겠다고, 그 검둥이 주인에게 검둥이 있는 곳을 편지로 알려 주겠다고 하면서도, 마음 한구석에서는 그것이 거짓말이라는 점을 알고 있는 겁니다. 하나님도 그것을 알고 계시지요. 거짓 기도를 올릴 수는 없었습니다.

그래서 헉은 왓슨 아주머니에게 보낼 편지를 쓴다. 그리고 편지를 쓰자 "난생처음으로 죄가 깨끗이 씻긴 듯한" 느낌을 받는다. 그리고 하마터면 지옥에 떨어질 뻔했는데, 벗어났다고 안도한다. 그러나 그 순간, 그동안 온갖 모험을 함께하며 짐이 보여 준 진실한 우정과 배려 등이 떠오른다. 그리고 설

상가상으로, 짐이 자기를 가리켜 "세상에서 가장 좋은 친구이자 하나밖에 없는 친구"라고 말했던 사실도 떠오른다. 바로 그 순간, 헉의 눈에 자기가 써 놓은 편지가 들어온다.

아슬아슬한 고비였습니다. 나는 종이를 집어 손에 쥐었습니다. 둘 중에서 어느 하나를 결정하지 않으면 안 되었고, 어느 쪽을 택할 것인지 알고 있었기 때문이지요. 나는 숨을 죽이고는 잠시 생각한 끝에 이렇게 혼잣말로 중얼거렸습니다.

뭐라고 했을까? 이 부분이 이 소설의 압권이다.

"좋아, 난 지옥으로 가겠어."

그런 다음 헉은 편지를 북북 찢어 버린다. 그리고 "마음을 고쳐먹는 일에 대해서는 신경을 *끄기*로" 한다. 그리고 "다시 나쁜 짓을 하기로 하자고", 자기는 "자라나기를 그런 식으로 자라났으니 나쁜 짓이 천성에 맞고, 착한 일은 그렇지 않다"라고 결정한다. 그리고 맨 첫 번째 나쁜 일로 짐을 다시 한번 노예 상태에서 훔쳐 내자, 그보다 더 나쁜 일을 생각할 수 있다면 그렇게 하자고 다짐한다.

이 부분이 주는 재미와 신선함, 짜릿함은 도덕과 법, 종교, 언어와 그것이 지향하고 가리켜야 할 실체가 완전히 어긋나

악마의 눈이 보여 주는 것

는 상황을 보여 주는 데 있다. 헉의 머릿속에 있던 이분법은 이렇게 정리할 수 있다.

|  | 착한 일 | 나쁜 일 |
|---|---|---|
| 내용 | 소유물을 주인에게 돌려줌 | 도망 노예의 탈출을 도와(도둑질)<br>무고한 지인에게 손해를 끼침(배신) |
| 결과 | 죄를 씻음 | 하나님이 노하심<br>지옥행 |

헉을 가장 괴롭게 하는 것은 남의 소유물을 훔쳐서는 안 된다는 도덕률이다. 이 도덕률이 그가 배우다 만 성경의 가르침과 도덕의 감시자인 하나님 의식으로 뒷받침된다. 여기서 헉은 짐이 흑인이라 해도 사람인데, 과연 사람이 소유물이 될 수 있는가, 그것이 하나님이 과연 기뻐하실 일인가, 하는 근본적인 문제 제기에 이르지는 못한다. 어린 소년 헉이 그런 이론적 분석 능력과 지식이 없이 자신의 수준에서 고민하고 갈등하다 용감한 선택을 내리는 모습에 이 대목의 매력이 드러난다.

처벌과 지옥행이라는 엄청난 무기를 흔들어 대는 법과 종교의 패키지를 이론적으로 분석하고 해체할 능력이 헉에게는 없다. 그로서는 패키지를 고스란히 받아들일 것인가, 아니면 그것을 통째로 거부하고, 짐을 돕고, 그 선택에 따른 결과를 감내할 것인가의 양자택일이 있을 뿐이다. 그리고 헉은 선택을 내린다. 진실한 친구 짐의 자유를 돕는 일을 '나쁜 일'이

"좋아, 난 지옥으로 가겠어"

라고 부를 테면 그렇게 부르라고 하라. 그런 선택으로 이르게 되는 곳이 '지옥'이라면 그런 지옥이라도 마다하지 않으리라.

　이것은 기독교의 회개와 양심의 가책에 대한 풍자와 패러디로 읽을 수 있다. 이 책 곳곳에 이런 대목이 잔뜩 있다. 하지만 이것은 엄연한 현실이기도 하다. 하나님의 이름으로 불의를 정당화하고, 불의한 법과 부당한 권리를 종교의 이름으로 옹호한 일이 얼마나 많았는가. 하나님을 그런 질서를 지켜 주는 감시자 정도로 이용하는 것이 과거의 일뿐이겠는가. 헉의 고뇌와 결단을 기독교적 도덕과 하나님에 대한 조롱으로 여기고 분개할 것이 아니라, 분명히 존재했고 언제든 다시 나타날 수 있는 위험한 가능성을 지적하는 것으로 받아들이고 스스로 경계할 기회로 삼는 편이 합당하다. 헉과 같은 시험에서 완전히 벗어나 있다고 자신할 수 있는 사람은 없기 때문이다.

**톰 소여의 허튼짓에 관하여**

책 초반에 등장하고 안 나오던 톰 소여가 후반부에 다시 등장하면서부터 이야기의 긴장이 약해지고 몰입도가 떨어진다. 여기서 톰 소여는 말하자면 '고구마 캐릭터'●다. 헛간에 잡혀 있어서 쉽사리 꺼낼 수 있는 짐을 그대로 둔 채, 그럴싸한 모

---

● 답답한 짓을 하는 사람. 반대말은 사이다 캐릭터.

악마의 눈이 보여 주는 것

험이 되게 하겠다며 온갖 쇼를 부리며 일을 복잡하게 만든다.

더욱이 두 달 전 왔슨 아주머니가 짐에게 자유를 주겠다고 유언을 남기고 죽었는데, 톰은 그 소식을 전할 임무를 맡고 그곳에 온다. 그러나 그 소식은 전하지 않고 이미 자유인이 된 짐을 자유롭게 해 주기 위한 온갖 터무니없는 계획을 세우고, 짐에게 갖은 고생을 다 시키며, 그를 위험에 빠뜨렸다. 그러다 결국 자신도 다리에 총을 맞아 목숨이 위험한 지경에 놓인다.

한마디로 뻘짓, 맞다. 복장 터지는 애먼 짓이다. 하지만 그 허튼짓은 짐이 더없이 고결한 성품의 소유자임을 드러내는 결정적인 계기를 제공한다. 검둥이 도망 노예 정도가 아니라, 고상해 보이는 그 어떤 백인보다도 멋진, 누구 못지않게 존엄한 사람이라는 사실을 드러내는 기회가 된다.

결과만 놓고 보면, 짐과 헉의 모험도 상당 부분 허튼짓이 된다. 이미 자유인이 된 짐이 그 사실도 모르고 도망을 쳐서 온갖 고생을 다 하는 내용이니까. 하지만 그건 다 지나고, 상황이 종료된 다음에 하는 한가한 소리일 뿐이다. 짐과 헉이 함께 겪어 낸 모험은 헉의 용기, 짐의 신의, 두 사람의 우정이 펼쳐지는 무대였다. 그 모두가 벼려지고 입증되는 장이었다. 그 과정에서 핀은 아버지에게서 벗어나고 성숙할 수 있었고, 짐은 자유를 누릴 자격이 있는 존엄하고 용감하고 너그러운 참 인간임을 스스로 입증해 낸다.

"좋아, 난 지옥으로 가겠어"

인생도 그런 거 아닐까. 내가 어떤 판에 서 있는지도, 미래에 어떤 일이 드러나게 될지 모르지만, 자신에게 주어진 상황에서 양심의 소리(로 표현되는 진리의 말씀)에 귀를 막지 않고, 존엄을 지키고, 허락된 주위 사람에게 신실하고, 나머지 일은 저자에게 맡기면 되지 않을까. 그렇게 하다 보면 내가 하는 뻘짓 중에도 허튼짓에 그치지 않는 것들이 드러나지 않을까. 팬데믹으로 많은 것들이 어그러지고 준비했던 많은 것도 뻘짓이 되어 버리는 것 같은 지금, 더더욱 한번 되새겨 볼 만한 교훈이지 싶다.

《허클베리 핀의 모험》은 기독교에 호의적인 책은 결코 아니다. 오히려 기독교인을 싫어하는 사람들이 아주 유쾌하게 읽을 수 있을 것 같다. 하지만 기독교에 대한 기본 지식이 없이는 여기 담긴 풍자와 재치를 제대로 맛볼 수 없는 책이기도 하다. 책이 나왔을 당시의 미국에서야 상식이었겠지만 지금 한국에서는 좀 다르니까 말이다. 오히려 진지한 기독교인일수록 더 유익하게 읽을 수 있는 책이다. 이 책을 읽으며 자기 자신을 웃어넘길 수 있는 기회, 자신의 모습을 좀 상대화하고 돌아볼 기회를 가질 수 있지 않을까? 우리의 확신은 인간적 한계와 끊임없이 공존할 수밖에 없으니 말이다.

악마의 눈이 보여 주는 것

# 《허클베리 핀의 모험》

❶ 헉은 왓슨 아주머니에게 기도를 배우지요. 무엇이든지 원하는 것을 달라고 기도하면 얻게 된다고 배웠죠. 그런데 왓슨 아주머니 말대로 기도해도 그대로 되지 않는 것을 발견한 뒤로 기도를 무시하게 됩니다. 왓슨 아주머니가 가르쳐 준 기도에 대해 어떻게 생각하시나요? 그것은 바른 기도일까요? 아니면 뭔가 중요한 것이 빠졌을까요?

❷ 헉은 기도에 실망했지만 이후에도 줄곧 기도를 합니다. 헉은 기도에 대해 무엇을 배웠나요? 기도에 대한 헉의 생각과 헉의 기도에 대해 어떻게 생각하시나요?

❸ 우리는 보통 누군가가 사람들에게 어떤 대접을 받는가를 보고 그의 가치를 평가하지요. 하지만 도망 노예 짐은 그런 평가가 얼마나 피상적이고 천박한 것인지를 잘 보여 줍니다. 사람들에게 받는 대우와 그 사람의 고결함이나 인격, 존귀함이 별개일 수 있다는 사실을 현실에서 보신 적이 있습니까? 어디서, 또는 누구에게서 그런 점을 보셨습니까?

"좋아, 난 지옥으로 가겠어"

❹ 짐을 둘러싼 헉의 고민이 이 소설의 상당 부분을 끌고 가는 핵심 테마지요. "그래, 난 지옥에 가겠어!"라는 헉의 선언을 보고 어떤 생각을 하셨습니까? 이와 비슷한 선언과 고뇌에 찬 결단이 지금도 있을 수 있을까요? 어떻게 생각하십니까?

❺ 헉은 짐과 함께 미시시피강을 따라가면서 많은 이들을 만나고 여러 위험을 겪으며 모험을 합니다. 가장 기억에 남는 에피소드가 있습니까? 그 이유는 무엇인가요?

❻ 헉이 현실에 굳건히 발을 디딘 캐릭터라면, 톰 소여는 '모험소설'이라는 안경으로 세상을 바라본다는 사실을 알 수 있습니다. 돈키호테와 비슷한 느낌입니다. 혹시 그런 사람을 보신 적이 있나요? 하지만 이건 남의 일만은 아닐 수도 있습니다. 누구나 어떤 '비유'와 '그림'으로 세상을 보기 때문이지요. 세상을 '약육강식의 정글'로 보는 그림도, '전쟁터'로 보는 그림도 그와 비슷한 역할을 하고 있는 것은 아닐까요? 혹시 이처럼 세상을 바라보는 자신의 비유, 그림, 안경이 있습니까?

❼ 소설의 뒷부분에서 톰 소여가 등장하면서 분위기가 확 바뀝니다. 그는 한마디로 엉뚱한 일을 벌입니다. 그 때문에 모든 것이 엉망이 되고 자칫 큰일 날 뻔합니다. 게다가 그 모두

악마의 눈이 보여 주는 것

가 그럴싸한 모험을 연출하려던 톰 소여의 '허튼짓'이라는 사실이 드러나는데요. 하지만 그것이 허튼짓만은 아니라는 생각이 듭니다. 어떤 면에서 그렇게 생각할 수 있을까요?

"좋아, 난 지옥으로 가겠어"

허먼 멜빌_《모비 딕》

# 그대가 말하는 것

## 05

《모든 것은 빛난다》(사월의책)의 저자들(휴버트 드레이퍼스, 숀 켈리, 이하 HS)은 《모비 딕》에 대한 새로운 해석을 제시한다. 모비 딕을 신으로, 에이해브 선장을 밀턴의 사탄처럼 신에게 대항하는 존재로 그리는 것이 전통적 해석이었다. 그런데 HS는 에이해브(아합) 선장의 이름을 필두로 그렇게 읽어 낼 부분이 많이 있음을 인정하면서도 그와는 다른 해석을 제시한다.

HS는 소설 속의 고래는 우주와 세계의 궁극적인 비밀을 뜻하고, 고래를 잡으려는 광기에 사로잡힌 에이해브 선장은 비밀과 진리를 움켜쥐려는 사람으로 해석한다. 모비 딕을 추격하는 에이해브의 모습에서 HS는 "사물이 존재하는 방식에 관한 최종적이고 궁극적인 진리를 미친 듯이 추구하는 모습"을 연상한다. 에이해브는 우주가 불가사의하다는 생각, 궁극적으로 그 너머에 아무것도 없다는 생각을 철저히 증오한다. 그는 "궁극적으로 최종적이며 보편적인 진리, 즉 사물들의 존재 방식에 관한 진리가 있다는 생각을 필사적으로 고수한다. 그것은 뭔가 전통적 신 같은 것이 존재한다는 생각이기도 하다." HS에 따르면 《모비 딕》은 이런 잘못된 일신론적 정념이야말로 더없이 위험스럽고 치명적인 것임을 보여 주는 책이다.

HS는 《모비 딕》에서 방대하게 등장하는 고래에 대한 정보도 이런 맥락에서 이해한다. 이 정보는 분명하지 않고 끊임없이 늘어난다. 고래는 얼굴 없는 존재로 등장한다. 계속해서 변하고 파악할 수 없는 존재다. HS에 따르면 모비 딕의 공격으로 피쿼드호가 가라앉는 장면은 "서양 역사를 규정해 온 초월적 진리에 대한 에이해브의 철저한 투신이 바로 서양사를 내부로부터 침몰시킨 원인"이라는 사실을 보여 준다. "단 하나에 미쳐 있는 에이해브의 일신주의를 통해서 이 우주가 가장 혐오하는 방식의 유화를 그려 내고 있다"는 점이야말로 멜빌의 책이 지닌 '사악함'이라고 주장한다.

이슈마엘은 이런 에이해브와 대척점에 놓인 존재다. 그는 상황에 따라 판단하고 행동한다. 단일한 진리에 매이지 않고 그때그때 자신을 변모시키는 사람이다. 장로교 목사의 설교를 감명 깊게 듣고는 이교도 작살꾼의 우상숭배에 연이어 참여할 수 있는 사람이다. 이런 사람이 중요한 이유는 "멜빌의 우주에는 신이 없고, 따라서 우주 자체에 숨겨진 진리도 없"기 때문이다. 고래에 대한 멜빌의 이해 속에는 "표면적인 사건들 배후에 감춰진 우주에는 아무런 의미도 없으며, 표면적인 사건들 자체가 의미의 전부라는 생각이 들어 있다." 이슈마엘의 놀라운 점은 "이런 표면적 의미만을 가지고도 잘 살아가고, 거기서 즐거움과 안식의 참된 처소를 발견한다는 데 있다." HS가 주장하는 일신론에 대한 대안은 "이렇듯 표면에 머무르며 사는 능력, 즉 일상 속에 감춰진 목적을 찾는 대신 그것이 선사하는 의미들을 그대로 받아들이는 능력, 이미 주어진 행복과 즐거움을 발견하는 능력"이다.

## 작살꾼의 은유

책에서 본문이 시작되기 전, 아니 차례도 나오기 전에 등장하는 제사(題詞)는 유의해서 볼 필요가 있다. 보통 거기에 작가는 자기 책의 핵심 이미지를 담아내는 글을 고르고 골라서 싣기 때문이다. 그런데 영성 신학자이자 현대 미국어 성경 《메시지》의 번역자로 유명하며, 무엇보다 자신을 목사로 이해했던 유진 피터슨의 회고록 제사에 《모비 딕》의 다음 구절이 인용되어 있다.

고래가 말하는 것

이 세계의 작살꾼들이 작살을 가장 효율적으로 쓰는 방식이 있다. 애쓰며 왔다 갔다 하는 것이 아니라 무심히 앉아 있다가 벌떡 일어나서 작살을 던지는 것이다.

그는 《모비 딕》의 핵심 구조를 이렇게 이해한다. "악의 상징인 하얀 고래와 상처 입은 정의를 의인화한 절름발이 선장이 전투를 치른다. 역사는 영적 전투가 펼쳐지는 소설이고, 교회는 포경선이다." 이런 세상에서는 소음이 가득하고 에너지가 아주 많이 든다. 그런데 포경선에서 아무것도 하지 않는 한 사람이 있다. 노를 잡지도, 땀을 흘리지도, 그렇다고 고함을 치지도 않고 가만히 있는 사람. 그가 바로 작살을 꽂을 사람이다. 작살꾼이 바로 유진 피터슨이 생각하는 목사의 이미지다.

그의 상상 속에서 멜빌의 소설에 나오는 작살꾼은 "소금, 누룩, 씨앗처럼 작고 미미해 보이는 것이 결국 큰 것을 이루어 낸다는 예수님의 비유와 하나가 되었다." 현대의 서구 문화는 그와는 반대로 크고, 많고, 시끄러운 것을 선전한다. 그렇다면 다들 열광적으로 노를 향해 뛰어가는 상황에서 누군가는 말없이 침착하게 앉아 있는 작살꾼이 되어야 하지 않겠는가. 유진 피터슨은 그렇게 묻고 자신은 그렇게 하기로 결정한다.

악마의 눈이 보여 주는 것

## 두 가지 독법

내가 철학적, 문학 비평적으로 《모비 딕》 같은 대작을 분석하고 평가할 역량은 안 되지만, 상식적으로 생각해도 유진 피터슨이 자신의 회고록에서 두 쪽 분량으로 실은 소감과 《모든 것은 빛난다》의 100쪽이 훌쩍 넘는 《모비 딕》의 해석을 동급에 놓고 비교하기는 어렵다. 멜빌이 너새니얼 호손에게 쓴 편지를 인용하며, 그 책이 일신론을 통렬하게 비판하고 다신론을 옹호하는 '사악한 책'이라고 말한 것에 대한 HS의 설명은 대단한 설득력을 갖는다.

그런데 HS가 멜빌의 의도와 책의 내용을 제대로 파악했으며, 피터슨이 그 책의 일부 이미지를 멋대로 가져다 썼다고 해도, 그것 또한 재미있는 비교처럼 보인다. 유진 피터슨은 목사가 작살꾼이라는 비유가 완벽한 은유는 아니라는 점을 인정하면서도 "완벽한 비유는 없다"고 말한다. 그리고 이렇게 고백한다. "작살꾼의 은유는 모비 딕과 에이해브 선장이 모든 것을 주도하는 듯이 보이는 여정에서 하나님과 우리 회중 앞에 내가 집중하며 가만히 있을 수 있게 하는 데 큰 도움이 되었다."

유진 피터슨은 이미 다른 곳에서도 이런 '약탈'을 감행한 바 있다. 그는 신은 죽었다고 선언하며 기독교와 그 도덕에 대해 전면전을 선포했던 니체의 글에 등장하는 "한 방향으로의 오랜 순종"이라는 표현을 가져와 그리스도인의 순례 길을 규정하는 문구로 사용했다. 유진의 책《한 길 가는 순례자》의 영어 원제가 바로 '한 방향으로의 오랜 순종Long obedience in the same direction'이다. 맥락을 몰라서가 아니라, 출처를 잘못 파악해서가 아니라, 우리의 방향과 삶의 모습을 가장 잘 보여 주는 그림을 예기치 못한 곳에서 발견하는 설렘과 짜릿함 같은 것을 그는 알았던 게 아닐까 싶다. 그런 즐거움이라면 나도 가끔 맛볼 수 있다면 좋겠다. 이런 부류의 약탈이라면 언제든지 환영이다.

## 잡은 고래와 놓친 고래

《모비 딕》을 읽어 나가면 작가가 독자의 관심이나 반응에 개의치 않고 고래에 대한 모든 것을 알려 주기로 작심한 듯한 인상을 받는다. 유명한 고래 이야기, 고래에 얽힌 사연, 고래의 멸종 여부에 대한 예측, 고래잡이배에서 벌어지는 온갖 작업(고래는 어떻게 잡고, 어떻게 배에 붙들어 매고, 어떻게 해체하며 기름을 빼내고 보관하는가 등)에 대한 대목들도 꽤 흥미진진하다. 마치 피쿼드호에 같이 타고 가면서 이런저런 이야기를 듣고 보고 같이 경험하는 느낌이랄까. 저자는 이런 몰입을 대단히 중요하게 생각한 듯하다.

《미생》의 주인공 장그래는 바둑으로 성공하지는 못했지만 젊은 날 인생을 걸고 배웠던 바둑의 관점과 통찰로 세상을 바라본다. 그에게 모든 이들의 삶은 자기만의 바둑이다. 축구를

악마의 눈이 보여 주는 것

좋아하는 사람들은 "공은 둥글다!"며 인생을 축구에 비유하고, 야구를 좋아하는 사람들은 "인생은 9회 말 투아웃부터!"라고 외친다.

《모비 딕》의 저자 허먼 멜빌은 인생이 고래잡이 여행과 같다고 말하는 듯하다. 고래잡이 경력이 있는 멜빌에게 고래를 안다는 것, 고래잡이의 생활을 안다는 것은 인생의 가장 중요한 사실을 아는 것이다. 그래서 그는 《모비 딕》의 화자 이슈마엘의 입을 빌려 "포경선은 나의 예일, 나의 하버드"라고 선언한다.

그의 당당한 선언이 과연 근거가 있는지 확인하기 위해 그가 들려준 고래 이야기를 다 살펴볼 필요는 없다. 하나만 살펴봐도 충분하다. 89장에 나오는 '잡은 고래와 놓친 고래'를 보자. 1850년대에 고래잡이는 정말 위험한 직업이었다. 《모비 딕》에서는 그 위험을 생생하게 그려 낸다. 사람들이 그런 위험을 무릅쓴 이유는 커다란 보상 때문이었다. 모든 것은 고래를 얼마나 잡느냐에 달려 있었다. 그런데 어떤 배의 작살을 맞고 달아난 고래가 다른 배에 잡히는 경우가 종종 발생했다. 이럴 때 고래잡이들 사이에서 고래가 누구의 것인가 하는 문제는 더없이 중요했다. 저자는 이 문제에 대해 간단한 두 원칙을 소개한다.

1. 잡힌 고래는 잡은 자의 소유다.

고래가 말하는 것

## 2. 놓친 고래는 먼저 잡는 자가 임자다.

잡힌 고래란? "살았든 죽었든 사람이 탄 배나 보트, 또는 한 사람 이상의 점유자가 조종하는 여하한 장치에 연결되어 있으면" 잡힌 고래다. 그런데 잡힌 고래, 놓친 고래 이야기를 한창 늘어놓던 멜빌은 은근슬쩍 그것을 은유로 사용하기 시작한다. 고래 사냥이 펼쳐지는 바다는 어느새 힘 있는 자들이 힘없는 자들을 상대로 제멋대로 소유권을 주장하는 인간 세상이 된다. 저자가 늘어놓는 '잡힌 고래'의 사례를 들어 보라. 러시아 농노, 공화국 노예, 탐욕스러운 지주에게 과부의 마지막 한 푼, 고리대금업자의 선불이나 공작이 물려받은 마을과 촌락.

그럼 놓친 고래는 인간 세상에서 무엇일까? 영국에는 인도가, 미국에는 멕시코가 놓친 고래다. 바로 위에서 말한 '잡힌 고래'와 같은 선상에서 펼쳐지는 비유다. 그런데 곧이어 멜빌의 고래 사냥 비유는 커다란 도약을 감행한다. 인간의 탐욕과 착취의 대상인 약자들로서의 고래, 약자들을 정복하고 강탈하는 강자들 간의 분쟁 해결의 원리에서 출발한 '잡힌 고래/놓친 고래' 원리는 순식간에 '놓쳐서는 안 될, 그러나 엉뚱한 것을 좇다가 놓쳐 버린 소중한 그 무엇'의 은유로 바뀐다. 이런 의미에서는 인간의 권리와 세계의 자유가 놓친 고래이고, 모든 인간의 생각과 사상이 놓친 고래이며, 신앙의 원칙이 놓친 고래다. 그리고 이 말을 적당히 옮기고 있는 나를 꿰뚫어 보기라도 하듯 저자는 이렇게 묻는다. "겉만 번지르르하게 남의 말을 주워섬기는 사람에게 철학자의 생각이 놓친 고래가 아니면 무엇인가?"

## 표면에 머물 수 없는 인간

여기서 슬그머니 떠오르는 생각이 하나 있다. 멜빌은 왜 고래 이야기의 표면에 머물 수 없었을까? 고래 이야기면 고래 이야기에 머물러야지 왜 거기서 인간 세계에 대한 성찰로 넘어간단 말인가. 하지만 이런 문제 제기는 공연한 시비 걸기가 되기 십상이다. 표면에 머물지 않고 더 넓은 적용, 더 깊은 의미 추구로 나아가는 것이야말로 인간다운 일, 아니 인간에게만 존재하는 고유한 모습이기 때문이다.

선물을 받으면 선물 자체에 집중할 줄 아는 것, 좋은 모습이다. 다른 사람이 무엇을 받았든 상관없이 자신이 받은 선물에 감사하고 그것을 누릴 줄 아는 것은 귀한 모습이다. 그러나 어린아이가 아닌 다음에야 선물을 받았으면 선물을 누가 줬는지 묻고, 그것을 준 사람에게 감사하고 싶은 마음이 들기 마련이 아닌가? 좋은 작품을 만나면 작품 자체에 푹 잠겨서 감상하고 즐기는 것이 물론 좋은 일이지만, 어느 시점이 되면 작품의 작가가 누구인지 묻게 되고 그 작가에 대해서도 알고 싶어 하는 것이 당연한 일 아닌가?

고래가 말하는 것

삶의 의미도, 내가 여기 존재하는 목적 같은 근본적인 질문들도 마찬가지다. 그런 질문이 엉뚱한 결과를 낳을 때도 있으며 잘못된 대답이 유행한 적도 있다. 그러나 오답이 나왔다고 해서 질문하지 않는 것을 해결책으로 제시해서는 안 되지 않을까. 결국 관건은 사실이 무엇이냐에 있다. 선물을 준 사람이 없고 선물만 있다면, 선물이 저절로 생겨난 것이라면, 선물을 준 사람에 대한 관심은 무의미하다. 오히려 선물 자체에 집중하지 못하게 만드는 방해거리가 될 것이다. 작가가 없고 저절로 생겨난 작품에 대해서 작가에 관심을 갖는다면, 작품에 대한 관심을 흐릴 뿐이다. 그러나 과연 선물을 준 이가 없을까? 작가가 없을까?

# 《모비 딕》

❶ 깊이 남는 장면, 인물, 대사, 비유 어느 것이든 좋습니다. 《모비 딕》에 관해 나누고 싶은 것이 있으면 나눠 주십시오.

❷ 소설 《모비 딕》에는 줄거리와 크게 상관없는 것 같은 고래에 대한 온갖 정보가 가득합니다. 속도감과 몰입도를 떨어뜨리는 면이 있지는 않을까요? 저자는 왜 '고래의 모든 것'을 담으려고 작정이라도 한 듯한 '지나치게 많은 정보'를 담았을까요?

❸ 이슈마엘은 울화가 터져 나오고 피가 꽉 막히는 것 같을 때, 자기도 모르게 장례 행렬을 따라다니고 분노를 주체할 수 없을 때면 바다로 나갈 때라고 말합니다. 당신의 바다는 무엇입니까?

❹ 《모비 딕》은 성경을 인용하고 기독교인이 많이 등장하지만, 사실 그렇게 긍정적으로 나오지는 않는 것 같습니다. 오히려 퀴퀘그 같은 인물이 훨씬 인간 본연의 모습에 충실한 멋진 인물로 그려지지요. 저자에게 기독교는, 그리고 성경은 어

고래가 말하는 것

떤 의미가 있을까요?

❺ "포경선이 나의 예일대학, 나의 하버드." 이슈마엘은 이렇게 선언합니다. 그가 늘어놓는 '고래잡이를 위한 변론'을 보면, 마구 우기는 듯한 말도 안 되는 억지도 있습니다. 하지만 자신이 하는 일에 대한 호기, 자뻑이라고 할까요? 이런 게 좋아 보이기도 합니다. 혹시 이런 마음으로 자신이 하는 일, 혹은 자신이 좋아하는 무엇인가를 소개해 주실 수 있습니까?

❻ 퀴퀘그는 정말 여러모로 주인공을 새로운 관계, 경험, 생명으로 이끄는 존재인데요. 실제로 주인공을 포함해 여러 명의 목숨을 살려 내기도 하지요. 저자가 이런 영웅을 야만인으로 설정한 것을 어떻게 생각하시나요? 혹시 가는 곳마다 이렇게 사람을 살리는 이를 만나 본 적이 있으신가요?

❼ 《모비 딕》에 나오는 이름들은 인명이든 배 이름이든 그 성격을 이해하는 데 도움이 되지요. 특히 성경 인물들의 이름이 많이 차용되는데, 성경의 내용을 알고 있으면 왜 그렇게 지었는지 알 수 있습니다. 그런 시각으로 이름들을 한번 복기해 보시기 바랍니다. 떠오르는 이름과 사건이 있습니까?

❽ 《모비 딕》은 크게 말하면 에이해브의 복수심이 빚은 파국

악마의 눈이 보여 주는 것

을 그리고 있습니다. 에이해브의 행동이 이해가 되시나요? 그 정도는 아니라도 복수심에 무언가를 꾸미고 추진해 본 적이 있으신가요? 그런 적이 있다면 나눠 주십시오. 그리고 그 결과가 어땠는지에 대해도 나눠 주십시오.

❾ 에이해브의 복수를 가로막는 숱한 장애물이 등장합니다. 에이해브는 그 모든 것을 뚫고 복수의 길로 끝까지 내달리지요. 에이해브를 가장 흔들어 놓은 장애물은 무엇일까요? 에이해브는 어떻게 그 모든 것을 이겨 낼 수 있었을까요?

❿ 스타벅의 선택에 대해 어떻게 생각하시나요? 그가 최선을 다했다고 할 수 있을까요? 일등항해사로서 그는 무엇인가를 더 했어야 하는 자리에 있었던 게 아닐까요? 무엇을 더 할 수 있었을까요?

⓫ 모비 딕은 무엇을 의미할까요? 모비 딕은 단지 큰 고래일 뿐일 수도 있습니다. 혹시 고래와 고래잡이를 통해 저자가 더 말하고 싶은 것이 있지는 않았을까요? 어떻게 생각하시나요?

고래가 말하는 것

김탁환_《이토록 고고한 연예》

# 난 나를 지키려고 해

## 06

이번에 생각해 볼 책은 김탁환 작가의 소설 《이토록 고고한
연예》(북스피어, 2018)다. 여러 경로로 동시에 어떤 책을 추천받
거나 소개받게 될 때는 그 책을 꼭 보라는 섭리인가 싶은 생
각이 드는데, 하여간 그렇게 해서 구해 보게 된 책이다. 대단
한 흡인력이 있었다. 당시에 너무 진지하고 심각한 책을 번역
하느라 기운이 다 빨리는 기분이었는데, 이 책을 읽고 있으니
힐링이 되는 듯했다.

그런데 이 책의 제목을 뻔히 보면서도 《이토록 고고한 연
애》라고 읽었다. 책의 진도가 한참 나가고 나서야 제목을 제

대로 읽고서는, 이런 생각이 스치고 지나갔다. '내가 아직 젊구나.' 그럼, 그럼.

《이토록 고고한 연예》는 '달문'이라는 광대 이야기다. 아니, 그는 광대이자 거지 두목이었고 인삼 가게 점원이었다. 아니, 그건 그가 맡았던 역할일 뿐이다. 그는 본질적으로 예인(藝人)이었고 무엇보다 진실한 사람이었다. 사람을 사람으로 대하고 끝없이 믿는, '대책 없이 착한 사람'이었다. 그런데 여기서 착하다는 건, 물러 터진 것과는 다르다. 달문의 이야기를 읽고 있으면, 착한 사람이 착하기 위해서는 자신의 원칙을 지킬 수 있어야 가능하며, 그것은 정말 대단한 능력과 용기가 있어야 가능하다는 사실을 새삼 깨닫는다. 책의 줄거리를 간추리지는 않겠다. 달문이 말하는 '믿는다'는 말에 주목하고자 한다.

## 믿는 것과 사랑하는 것

달문은 사람을 믿는다. 달문이 거듭거듭 하는 말이다. 그런데 이 말은 내가 어려서부터 늘 들어 왔던 조언과 다르다. 사람을 믿어선 안 된다고 하지 않던가. 아니, 함부로 믿지 말라고 했다. 그런데 사람 믿지 말라는 말을 했던 것도 사람이니, 누구 장단에 춤을 춰야 할지 모르겠다. 모르는 사람 믿지 말라는 뜻일까? 아는 사람에게 속고 사기당하는 경우가 얼마나 많은데. 얘기를 조금 좁혀서 교회에서 들은 이야기로 넘어가도 그렇다. 혹시 이런 말 들어 보셨는지. '사람은 사랑해야 할 존재이지 믿을 존재가 아니다.' 믿음과 사랑. 헷갈린다. 사람을 사랑해야 할까, 믿어야 할까?

달문이 말한 '사람을 믿는다'는 것이 무엇을 말하는지 따져 보면 답이 나올 듯하다. 달문은 거지로 살았다. 거지 왕초로 살았다. 말하자면 구걸로 먹고살았으니, 사람들의 선의에 기대어서 살았던 셈이다. 십중팔구는 동냥을 거절하지만, 몇 안 되는 인심 좋은 사람들이 베푸는 선의 덕분에 그가 이끄는 거지 무리가 살았다. 그런 의미에서 사람을 믿었다고 할 수 있지 않을까? 그런 면이 전혀 없지는 않다. 그가 달문으로 한없이 선하게 살아갈 때 다수의 사람들은 어떻게든 그를 이용해 먹을 생각을 하지만, 그를 돕는 소수의 무리가 늘 있으니까. 하지만 '몇 명이라도 나의 믿음에 부응하니까 사람을 믿어요'의 의미는 아닌 것 같다.

소설을 읽어 가면서 그가 말하는 '사람을 믿는다'는 말이 내가 성경에서 배웠고 교회에서 배웠던 '사랑'이라는 말과 비슷하다는 생각이 들었다. 성경이 말하는 사랑, 이웃 사랑은 조건 없는 사랑이며, 상대에 대한 감정적 호불호와 무관한 사랑이다. 그래서 누구는 그것을 '이를 악물고 하는 사랑'이라고 표현했다. 늘 그렇게 이를 악물고 억지로 사랑해야 한다는 말이 아니라 의지적인 면이 그만큼 강하다는 의미다. 그런데 달문의 '믿는다'는 말도 비슷하게 쓰인다.

## 자신을 지켜라

이야기의 뒷부분에서 달문은 역적으로 몰려 임금님에게 친
국을 당하게 된다. 달문이 임금님과 나누는 대화에서 달문의
'믿음'이 무엇인지 극명하게 보여 주는 대사가 나온다. 임금
님이 유교의 예법에 대해 말을 꺼내자 달문은 자신은 예법은
모르고 아는 것은 하나뿐이라고 말한다.

> "무엇이냐, 그것이?"
> "사람을 믿어야 한다는 겁니다."
> "과인을 믿느냐?"
> "믿습니다."
> "과인은 지금 당장 너를 죽일 수도 있다. 그래도 믿느냐?"
> "사람을 믿는 것은 그 사람이 어떤 말을 하고 행동을 하는
> 가를 보고 나서 정하는 게 아닙니다. 먼저 믿는 겁니다."

뭘 믿는다는 것인가? 상대가 나를 해코지하지 않을 거라고
믿는 것도 아니고, 약속을 꼭 지킬 거라고 믿는 것도 아니다.
상대가 변화될 거라는 인간의 변화 가능성을 믿는 것도 아닌
듯하다. 이건, 그냥 눈앞의 상대가 어떤 사람이든 '사람을 믿
는 나'를 지키겠다는 선언이다. 상대가 어떤 사람이든, 내가
좋아하는 사람이거나 나를 좋아하는 사람, 또는 내게 이익이
되는 사람이든 아니든 상관없이 그 앞에서 '이웃을 사랑하는

악마의 눈이 보여 주는 것

나'를 지키겠다는 말로 기독교인의 사랑을 정의하는 것과 비슷하다.

'사람을 믿는 나'를 지키겠다는 달문의 선언은 한없이 착한 모습으로 실천된다. 어디서 그런 달문의 가치관, 철학이 나왔을까. 모른다. 참으로 참혹한 세월을 보내고도 그냥 그렇게 살았다. 어떻게 그럴 수 있었을까? 그를 이끈 삶의 원동력은 모르겠다. 그는 그냥 그렇게 한결같이 약자 편에 서고 원칙을 지킨다. 권력도 두려워하지 않고 돈에 휘둘리지도 않는다. 그렇다고 세상을 뒤집어엎는 혁명의 길도 거부한다. 친국장에서 왕의 명령에 따라 소리를 하면서 그가 외치는 메시지에서 그의 생각이 분명히 드러난다.

> 내가 내 밖의 것들과, 나졸에서부터 나라님까지 맞서 싸우면, 나는 이 불행과 이 고통과 이 슬픔에서 벗어날까.…나졸부터 나라님까지 잘못이 없다는 게 아니야.…그러나 그들을 없애고, 우리가 그들 자리를 차지하면 간단히 끝날 문제일까. 그들이 짊어졌던 책임이 이제 우리 책임이 된다네. 우리는 또 다른 우리의 불행과 고통과 슬픔을 해결하지 못해 도망치거나 잡혀 죽겠지.…
>
> 그러나 내가 바라봐야 하는 건 바깥이 아니지. 난 나를 지키려고 해. 그리고 여기 모인 이들도 모두 자신을 지켜. 집에선 자신만만하다가 길에서, 거리에서 무너지지 않도록

난 나를 지키려고 해

자기 자신을! 자신이 얼마나 추한지, 자신이 얼마나 약한
지, 자신이 얼마나 부족한지, 자신이 얼마나 어리석은지!

여기에 분명하게 나온다. 달문이 온몸으로 살아낸 메시지
가 이거였다. 인간다움을 아는 자신, 부끄러움을 아는 자신.
선한 것을 추구할 줄 아는 자신. 사람을 믿을 줄 아는 자신을
지켜라. 그가 사람을 어떻게든 믿고 착하게 살아가려고 애썼
던 것은 그런 자신을 지키기 위한 몸부림이었겠구나, 여기서
확인할 수 있었다.

《이토록 고고한 연예》를 읽으면서 내가 교회에서 배운 가
르침이 달문이라는 캐릭터를 통해 상당히 근접하게 (다른 부
분도 분명 있다. 그건 소설을 보면 알 수 있을 것이다) 구체화되는 것을
보았다. 그런데 그것은 달문이라는 초인(이렇게 말할 수밖에 없다)
의 대단한 재능과 불굴의 의지, 뛰어난 지성으로 간신히 이어
지고 있었다. 이건 내가 따라갈 수 없는 길이다. 나 같은 보통
사람에게는 불가능한 길이다. 선한 것을 알아도 그것이 그리
매력적으로 보이지 않고, 좋아 보인다 해도 그것을 실행할 힘
은 더더구나 없으니 말이다. 어떻게 할까? 그냥 주저앉아야
하나? 나를 지키고 살아가려면 내게는 도움이 필요하다. 아주
큰 도움이, 초자연적 도움이.

# 《이토록 고고한 연예》

❶ 달문이라는 캐릭터에 대해 어떻게 생각하시나요? 대단히 매력적인 부분과 답답한 구석이 공존하는 것 같은데, 작가가 생각하는 이상적 선인이 구현된 캐릭터라는 생각이 듭니다. 당신이 생각하는 이상적 선인의 모습은 어떤 것인가요? 그것은 달문과 어떤 점에서 비슷하고 어떤 점에서 다른가요?

❷ 달문은 여러 역할을 맡습니다. 그리고 그 역할을 다 잘 감당하지요. 달문의 역할 중에서 가장 인상적인 것은 무엇인가요? 어떤 부분에서 그런가요?

❸ 착하다는 것은 물러터진 것을 의미하지는 않습니다. 달문을 보면 오히려 능력이 없으면 착할 수 없겠구나 싶습니다. 예를 들면, 힘든 상황에서 남을 배신하지 않으려면 온갖 두려움을 떨치고 상대에게 진실해야 하는데, 그것은 굳건한 자기 확신과 용기 없이는 어렵지요. 흔히 듣는 '착하다'는 말이 주는 인상은 실제 의미와 상당히 거리가 있습니다. 왜 그런 것일까요? '착한' 사람 하면 어떤 느낌이 드시나요? 당신은 착한 사람입니까?

난 나를 지키려고 해

❹ 달문이 말하는 '사람을 믿는다'는 말은 무슨 뜻인가요? 그가 말하는 '사람을 믿는다'는 말의 뜻에 대해 어떻게 생각하시나요? 그런 의미에서 사람을 믿을 수 있습니까? 다른 의미에서는 어떤가요?

❺ 달문이 '사람을 믿는다'고 할 때의 믿음과 기독교에서 말하는 '사랑'이 비슷하게 느껴지기도 하는데요. 어떻게 생각하시나요? 그것이 가능한 일일까요?

❻ 소설에서도 끝끝내 악당은 기이한 벌을 받지요. 그리고 독자는 좀 갑작스럽다고 느끼면서도 속이 시원해지기도 합니다. 그런데 세상이 정확하게 인과응보가 이루어지는 것도 아니건만, 왜 사람들은 이런 인과응보에 대한 기대를 갖게 되었을까요? 그것이 인간에 대해, 세상에 대해 무엇을 말해 주는 것일까요?

"내가 바라봐야 하는 건 바깥이 아니지.
난 나를 지키려고 해.
그리고 여기 모인 이들도 모두 자신을 지켜.
집에선 자신만만하다가 길에서, 거리에서 무너지지 않도록.
자기 자신을! 자신이 얼마나 추한지, 자신이 얼마나 약한지,
자신이 얼마나 부족한지, 자신이 얼마나 어리석은지!"

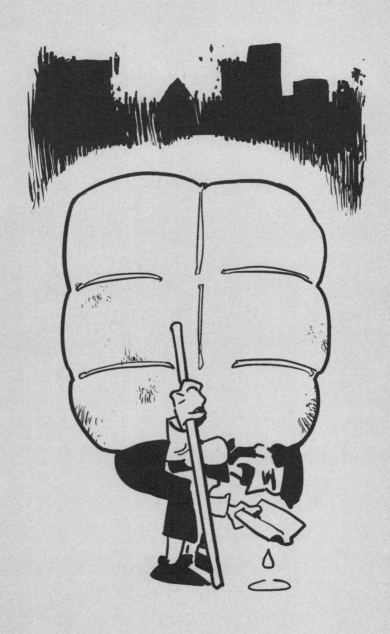

존 버니언_《천로역정》

# 시공을 뛰어넘는 순례 길의 시뮬레이션

## 07

기독교 고전들이 대체로 '서양' 책들이다 보니, 이 땅을 사는 우리의 문제를 다룬다는 느낌이 들지 않을 수 있다. 이질감, 이물감이다. 김훈의 소설 《칼의 노래》에 나오는 '야소'(예수)라는 이름, 침략군의 장수 고니시 유키나가 부대에서 나부끼는 십자가 깃발과 그 교리를 기괴하게 여기는 이순신 장군의 반응은 그런 거부감의 극대치를 보여 주었다. 그런데 김훈이 이후에 쓴 《흑산》은 상당히 다른 느낌을 준다. 당시의 지독한 사회 모순, 불평등, 암담한 민초들의 삶에 다가가는 천주교의 매력, 그것은 더 이상 외국 침략군이 끌고 온 이해할 수 없는 기괴한 주장과 이미지가 아니었다. '마노리'라는 마부, '아리'라는 도망 나온 여종, 그들에게 천주 교리는 처음 들었는데도 너무 자연스러워 새삼 가르칠 것도 없는 것, 원래 알고 있었던 것인 듯했다.

《천로역정》의 최초 한글 번역본 《텬로력뎡》(출간 연도가 무려 1895년!)은 그처럼 자연스럽게 원래 우리 민족의 일부였던 것처럼 살갑게 다가왔다. 무엇보다 삽화가 눈을 사로잡았다. 갓쓰고 한복을 입은 주인공들의 복장과 둥글둥글하고 평면적인 우리네 얼굴들(!), 산수화를 연상시키는 배경. 게다가 옛말이 주는 정겨움이 있었다. 300년도 전에 잉글랜드에서 파란 눈의 외국인 존 버니언이 경험하고 걸었던 신앙의 길을 고스란히 담아낸 책을 통해, 125년 전 우리 선조들도 그 길에 동참하게 되었다고 생각하니 그 연대성이 범상치 않게 다가왔다.

### 순례의 시작

하나님이 정말 있다면 이럴 수가 있는가. 이렇게 분노하는 말을 종종 듣는다. 충분히 이해할 수 있는 말이다. 세상에는 불의가 가득하고, 우리가 이해할 수 없는 슬픔도 많다. 그런 상황을 객관적으로 바라보면, '하나님이 세상을 다스리신다면 어떻게 이럴 수 있는가!'라고 분노하는 것이 자연스러워 보인다. 그런데 우리가 그렇게 상황을 객관적으로 판단하고 하나님에 대해 이러쿵저러쿵 말할 처지인가, 그것이 문제이다.

악마의 눈이 보여 주는 것

C. S. 루이스는 《피고석의 하나님》에서 고대인들은 자신들이 죄인임을 인식하고 있었다고 지적한다. 그들은 앞날에 심판이 기다리고 있음을 알았기에 복음 전도자들은 심판의 두려움에 떠는 그들에게 복음이라는 해결책을 제시할 수 있었다는 것이다. 말하자면 고대인들은 자신이 하나님의 재판정 피고석에 앉아 있음을 알았던 것이다. 그런데 현대인들은 더 이상 피고석에 앉아 있지 않다. 그들은 재판석으로 올라가 버렸다. 그리고 재판석에 앉아 계신 하나님을 피고석으로 끌어내렸다. 그리고 하나님의 판단과 행하심이 정당한지 따진다.

그러나 《천로역정》은 주인공 크리스천이 무거운 짐을 짊어진 채 책 한 권을 보는 장면으로 시작된다. 그는 점점 무거워지는 짐 보따리의 무게에 눌리고 자신이 사는 도시가 망할 것을 깨닫고 괴로워 어쩔 줄 몰라 한다. 그러나 가족들은 그의 하소연을 듣고 그의 정신 상태를 걱정할 따름이다. 남들 다 속 편하게 사는데 어째서 혼자만 그렇게 불안에 떠는가. 피로해서 생긴 신경증, 과민 반응이라고 생각한다. 그래서 잠을 재워 보기도 하고, 그러다 말겠지 하고 아예 무시하기도 한다.

크리스천의 순례는 죄의 무게에 짓눌리고, 그가 읽은 책이 가르치는 다가올 심판의 엄중함을 깨닫고 두려움에 떠는 것에서 시작되었다. 병들어 아픈 자각 증상이 있는 사람이라야 병원을 찾는 것처럼, 지금 이대로 남들처럼 살아서는 소망이 없음을 깨닫는 자만이 순례의 길에 나선다. 그래서 순례의 길은 우아하게 시작되지 않는다. 결코 그럴 수가 없다. 우리는 객관적인 관찰자가 아니며, 논평가의 자리에 있지 않다. 자신의 상태에 대한 인식, 뼈저린 인식이 있어야 한다. 그리고 그 자리에서 돌아서야 한다. 떠나야 한다.

## 주어진 빛을 따라가라

짐을 진 채 멸망이 두려워 떠는 크리스천에게 전도자는 "닥쳐올 진노를 피하라"고 적힌 두루마리를 보여 준다. 어디로 피해야 할지 모르는 크리스천에게 전도자는 많은 것을 말하지 않고 이렇게 묻는다. "저 멀리 좁은 문이 보이는가?" 그것이 보이지 않는다고 답하자, "저 멀리 환한 빛을 보고 따라가라"고 한다.

이것은 C. S. 루이스가 신앙적 조언을 구하는 사람들에게 보낸 편지에서 거듭거듭 되풀이하는 말이기도 하다. 주어지는 빛만큼만 순종하면 된다. 그다음은 때가 되면 또 드러날 것이다. 당장의 느낌에 연연하지 말고, 자신이 받은 지침에 순종하라. 한 번에 많은 것이 주어져도 실은 감당할 수도 없다. 우리는 하나님 앞에서 참으로 아이와 같기 때문이다.

어린이들의 생각과 심정을 어찌 다 알까마는, 어린 시절의 경험을 회상해 보면 당시 내가 느꼈던 두려움과 답답함, 아픔은 어른이 된 후 겪는 어려움에 못지않은 큰 무게로 다가왔다. 시험을 못 봐서 부모님께 차마 성적표를 내밀 엄두가 나지 않던 그 부담감, 큰 잘못을 저지른 순간 느꼈던 그 암담함, 숙제는 안 했는데 놀다 보니 어느새 저녁이 되어 버렸을 때 나를 짓누르던 인생의 무게, 친구의 놀림을 받고 느꼈던 괴로움, 운동회 때 100미터 달리기를 하다가 신발이 벗겨졌을 때의 그 처참함…. '아무것도 아니네'라고 말해 버리면 곤란하다. 그것은 단지 어른들이 졸업 후에는 절대 돌아가지 않을 '과거지사'임을 알기에 하는 소리일 뿐. 게다가 비슷한 상황에 처한 어른들의 행동과 반응이 아이들보다 별로 어른스럽지 못한 경우도 많지 않은가.

하지만 그런 만만치 않은 생활 속에서도 아이들은 기본적으로 즐겁다. 천진난만하다. 물론 철이 없어서 그렇다. 철이 든다는 것은 자신이 누군지 알고, 현재 자신이 처한 자리를 파악하고, 미래를 계획하고 준비할 수 있게 된다는 뜻이 아닌가. 그렇다면, 아이가 철이 들어 자기가 앞으로 해야 할 많은 양의 공부와 겪어야 할 세월의 무게들을 다 예상할 수 있다면, 그것이 아이에게 유익할까? 천만의 말씀이다. 아마 아이는 중압감과 스트레스에 시달리며 소화불량, 식욕부진, 수면장애 등을 호소할 것이다. 아이는 그냥 철없이 열심히 놀면서 당장 떠오르는 호기심과 흥미에 충실하고, 자신에게 주어진 분량의 공부만 하면 족하다.

멀리 보지 못하는 것. 그것이 아이의 한계이자 힘이다. 멀리 내다보지 못하기 때문에 무엇이건 부딪쳐 볼 수 있고, 조금 후의 상황이 주는 무게와 의미심장함을 가늠하지 못한 채 조금만 상황이 나아진다 싶으면 마냥 즐겁게 논다. 물론 자라지 않고 마냥 천진난만한 그 자리에만 머물고, 미래를 개척하고 다른 사람들을 배려하고 이끄는 자리까지 이르지 못한다면 문제겠지만, 그런 걱정은 좀 미뤄 둬도 좋다.

## 같은 목적지, 다른 순례의 여정: 나의 거울 캐릭터는?

'크리스천'과 '신실'은 사망의 음침한 골짜기를 건너서 만난다. 같은 마을에서 같은 죄의식을 느끼고 멸망을 피해 같은 천성을 바라고 순례에 나섰다. 그러나 두 사람의 순례 길은 똑같지 않았다. 그들이 당하는 시험과 시련도 동일하지 않았다. 겹치는 부분도 있지만 다른 부분도 있었다.

크리스천은 '아볼루온'을 만나 목숨을 건 전투를 벌여야 했고, 사망의 음침한 골짜기에서 갖가지 위험을 헤치며 위태로운 길을 지나야 했다. 반면 신실은 '음탕'을 만나 큰 유혹을 당했고, '첫 사람 아담'을 만나 하마터면 따라가 노예가 될 뻔했다. 사람마다 다른 시험을 만나게 되어 있다.

'허망 시장'에서 사로잡힌 후 그들이 맞는 운명은 순례의 여정이 순례자마다 다름을 분명히 보여 준다. 두 사람 모두 허망 시장의 허망한 것들에 한눈팔지 않는다는 이유로, 허망 시장의 가치관을 따르지 않는다는 이유로 감옥에 갇힌다. 그러나 두 사람 모두 죽음을 각오하고 진리의 편에 서기로 결심한다. 신실은 결국 처참하게 죽임을 당하고 만다. 반면, 크리스천은 하나님의 기적적인 도움으로 감옥에서 빠져나와 허망시를 벗어난다. 일찍이 예수님은 요한이 어떻게 될지 묻는 베드로에게 이렇게 대답하셨다. "네게 무슨 상관이냐. 너는 나를 따르라"(요 21:22). 각 사람은 누구도 대신할 수 없는 자신만의 순례의 여정을 걷게 될 터다.

그렇기 때문에 《천로역정》에 나오는 등장인물 중에서 독자마다 마음에 다가오는 인물, 특히 명심해야 할 캐릭터가 다르다. 모든 캐릭터를 크게 두 종류로 나눌 수 있겠다. 첫째, 자신이 특히 경계해야 할 모습을 보여 주는 캐릭터이다. 반면교사로 삼을 캐릭터라고 할 수 있다. 내 마음에 경고가 되는 캐릭터는 '허풍선'(Talkative, 수다쟁이)이다. 그에게서 내 모습을 발견하기 때문이다. 신앙의 핵심은 실천이다. '말이 아니라 능력'이다(고전 4:20). 그럴듯한 말을 늘어놓을 수 있는 능력에 안주하지 말라. 남이 적어 놓은 주옥같은 말씀들과 깨달음들을 듣고 읽어 전달하는 자들이여, 조심할진저.

둘째, 순례의 길에 격려를 제공하는 캐릭터다. '약한 믿음'이 대표적인 사례다. 그는 위태위태하고 강도들까지 만나 다 빼앗기는 듯했으나, 그래도 가장 귀중한 것을 끝까지 붙들어 영생을 잃지 않았다. 약한 믿음의 나약한 모습을 '소망'은 우습게 여겼으나, 크리스천은 결코 그렇지 않다고 그를 두둔한

시공을 뛰어넘는 순례 길의 시뮬레이션

다. 남의 눈에는 흔들림 없는 강철 같은 믿음과 인격의 소유자처럼 보여도, 누구나 약한 부분이 있는 법이기 때문이다. 그 부분에서는 다들 약한 믿음과 같다고 할 수 있다.

## 《천로역정》 최악의 악당

《천로역정》 전체에서 가장 무서운 악당으로는 누구를 꼽을 수 있을까? 한둘이 나오는 게 아니라 고르기 쉽지 않지만, 나는 '절망의 거인'을 꼽고 싶다. 바른길을 떠나 그의 영지에 들어선 크리스천과 소망은 절망의 거인에게 붙들리고 만다. 그리고 절망의 거인에게 견디기 힘든 위협과 협박, 몽둥이세례를 받는다. 그런데 절망의 거인은 순례자들을 흠씬 두들겨 패지만 직접 죽이지는 못했다. 그저 아내 '주눅(Diffidence)'의 조언에 따라 그들을 협박해서 스스로 목숨을 끊으라고 유혹할 따름이다.

절망의 거인의 유혹에 흔들리지 않았던 것은 크리스천이 아니라 뒤늦게 따라온 소망이었다. 먼저 된 자가 나중 되고 나중 된 자가 먼저 되는 이런 장면은 《천로역정》 이야기 전체에서 여러 번 등장한다. 회의와 절망은 신앙의 경륜이 해결할 수 있는 문제가 아니며, 오히려 오랜 경험과 그 과정에서 축적된 좌절의 무게는 사람을 더욱 짓누를 수 있다. '의심의 성'에서 벗어나는 길은 하나뿐이다. '약속의 열쇠'다. 이것 참 의미심장하다. 절망의 거인에 사로잡혀 의심의 성에 갇혔을 때,

악마의 눈이 보여 주는 것

거기서 벗어날 길은 하나님의 약속뿐이라니.

약속의 열쇠를 사용하지 못했던 많은 이들은 눈이 멀고 말았다. 이것 또한 의미심장하다. 절망에 사로잡힌 자, 앞을 보지 못하게 된다. 어디로 가야 할지 모르게 된다. 절망에 사로잡히면 (말 그대로다!) 앞이 캄캄해진다. 막막하고 좌우를 분간하지 못하게 된다. 하나님이 주시는 약속의 말씀을 붙드는 것외에는 길이 없다. 예를 들어, 내가 막막한 상황을 만나 어찌할 바를 모를 때 늘 떠올리는 말씀이 있다. "아무것도 염려하지 말고 모든 일에 기도와 간구로 너희 구할 것을 감사함으로 하나님께 아뢰라. 그리하면 모든 지각에 뛰어난 하나님의 평강이 그리스도 예수 안에서 너희 마음과 생각을 지키시리라"(빌 4:6-7).

그래서 시편 기자는 주의 말씀을 "내 발의 등이요, 내 길의 빛"(시 119:105)이라 고백했나 보다. 몇 킬로미터씩 쏘아 주는 서치라이트가 아니다. 한 발 한 발 따라가야 할 등불이다.

## 자기 자리에 머물며 순례의 길을 떠나다

나는 크리스천이 가족을 두고 혼자 순례를 떠난 부분이 전부터 영 거슬렸다. 가장이 혼자 살겠다고 가족을 방치하고 '가출'하다니. 안 그래도 '뷰티풀 저택'에서 그 문제에 대해 해명해야 했다. 가족이 있으면서 왜 함께 오지 않았는가. 크리스천은 같이 가자고 했고, 수없이 간구하고 애원했다고 해명한

시공을 뛰어넘는 순례 길의 시뮬레이션

다. 하지만 찜찜함은 사라지지 않는다.

그런데 어느 순간 이 부분이 좀 다르게 다가왔다. 크리스천이 순례 길을 혼자 떠났다고 하지만, 이것이 그가 실제로 가족을 방치하고 가출했다는 의미는 아닐 거라는 생각이 들었다. 실제 상황에 적용해 본다면, 크리스천에 해당하는 사람은 아마 물리적으로는 계속 가족 곁에 머물렀을 것이다. 가장으로서 경제적, 도의적 의무는 다했을 것이다.

그러나 크리스천이 되면서 그의 영혼의 순례가 이미 시작되었을 것이다. 가족들이 이해하지 못하고, 그래서 같이 떠날 수 없었던 길을 떠나간 것이다. 모두가 같이 가면 정말 좋겠지만, 피치 못하면 혼자라도 떠나야 한다. 귀를 막고라도. 말이 안 통한다는 소리를 들어도. 그 결과 《천로역정》 2부에서 아내 '크리스티아나'와 아이들도 결국 순례에 나선다. 그가 앞서간 흔적이 이후 가족들에게 도움이 된다.

그렇다면 물리적으로 볼 때, 순례자의 길은 다른 곳에 있지 않다는 말이 된다. 겉보기에는 그 길이 참으로 평범한 길일 수도 있다. 순례를 떠나지 않은 다른 사람과 전혀 다르지 않아 보일 수도 있다. 그러나 영적으로 보자면, 그것은 참으로 비범한 길이다. 그가 늘 있던 삶의 자리에서, 늘 하던 일을 하는 것처럼 보일지 모르지만, 그는 이미 전혀 다른 목적지를 염두에 두고 걸어가는 길, 다른 것을 추구하며 나아가는 길, 다른 에너지원으로 가는 길에 있으며, 다른 의미를 발견하면서 길을 가고 있다. 그것은 "마음에 시온의 대로가 있는"(시 84:5) 자의 길이다. 순례자의 길은 바로 여기에 있다.

# 《천로역정》

❶ 마음에 와 닿는 문장이나 장면을 꼽고, 그 이유나 그에 대한 생각을 나눠 주시기 바랍니다. 《천로역정》은 캐릭터(예를 들면 '절망의 거인')나 장소(의심의 성), 시험이나 도움의 내용을 위주로 생각하셔도 좋습니다.

❷ 순례의 길을 떠난 직후에 크리스천이 빠지는 '낙담의 늪'은 무엇으로도 메울 수 없다고 나오는데, 그 이유가 무어일까요?

❸ 십자가에서 죄의 짐을 벗은 직후에 우매, 나태, 방자를 만난다는 건 어떤 의미가 있을까요? 그리고 곧장 허울(형식)과 위선을 만나는 것은 신앙생활에 어떤 경고의 의미가 있을까요?

❹ 크리스천의 원래 이름은 'Graceless(은혜 없음)'입니다. 크리스천의 원래 이름과 바뀐 후의 이름이 말해 주는 바에 공감이 되시나요?

❺ 아볼루온과 싸울 때 등 쪽에는 갑옷이 없기 때문에 달아나면 안 된다고 합니다. 그런가 하면 성적 유혹을 만나면 싸우

지 말고 피하라고 하지요. 싸워야 할 때와 피해야 할 때를 어떻게 구분할 수 있을까요?

❻ 크리스천/믿음(신실)은 서로를 격려하면서 가지요. 특히 크리스천과 신실은 서로 의지하고 가는 동지의 모습을 보여 줍니다. 다른 이의 삶의 모습이나 고백을 접하고 큰 격려를 얻었던 적이 있다면 나눠 주시기 바랍니다.

❼ 허풍선/수다쟁이는 신앙이 말에 그치는 위험을 잘 보여 줍니다. 책으로 먹고사는 사람, 책 좋아하는 사람들이 빠지기 쉬운 유혹이지요. 책을 멀리하게 만드는 핑계도 될 수 있는데, 여기에 대해 무슨 이야기를 할 수 있을까요?

❽ 구약에서 먹어도 되는 동물, 즉 '발굽이 갈라지고 되새김질하는 짐승'에 대한 버니언의 해석에 대해 어떻게 생각하시나요? 비유적, 알레고리적 성경 해석에 대해 이야기해 주실 수 있을까요?

❾ 《천로역정》이 보여 주는 순례의 길은 가끔 즐거움도 있지만 대체로 위험천만하고도 아슬아슬합니다. 그런데 다음과 같은 대사가 나오지요.

시공을 뛰어넘는 순례 길의 시뮬레이션

"가는 길은 안전한가요? 아니면 위험한가요?"

"안전하게 갈 수 있게 되어 있는 이들에게는 안전합니다.
하지만 죄인들은 비틀거리며 넘어질 겁니다."(포이에마, 238)

"안전하게 가려는 사람에겐 안전하지만 죄인들은 그 길에
걸려 넘어지고 말 겁니다."(홍성사, 149)


이 대사는 무슨 뜻일까요? 공감이 되시나요?


❿ 크리스천과 수치(수치심)가 논쟁하는 대목이 나옵니다.


> 부끄러워해야 할 것을 부끄러운 줄 모르고
>
> 부끄러워해서는 안 될 것을 부끄러워하고
>
> 제게도 이것이 큰 문제인 것 같은데
>
> 여기서 벗어날 수 있는 '비결'이 있다면 알려 주세요.


⓫ 신실과 크리스천이 걸어가는 순례의 경로가 다르고, 나중
에 허망시장에서 맞이하는 결과도 다르지요. 이런 인생의 불
공평함에 대하여 각자 어떻게 생각하는지 말씀해 주시기 바
랍니다.

악마의 눈이 보여 주는 것

"그럼 어디로 떠나야 한단 말씀이시죠?" …
"저기 좁은 문 보이십니까?"
"아뇨."
"저기 반짝이는 불빛은 보이십니까?"
"그런 것 같군요."
"저 불빛을 주시하며 저리로 곧장 가십시오."

찰스 디킨스_《두 도시 이야기》

# 부탁한 적 없는 은혜에 관하여

## 08

기독교의 핵심 가르침은 죄로 인해 죽을 수밖에 없게 된 인간들을 위해 하나님의 아들이 대신 죽음으로써 그들의 죄 문제를 해결하고 새로운 삶의 길을 열어 주었다는 것이다. 믿기 어려울 만큼 너무 좋은 소식이기에 '복음'이라 불린다. 그러나 복음의 깊이와 실체를 깨닫고 경험하기도 전에 올바른 행동을 끌어내기 위한 근거로 제시하는 대속(代贖)의 교리는 공허하게 다가가기 십상이다. 몇 년 전부터 이 문제를 생각할 때 늘 떠오르는 장면이 있다. 일전에 소개한 바 있는 플래너리 오코너의 소설 《현명한 피》에 나오는 장면이다.

주인공 헤이즈는 열 살 때 아버지를 따라 동네 카니발에 갔다가 아버지와 동네 남자 어른들이 다른 볼거리에 비해 비싼 돈을 내고 들어가는 외떨어진 천막에 몰래 뒤따라 들어가 외설적인 장면을 보게 된다. 당황해 집에 돌아온 헤이즈를 보고 뭔가 눈치챈 어머니가 회초리를 들고 "뭘 봤느냐?"고 캐묻는다. 회초리로 종아리를 맞으면서도 털어놓지 않고 반성의 기미조차 보이지 않는 아들에게 어머니는 이렇게 말한다. "예수님은 널 구원하기 위해 돌아가셨다." 그 말에 헤이즈는 이렇게 중얼거린다. "난 부탁한 적 없는데."

어머니는 아들의 기막힌 답변에 회초리질을 멈추고 한동안 아들을 바라보다 두고 온 물통이 있는 곳으로 돌아간다. 기독교인 어머니로서는 앞이 캄캄하고 억장이 무너질 일이겠지만, 아들의 입장에서는 좀 다르게 다가올 수도 있다. "난 부탁한 적 없는데." 헤이즈의 이 반응은 어릴 때부터 교회에서 예수님의 희생적 죽음을 근거로 이런저런 당위를 요구하는 설교에 '시달려 온' 많은 이들에게 일종의 카타르시스를 안겨 줄지도 모른다. 이 장면을 염두에 두고 이번 작품 이야기로 들어가 보자.

### 찰스, 같히다

이번에 생각해 볼 소설은 찰스 디킨스의 《두 도시 이야기》다. 여기 나오는 두 도시는 프랑스 혁명기의 런던과 파리다. 프랑스 혁명을 초래한 악랄한 귀족들의 모습을 전형적으로 보여주는 어느 후작 가문, 귀족의 폭압에 무너진 한 평민 가족 그리고 그사이에 끼여 나락으로 떨어진 한 의사 가족. 이 세 가족 구성원들의 과거와 현재가 프랑스 혁명이라는 격동의 사건 한복판에서 서로 엮이면서 당대의 억압과 불의, 복수와 광기, 그 와중에도 꺼지지 않는 등불처럼 빛나는 고결한 가치가 드러난다.

의사인 마네트 박사는 프랑스 바스티유 감옥에서 18년을 억울하게 옥살이하고 그 과정에서 정신이 이상해진다. 다행히 목숨을 건진 그는, 한때 그와 거래하던 성실한 영국인 은행원 로리 씨의 도움을 받아 장성한 딸 루시를 만나고 런던으로 넘어와 몸과 마음을 어느 정도 회복한다. 5년 후 마네트 부녀는, 반역자라는 누명을 쓰고 큰 위험에 처했던 프랑스 출신의 찰스 다네이를 위한 증인으로 나서 그의 석방을 돕는다. 찰스의 변호를 맡았던 스트라이버 변호사에게는 사건 분석과 해결의 방향을 제시하는 뛰어난 조언자가 있는데, 찰스와 얼굴이 많이 닮은 카턴이었다. 카턴은 한때 유능하고 전도유망한 사람이었으나, 이제는 아무 희망도 없는 사람처럼 매일 술에 절어 살면서 스트라이버의 사건을 돕는 것으로 생계를 유지한다.

찰스의 재판으로 루시 마네트를 알게 된 세 남자, 찰스, 스트라이버, 카턴 모두가 그녀에게 연정을 품지만, 그녀에게

'제대로 된' 고백을 하고 그녀의 마음을 얻은 것은 찰스였다. 루시는 찰스와 함께 아버지를 모시고 아이를 낳아 기르며 행복한 세월을 보낸다. 그사이에 프랑스에서는 혁명이 벌어져 많은 귀족들이 생명과 재산을 빼앗기고 상당수는 런던으로 넘어온다. 안전한 런던과 한 치 앞을 알 수 없는 위험천만한 파리.

그런데 찰스는 목숨이 위태로운 상황에서 도움을 호소하는, 프랑스에서 온 재산 관리인의 절박한 호소가 담긴 편지를 받는다. 루시의 남편 찰스는 사실 프랑스 후작의 작위를 물려받을 귀족이었던 것이다. 고결한 성품의 그는 자신의 명령을 수행하다 위험에 처한 관리인을 구하기 위해 프랑스로 넘어간다. 그리고 곧 체포되어 감옥에 갇히고 만다. 나라를 버리고 도망친 귀족이라는 죄목이었다. 그는 고상한 동기와 선의에도 불구하고, 아니 바로 그 때문에 목숨이 위태로운 죄수가 된 것이다.

## 마네트 박사의 활약과 좌절

얼마 후 사정을 알게 된 마네트 부녀는 파리로 넘어온다. 딸의 위로와 도움으로 건강을 되찾고, 그동안 딸에게 의지해 생명을 공급받았다고 할 수 있는 마네트 박사가 이제 문제해결자로 나선다. 부당한 기성 체제에서 오랜 세월 억울하게 고통당한 사람이었기에 그의 목소리는 혁명의 시대에 사람들에게 권위가 있었다. 사람들은 그의 말에 귀를 기울였고, 의사로서의 능력 또한 그의 권위를 높여 주었다. 마네트 박사는 18년의 억울한 감옥 생활이 바로 이 순간을 위한 것, 사위를 구해내고 딸의 행복을 되찾아 주기 위한 것이었다고 확신한다. 그로 인해 그의 목소리에는 자신감과 힘이 넘쳤다.

오랜 노력과 지체, 기다림 끝에 과연 그가 장담한 대로 찰스는 감옥에서 풀려난다. 마네트 박사가 겪었던 고통은 그렇게 보상받는 듯했다. 그러나 바로 다음 날, 누군가의 고발로 찰스는 다시 투옥된다. 이번에는 도저히 빠져나갈 길이 없다. 마네트 박사의 평판과 노력도 이제는 힘을 잃어버리고 말았다. 그토록 당당하고 꿋꿋하게 사위의 석방을 위해 애쓰던 그는 최후의 순간에 다시 무너져 내린다.

## 카턴의 등장

그렇게 막막해진 마네트 박사의 가족들 앞에 카턴이 나타난다. 변호사 친구에게 빌붙어 사는 술꾼 말이다. 카턴이라는 사람이 아주 독특하다. 그의 사랑은 기사도적 사랑이라 할 수 있다. 연모하는 여성을 위해 목숨조차 아까워하지 않고 봉사하지만 그녀를 성적 대상으로 생각하지 않고 사랑하는 인물이다. 카턴은 루시가 자신을 사랑하지 않는 것을 알며, 그 부분에서 그녀에게 아무것도 바라지도 않는다. 그리고 그것을 오히려 감사하게 여긴다고 말한다.

부탁한 적 없는 은혜에 관하여

카턴의 자기 인식에 따르면 그는 "스스로 자신을 내팽개친 형편없는 주정꾼에 자학 증세까지 있는 비참한 존재"다. 그런 그가 그녀를 자기 "영혼의 마지막 희망"이라고 말한다. 타락할 대로 타락한 그가, 루시와 마네트 박사 그리고 루시가 가꾼 가정을 보고 죽은 줄만 알았던 옛 감정이 되살아났다고, 그녀를 통해 "새롭게 노력하자, 다시 시작하자, 게으름과 방탕을 털고 포기했던 싸움을 다시 시작하자"라고 다그치게 되었다고 고백한다. 그것은 꿈에 불과했고 그 꿈을 실현할 힘이 그에게는 없었지만, 그 꿈을 일깨워 준 루시에 대한 감사는 여전히 변함없었다. 자신에게 남아 있는 희미한 그 무엇을 일깨워 준 데 대한 감사의 표시로 그는 이렇게 약속한다. "아가씨와 아가씨를 사랑하는 그분을 위해 저는 무엇이든 할 것입니다. 만약 제 경력으로 도움이 되어 드릴 일이 있거나 희생할 기회나 능력이 된다면 기꺼이 아가씨와 아가씨가 사랑하는 분을 위해 희생할 것입니다."

이런 감사와 사랑이 있을 수 있는가. 쉽지 않다. 다만 카턴이 애초에 자신을 포기하고 희망을 저버렸던 사람이라는 사실을 기억하면 한편으로 이해가 될 것도 같다. 그는 자신이 달라질 수 있다고 생각하지 않았지만, 영원히 잃어버린 줄 알았던 선을 향한 추구와 갈망, 자신의 한심한 모습에 대한 자각, 이런 것들이 되살아난 것만으로도 너무나 기쁘고 벅찼다. 그리고 그것을 되살려 준 소중한 대상을 지키기로 마음먹는

악마의 눈이 보여 주는 것

다. 그녀를 지키는 것이 자신의 소중한 무엇을 지키는 일이 된 것이다.

그리고 카턴은 절체절명의 위기에 빠진 찰스를 보며 자신이 말했던 희생의 기회를 발견한다. 그리고 비상한 머리를 동원하고 적절한 대상에게 협박을 일삼고, 협력할 사람과 치밀한 계획을 세우며 그 기회를 현실로 만들어 나간다. 마침내 찰스가 갇혀 있는 감방으로 들어간 그는 찰스와 닮은 얼굴을 활용해 찰스를 내보내고 사형수로 남는다.

## 부탁한 적 없는 호의

카턴의 희생은 그리스도의 대속적 죽음을 소설적으로 아름답게 형상화하고 있다. 찰스는 자신의 상태에 대해 전혀 손쓸 수 없는 무력한 위치에 있었다. 마네트 박사가 자신의 고통스러운 과거와 능력, 영향력을 총동원해 사위를 구해 내려 했으나, 그 모든 영웅적 시도는 좌절로 끝나고 말았다. 후작 가문의 씨를 말리려 드는 복수의 화신의 집요한 공격 앞에서 그의 모든 노력은 무력할 따름이었다. 그리고 인간적인 모든 시도가 무위로 끝난 절망의 시점에 등장한 카턴은 찰스에게 말 그대로 자신의 생명을 내준다. 새롭게 살아갈 기회를 준다.

앞에서 소개한 《현명한 피》의 어린 헤이즈가 했던 대사를 떠올려 보자. 어머니가 자신의 잘못을 질책하기 위해 꺼내 든 그 회심의 대사, "예수님이 널 위해 죽으셨어"에 대한 반박으로 등장한 그 대사 말이다. "난 부탁한 적 없는데." 그런데 헤이즈의 그 대꾸는 그지없이 '맞는 말'이었다. 헤이즈는 예수님에게 자기를 위해 죽어 달라고 부탁한 적이 없다. 그리고 그것이 핵심이다. 예수님은 자신이 죄인인 줄도 모르는 자를 위해, 그 사실을 한사코 인정하지 않는 인간들을 위해 죽으시지 않았는가. 《두 도시 이야기》의 카턴이 바로 그런 일을 했다. 어느 누구도 카턴에게 찰스 대신 죽어 달라고 부탁하지 않았다. 루시도, 마네트 박사도, 찰스도 그렇게 하지 않았다. 아니 그건 상상할 수도 없는 일이었다. 카턴은 누구도 부탁한 적이 없는 일을 했다. 그렇기 때문에 그것은 그토록 고귀하고 고결한 일이요, 참사랑에서 나온 희생이 될 수 있었다.

우리 삶을 살펴보아도 부탁한 적이 없는 숱한 것들을 받고 산다. 태어나게 해 달라고 부탁해서 태어난 사람이 있던가. 언제 부모의 사랑을 부탁해서 받았나. 그냥 생명을 받았고, 사랑을 받았고, 보살핌을 받았다. 그런 게 어디 부탁한다고 주어지는 것들인가. 그렇게 염치없이 받기만 해서 오랜 기간 살아남았고 '부탁한 적도 없이 받은' 수많은 것들이 쌓여 마침내 우리는 어른이 되었다. 부탁한 적도 없이 받은 것들은 그런 의미에서 생존의 조건이었다. 혹시 우리는 평소에는 부탁한 적도 없이 주어지는 온갖 것들을 그냥 넙죽넙죽 받다가, 상황이 곤란해지거나 내 심기에 거슬리는 것, 하기 싫은 것이 나타나면 그때 비로소 문제를 제기하기 시작하는 건 아닐까.

악마의 눈이 보여 주는 것

《현명한 피》의 그 장면도 헤이즈의 일방적 승리로 그냥 마무리되지 않는다. 헤이즈는 뭔가 잘못되었다는 느낌, 이대로는 안 되고 뭔가 상황을 바로잡을 조치가 필요하다는 느낌을 떨치지 못한다. 다음 날, 그는 부흥회 때와 겨울에만 신는 신발에다 자갈과 돌을 집어넣고는 그 신발을 신고 1마일 정도 떨어진 냇가로 걸어간다. 고행을 선택한 것이다. 죄책감과 수치심을 느끼면서도 '밖에서 이루어진' 구원의 길을 내가 언제 부탁한 적이 있느냐며 거절한 그에게 남은 것은 자기 안에서 길을 모색하는 것뿐이다. 이후 어른이 되어서도 그는 계속 그런 식으로 구원의 길을 모색한다(《현명한 피》에 대한 좀 더 긴 논의는 앞선 장 '어떻게든 살아 보려고 하다가 나온 선택들'을 참고하라). 그 길은 혹독하고 절망적이다. 부탁한 적도 없고 우리가 필요한 줄도 몰랐던 은혜만이 살길이라고, 작가 플래너리 오코너는 헤이즈를 통해 오히려 온몸으로 말하고 있는 것은 아닐까. 루시와 마네트 박사 그리고 누구보다 찰스는 분명 그렇다고 진심으로 동의할 것 같다.

# 《두 도시 이야기》

❶ 이 소설은 프랑스 혁명을 소재로 여러 굵직한 주제를 흥미진진하게 펼쳐 냅니다. 당신이 생각하는 이 소설의 핵심 주제는 무엇입니까? 왜 그렇게 생각하시나요?

❷ 이 소설에서 가장 마음에 남는 등장인물은 누구입니까? 그 이유는 무엇인가요?

❸ 자기 권리를 마음대로 휘두르는 것을 정의라고 생각하는 이들이 있습니다. '적법한' 권력이라면 얼마든지 뜻대로 할 수 있다고 생각하는 것이지요. '신자유주의적 정의'라고도 할 수 있는데요. 적법한 권리라도 제한이 필요한 때가 있지 않을까요? 그것이 다른 이들에게 큰 고통을 강요한다면 문제가 아닐까요? 어떻게 생각하시나요?

❹ 작가는 기득권층의 탐욕과 악행과 비겁함을 생생하게 그려 냅니다. 그래서 독자는 혁명에 참여하는 민중의 분노, 특히 드파르주 부인의 분노에 충분히 공감할 수 있지요. 하지만 그들은 어디서 멈춰야 할지 알 수 없었습니다. 복수의 악순환

악마의 눈이 보여 주는 것

을 끊을 방법도 없었지요. 피해자가 가해자가 되는 이야기를 통해 저자는 무엇을 말하고 싶었을까요?

❺ 자기 일을 성실히 감당하는 은행원 로리 씨에 주목하고 싶습니다. 그는 늘 자기 할 일을 다 했을 뿐이라고 말하지만, 그가 하는 일은 그 정도 수준이 아니라는 것을 독자는 알 수 있지요. 일이 이렇게 선을 이루고 기쁨을 맛보는 자리가 될 수 있다면 얼마나 좋을까요? 그런 경험이 있다면 나눠 주시기 바랍니다.

❻ 카턴이 부활의 성경 구절을 통해 자기희생을 실천할 힘을 얻는 대목에 대해 어떻게 생각하시나요? 선한 일을 감당하기로 할 때 그것을 추진할 에너지로 성경 말씀(혹은 다른 무언가)에 힘을 얻었던 적이 있나요?

❼ 카턴은 사랑하는 이를 위해 궁극적 희생을 감수합니다. 그의 사랑은 어떤 것이었을까요? 정욕의 사랑은 아니었던 것이 분명합니다. 일종의 기사도적 사랑이었을까요? 그런 사랑이 현실에서 가능하다고 생각하십니까?

❽ "내가 부탁한 적 없는데"라는 말은 값없이 주어지는 은혜의 가치나 소중함을 감소시킬 수 있을까요? 내가 구하지 않

왔던 은혜를 받고 그 은혜가 오히려 성가시게 느껴졌던 경험,
그러나 결국 그 은혜로 살 힘을 얻었던 경험이 있나요?

악마의 눈이 보여 주는 것

"예수님은 널 구원하기 위해 돌아가셨다."
그 말에 헤이즈는 이렇게 중얼거린다.
"난 부탁한 적 없는데."

너새니얼 호손_《주홍 글자》

# 주홍 글자, 그 잔인한 자비

## 09

니거섬에 열 명의 사람이 모인다. 각자 거절할 수 없는 매력적인 초대를 받고 그 자리에 왔다. 어느 순간, 열 사람 모두의 죄가 녹음된 레코드를 통해 울려 퍼진다. 그리고 한 사람씩 목숨을 잃기 시작한다. 그들은 모두 법으로 처벌할 수 없는 살인을 저지른 사람들이었다. 폭풍이 치고 그들을 섬으로 실어 나른 배는 떠나 버린 지 오래. 한동안 아무도 들어올 수도 나갈 수도 없는 상황이다. 그리고 놀랍게도 그중 한 사람이 범인이라는 것이다. 생존자들이 서로를 의심하고 두려움에 떠는 가운데 희생자는 늘어만 간다.

주홍 글자, 그 잔인한 자비

영국의 추리작가 애거사 크리스티의 대표작《그리고 아무도 없었다》의 줄거리다. 내가 이 소설에서 관심이 가는 대목은 그곳에 모인 열 사람의 죄목이다. 그들은 각각 살인을 저질렀지만 법의 처벌을 모면했다. 배심원의 여론을 조작해 죄없는 사람을 죄인으로 몰아간 판사. 위증을 통해 무죄한 사람을 사형수로 만든 형사. 과음한 상태에서 수술을 감행해 환자를 죽게 만든 의사. 심장병을 앓던 노인에게 약을 제때 제공하지 않아서 죽게 만든 집사 부부. 자신이 맡은 어린 학생이 감당할 수 없는 먼 곳으로 수영하겠다는 요구를 허용해 죽도록 조장한 가정교사(그 학생만 없으면 그녀의 애인이 많은 유산을 물려받을 수 있었다). 불장난으로 임신한 가정부를 내쫓아 절망 끝에 자살하게 만든, 청교도적 성 윤리를 내세우는 올드미스.

그들이 저지른 살인은 대부분 직업적인 전문성을 이용하거나 남용한 결과였다. 의미 있는 모든 직업은 어떤 식으로든 사람을 살리는 일이다. 뒤집어 말하면, 그 일을 제대로 감당하지 못하거나 이익의 수단으로만 삼으면 얼마든지 사람을 죽일 기회로 전락할 수 있다는 말이다. 자신이 하는 일의 '의미'를 생각하지 않고, 그 책임을 잊어버렸다간 큰일을 저지를 수 있다.

여기서 예외적인 인물이 있다. 가정부를 쫓아낸 올드미스다. 그녀는 자신의 윤리적 확신을 다른 사람들에게 일방적으로 강요하는 것도 살인이 될 수 있음을 보여 준다. 그리고 그

악마의 눈이 보여 주는 것

비슷한 느낌을 주는 사람들이 집단으로 등장하는 작품이 너새니얼 호손의 대표작 《주홍 글자》다. 법 없이도 살 사람, 도덕적인 사람이야 아무리 많아도 아쉬울 뿐이다. 하지만 문제는 그런 사람은 그렇지 못한 사람을 손가락질하고 정죄하고 매도하는 유혹에 빠지기가 쉽다는 데 있다. 옳은 말이 흉기가 되는 경우가 얼마나 많은가.

이렇게 보면 누구도 (도덕군자도!) 살인죄의 가능성에서 자유롭지 못하다는 생각이 든다. 그리고 그 죄에 관해 세상의 법망은 피할 수 있을지는 몰라도, 지엄한 하늘의 법정에서 빠져나갈 수는 없다. 우리는 과연 이런 혐의에서 자유로운가? 지금까지는 어땠는지 몰라도, 앞으로는 어떨까? "살인하지 말라"는 명령이 과연 우리와 멀리 떨어진 계명이라 할 수 있을까? 지금도 우리가 살아가는 하루하루는 얼마나 날카로운 칼날 위에 서 있는지 모른다.

청교도 전통을 좋게 생각하고 엄격한 장로교를 표방하는 보수적인 교회에 다니는 사람으로서, 이 책에서 그려지는 사람들의 모습은 먼 과거, 남의 땅, 남의 나라 소설 속 이야기만이 아니다. 그것은 여전히 내가 살고 있는 현실일 수 있다(분명히 어느 정도 그럴 것이다). 생명을 얻은 자가 누리는 가이드라인으로 '자유롭게' 율법을 지키는 가운데 생명을 누리면 얼마나 좋으랴마는, 그 율법을 수단으로 삼아 스스로를 옥죄고, 무엇보다 남을 옥죄는 것은 얼마나 빠지기 쉬운 함정인지 모른다.

　바른 선택을 내리고 올바른 길을 가는 것이 오히려 덫이 될 수 있고, 사람을 독선적이고 자기의(自己義)에 빠지게 만드는 유혹 또한 만만한 것이 아니다. 바른길이 분명히 있으나, 바른길에도 나름의 무서운 덫과 유혹이 있으니 교만하지 말아야 하며, 설령 잘못을 저질렀다 해도 그것은 또 다른 은혜를 누릴 기회가 될 수 있으니 절망하지 말아야 한다. 《주홍 글자》에는 대조와 대립, 역설과 반전이 가득하다. 이제 《주홍 글자》의 한 캐릭터에 집중해 그 얘기를 해 보자.

### 잔인한 자비

아기 때문에 불륜 사실이 발각되어 주홍 글자를 옷 앞에 새기고 다니는 치욕을 안고 살아가는 여주인공 헤스터 프린과 자신의 죄를 드러내지 못하고 속으로만 괴로워하는 불륜 상대 아서 딤스데일 목사. 이 두 사람의 대비가 소설 《주홍 글자》전체를 끌고 간다. 이번 글에서는 남자 주인공 딤스데일 목사에 초점을 맞출까 한다.

　딤스데일 목사는 극도의 죄책감에 시달린다. 그래서 갖가지 방식으로 고행과 자해를 일삼는다. 마치 그렇게 하면 죄가 없어질 거라고 생각하기라도 하는 듯이 말이다. 그리고 소심한 그 나름으로는 용기를 내어 설교 시간에도 여러 번 자신의 죄를 두루뭉술하게 털어놓기도 한다. 그러나 아무도 알아듣지 못할 모호한 고백은 오히려 그를 더욱 신실한 목사로 보이게 만드는 역효과만 내고 만다.

딤스데일 목사가 죄를 자백하지 못한 가장 큰 원인은 유약하고 소심한 딤스데일 본인에게서 찾을 수 있다. 존경받고 촉망받는 지위에 있는 그런 사람이 죄를 고백하고 몰락과 치욕이 기다리는 길을 걸어가는 일은 결코 쉽지 않았을 터다. 나같은 보통 사람도 쉽사리 상상할 수 있는 시험이다. 그런데 흥미로운 것은 그가 진실을 털어놓고 회개하는 것을 가로막는 가장 큰 장애물이 바로 그를 누구보다 사랑하고 존경하는 사람인 헤스터 프린이라는 점이다. 프린은 세 가지 방식으로 그런 역할을 한다.

첫째, 혼자서 모든 것을 안고 가려고 한다. 불륜 상대가 누구인지 밝히지 않고, 자신은 죄인으로서 뭇사람들의 멸시와 냉대를 받으며 살면서도 딤스데일 목사를 원망하지도 않는다. 그저 딤스데일 목사가 내면의 괴로움에 못 이겨 시들어가는 것을 안타깝게 여길 따름이다. 둘째, 딤스데일 목사에게 그렇게 뉘우치고 자책했으니 이제 된 거 아니냐고, 그동안 수많은 이들에게 유익을 끼치는 귀한 설교들을 했지 않느냐고, 아예 대놓고 엉터리 사죄를 선언한다. 셋째, 전남편(칠링워스)의 손아귀에 걸려들어 괴로워 어쩔 줄 몰라 하는 딤스데일이 '용감한 당신' 운운하면서 프린을 바라보며 해결책을 기대할 때, 프린은 계획을 세운다. 딤스데일 목사와 함께 영국으로 돌아가리라. 거기서 새로운 인생을 시작하리라.

한마디로, 헤스터 프린의 사랑은 딤스데일이 자신의 죄를 직시하고 소심함과 비겁함에서 벗어나지 못하게 막는 거대한 장애물이었다. 그러나 결국 그는 그 거대한 장벽을 넘어 거짓의 삶에서 빠져나올 수 있었다. 여기서 놀라운 역설이 드러난다. 너무나 확실한 해결책으로 보였던 프린의 영국 도피 계획을 미리 알아채고 소용없게 만들어 버린 사람, 빠져나갈 길을 막아 버려 딤스데일을 진실을 털어놓는 자리로 몰아간 장본인은 다름 아닌 칠링워스였다. 물론 칠링워스의 목적은 고백과 회개를 끌어내려는 것이 아니라 딤스데일을 곁에 두고 계속 괴롭히려는 것이었다. 어쨌든, 결과적으로는 거짓된 삶을 이어 가도록 유혹하는 연인과 그런 삶을 불가능하게 만들어 결국 진실을 토로할 유일한 기회를 열어 준 원수라는 역설적 구도가 탄생한다.

딤스데일은 결국 모든 것을 털어놓고 죽어 가면서 세 가지를 거론하며 '하나님의 자비'를 찬양한다. 7년간 그를 괴롭힌 양심의 가책, 그것을 이용해 자신을 고문한 칠링워스 그리고 군중 앞에서 '수치스럽지만 빛나는' 죽음을 맞게 된 상황이 감사의 제목이었다. 딤스데일이 여기서 고백한 자비, 즉 괴로움과 수치와 원수 칠링워스의 집요한 정신 고문의 모습으로 찾아온 자비는 C. S. 루이스의 표현을 빌리면 '잔인한 자비'라고 할 수 있다.

괜찮다, 평안하다, 다 그런 거다, 그만하면 됐다, 이런 온갖 다정하고 긍정적이고 친절한 다독임, 언제 들어도 기분 좋은 이런 말들이 때로는 가장 위험한 독일 수 있다. 그것이 우리를 우리 죄 가운데 주저앉아 망하게 할 수 있다. 그런 독 사과가 누구보다 사랑하는 이들의 손으로 건네질 수도 있다는 점이 무서운 일이다. 잔인한 자비를 알아보고 그 자비를 허락하신 하나님을 찬양할 수 있다면 좋겠다. 완전할 리 없는 우리가 늘 좋은 말만 들어도 괜찮을 리가 없지 않은가. 나를 괴롭게 하는 그 일이, 우리를 사지로 모는 것 같은 그 사람이, 혹시 그분의 잔인한 자비는 아닐지 돌아볼 일이다.

주홍 글자, 그 잔인한 자비

# 《주홍 글자》

❶ "새 식민지를 건설한 사람들은 처음에는 인간의 덕성과 행복에 찬 어떤 유토피아를 꿈꾸었는지 몰라도, 으레 처녀지의 일부를 묘지로, 또 다른 일부를 감옥터로 떼어 두는 것이 실제적으로 가장 먼저 해야 할 일이라는 사실을 깨달았다." 소설 전체의 두 번째 단락에 등장하는 이 구절은 이상과 현실의 괴리를, 이 작품이 말하는 바를 잘 보여 준다고 생각합니다. 혹시 이 구절에 대해 하실 말씀이 있으신가요?

❷ 아내의 불륜에 상처받은 피해자는 칠링워스인데, 저자도 그렇고 주인공들도 칠링워스를 '악마'라고 부릅니다. 어떤 면에서 칠링워스의 죄는 딤스데일이나 프린과 달리 '악마적'이라 표현할 수 있을까요?

❸ 작품 전반에 걸쳐 엄격하고 고루하고 따분한 청교도 사회의 이미지가 그려집니다. 청교도처럼 신앙이 중심이 되는 삶은 건전하고 도덕적일지는 몰라도 즐겁고 유쾌한 이미지는 아닐 수 있을 것 같은데, 어떻게 생각하시나요?

악마의 눈이 보여 주는 것

❹ 많이 뉘우치면 첫값을 받은 것이 될까요? 헤스터 프린이 딤스데일 목사에게 그 비슷한 말을 하지요. 또 하나 생각해 볼 점이 있습니다. 시간이 지나면 죄가 옅어지는 것처럼 생각하는 이유는 무엇일까요? 이 부분에 대해서는 어떻게 생각하시나요?

❺ 죄가 드러나 주홍 글자를 달고 사는 헤스터 프린과 자신의 죄를 숨기고 목사직을 수행하는 딤스데일의 상반된 모습은 다각도로 대비됩니다. 두 사람의 상반된 모습/상황 중에서 가장 기억에 남는 것이 있다면 말씀해 주십시오. 특별히 그 장면이 기억에 남은 이유가 있습니까?

❻ 헤스터 프린은 주홍 글자 탓에 오히려 더 훌륭한 사람이 되는 것 같은데요. 그것은 속죄의 삶이었을까요, 아니면 그로 인해 얻게 된 자유가 가져다준 독립성의 산물이었을까요?

❼ 딤스데일이 자신의 죄 때문에 오히려 죄에 민감하고 성직을 더 잘 수행하는 것처럼 보이는 측면이 있습니다. 요즘 상황으로 바꿔 보자면, 교회에 미칠 파장을 생각해서 그가 그냥 가만히 있어야 한다는 식의 주장도 가능할 것 같은데, 어떻게 생각하시나요?

주홍 글자, 그 잔인한 자비

❽ 칠링워스의 복수는 아주 교묘하면서도 처절합니다. 어쩌면 그는 아내의 불륜으로 자신이 망가졌다고, 돌이킬 수 없는 손상을 입었다고 생각한 것 같기도 합니다. 그에게 사는 길이 될 수 있는 진정한 복수는 무엇이었을까요?

❾ 프린은 딤스데일 목사에게 같이 도망가자고 권합니다. 두 사람의 관계를 보면서 '과연 그것이 사랑이었을까?'라는 의문이 듭니다. 어떻게 생각하시나요? 그렇게 생각하시는 이유는 무엇인가요?

❿ 딤스데일 목사가 군중 앞에서 자신의 죄를 털어놓으려는 것을 칠링워스는 막으려고 합니다. 이 대목은 정말이지 죄와 사로잡힘, 고백과 자유의 관계에 대한 비유처럼 보입니다. 혹시 이런 경험이 있으신가요? 있다면 혹시 나누어 줄 수 있으신가요?

⓫ 모든 것을 털어놓고 죽어 가면서 딤스데일 목사는 '하나님의 자비'를 찬양합니다. 7년간 그를 괴롭힌 양심의 가책과 그것을 이용해 자신을 고문한 칠링워스 그리고 군중 앞에서 수치스럽지만 빛나는 죽음을 맞게 하신 것을 두고 이렇게 표현한 겁니다. C. S. 루이스의 표현을 빌리자면 '잔인한 자비'라고 할 수 있는데, 이 점에 대해 어떻게 생각하시나요?

❷ 헤스터 프린은 왜 나중에 돌아왔을까요? 무엇이 그녀를 그리로 끌어당겼을까요?

코맥 매카시_〈로드〉

# 믿음과 소망과 사랑의 여정

**10**

오늘 살펴볼 책은 《로드》다. 《반지의 제왕》의 아라곤 역으로 유명한 비고 모텐슨이 주연한 영화(《더 로드》)로도 나왔다. 불바다가 되어 모든 것이 무너진 세상에서 살아남고자 따뜻한 해안을 찾아가는 부자의 여정을 따라간다. 불신과 절망과 혐오와 두려움이 가득한 세상에서 아버지와 아들은 작게나마 믿음과 소망과 사랑이 남아 있음을 보여 준다. 그리고 독자는 이 책을 통해 세 가지가 긴밀히 이어져 있음을 알게 된다. 먼저 믿음부터 이야기해 보자.

## 믿음

세상이 불타고 거의 모든 것이 망가져 버렸다. 남자가 말하는 대로 좋은 사람은 참으로 드물고, 나쁜 사람들이 득세하는 시절이다. 사람을 잡아먹는 짐승만도 못한 이들이 수시로 등장하고 타인의 목숨을 위협한다. 이런 상황에서 사람을 믿기란 아주 어려운 일이다. 함부로, 무턱대고 사람을 믿는 것은 위험한 일이다. 따라서 끊임없이 경계하고 최대한 주의해야 한다. 조금이라도 방심하거나 허점을 보이면 말 그대로 '먹힐' 수 있는 상황이기 때문이다.

그런데 이런 상황에서 어른답게 모든 사람에 대해 늘 조심하는 아버지와 달리, 소년(아들)은 여전히 아이답게 '기회만 나면' 사람을 믿으려 한다. 또래의 어린아이를 발견하고 그와 소통하고 싶어 하고, 그 아이의 미래를 걱정한다. 식인자들에게 갇혀 먹이가 될 처지에 놓인 이들을 구해 내지 못한 것을 가슴 아파한다. 길에서 만난 눈먼 노인과 먹을 것을 나누고, 그를 보호하고 싶어 한다.

아이는 사람들을 믿을 기회를, 도울 기회를 어떻게든 붙잡고 싶어 한다. 그리고 그런 아이의 성향이 큰 재산이 되는 시점이 찾아온다. 이야기의 끝부분에서 결국 아버지가 아들을 두고 세상을 떠났을 때의 일이다. 아이 앞에 모르는 남자 어른이 하나 나타난다. 그는 아이에게 함께 있던 사람은 어디 있느냐고 묻는다. 그동안 두 사람을 주시하고 있었던 것이다.

악마의 눈이 보여 주는 것

아빠가 죽었다는 말에 그는 이제 어떻게 할 거냐고 묻는다. 아이가 모르겠다고 하자 자기와 함께 가자고 제안한다. 아이는 이 뜻밖의 제안에 이렇게 묻는다.

"아저씨는 좋은 사람인가요?"

소년의 질문에 어른은 그렇다고 대답한다. 그러면서 아빠를 잃고 혼자가 되어 어찌할 바를 모르는 아이에게 두 가지 선택지를 제시한다. 여기서 아빠의 시신과 함께 있든지, 자기 가족과 함께 가든지. 그리고 남는 쪽을 선택하겠다면 길에서 벗어나 있으라는 충고도 잊지 않는다.

이런 제안에 어떻게 대답해야 할까? 당연히 소년은 불안하다. 그래서 묻는다.

"아저씨가 좋은 사람이란 걸 어떻게 알 수 있죠?"

중요한 질문이다. 그리고 답이 없는 질문이기도 하다. 그의 대답이 그것을 말해 준다.

"알 수 없지. 그냥 운에 맡겨야지."

(이 대목을 영화 자막에서 "알 수 없어. 총을 쏴야 할 거야"라고 번역해 놓았다. 책을 안 보고 영화를 봤다면 무슨 소리인가 했을 것이다. "You'll just have to take a shot"을 그렇게 옮긴 모양인데, 참으로 안타까운 오역이 아닐 수 없다.)

최선의 경계를 하고 주의를 하면서도 어떤 시점에서는 믿어 볼 수밖에 없다. 절대 안 속겠다고 버티면, 그것 자체도 덫이 될 수 있다. 혼자서는 살아남을 수 없으니까. 속을까 봐 아빠의 시신 곁에서 언제까지고 버틸 수는 없는 노릇이다. 그거야말로 확실하게 죽는 길이다. 경계와 의심이 필요하지만, 그것들이 언제까지나 믿음을 대신할 수는 없다. 누구를, 무엇을 믿는가가 문제이지 믿음 자체를 아예 거부하고 살 수는 없음을 이 소설은 잘 보여 준다.

아이는 자신에게 주어진 상황과 주어진 단서를 가지고 눈앞의 상대를 판단해야 한다. 아이는 열심히 그 일을 한다. 먼저 질문을 한다. 상대가 어떤 사람인지 묻는다. 불을 운반하세요? 아이들은 있나요? 사람을 잡아먹지 않지요? 아이가 아버지를 통해 경험한 바, 가장 중요한 것을 확인한 셈이다. 남자의 짧은 대답은 아이에게 신뢰를 주었다. 그래서 아이는 함께 가도 되느냐고 묻는다.

그리고 짧은 지면에 작가는 이 남자가 어떤 사람인지 짐작할 수 있는 '행동과 선택'을 압축적으로 보여 준다. 그는 아이에게 선택권을 준다(남을지 같이 떠날지, 남는다면 길에서 벗어나 있으라는 조언까지). 아이를 조종하거나 휘두르려는 생각이 없다(아버지의 유품인 총을 갖고 있게 한다). 약속을 지킨다(그는 아버지의 시신을 담요로 싸는 일을 자청했는데, 아이가 아버지와 작별하러 갔을 때 "남자가 약속한 대로" 아버지는 담요에 싸여 있었다). 상대를 배려하는 인격적인 사람이다(아이가 아버지의 시신 앞에서 오랫동안 울도록 기다려 준다).

처음 만난 남자를 믿고 따라가는 아이의 선택은 계속 길을 가라는 아버지의 유언과도 일치한다. 그리고 사람을 믿은 덕택에 아이에게는 새로운 가족과 보호자가 생긴다. 믿음이 아이를 살린 것이다.

## 소망

이 소설 속 상황은 너무나 절망적이다. 암담하고 암울하기 짝이 없다. 세상은 불타고 살아남은 이들은 상당수 인간성을 상실하고 말았다. 만인이 만인의 늑대가 된 것 같은 상황이 연출된다.

그래서 많은 등장인물이 절망한다. 어느 집에서는 가족들이 단체로 목을 매단 모습으로 죽어 있다. 소년의 엄마도 절망했다. 다른 집에서는 많이들 자살을 선택한다며 자기들도 그렇게 하자고 남편을 재촉한다. 이대로 가다간 잡혀서 능욕당하고 잡아먹힐 뿐이라고, 아이와 함께 죽자고 한다. 그러나 남편은 그런 절망을 받아들이지 못한다. 남편이 끝끝내 거절하자 여자는 남편과 아들을 두고 홀로 사라진다. 어둠 속에서 홀로 숨이 끊어졌으리라.

수많은 이들이 절망했고 스스로 목숨을 끊었다. 절망 때문에 인간으로 살기를 포기하고 식인을 선택했다. 그러나 주인공은 절망하지 않는다. 아이가 없었다면 절망했을지도 모르지만, 그에게는 지켜야 할 소중한 대상, 아이가 있다. 아이가 있는 한, 아이를 지켜야 하기 때문에 절망할 수 없다. 아이 앞에서 그는 분명히 말한다. 우리는 좋은 사람들이라고. 그것은 약속이자 자신을 향한 다짐이기도 하다.

그러나 그런 주인공도 몇 번이나 끝났다고 생각할 수밖에 없는 순간들을 맞았다. 대표적인 두 장면을 떠올려 본다. 하나는 식인자들이 다른 이들을 먹잇감으로 잡아 놓은 집에 들어갔다가 그들에게 잡힐 뻔했을 때다. 아무것도 모르고 마침 사람이 없는 틈에 그 집에 들어왔던 아버지와 아들이, 집으로 들어오는 식인자들의 모습을 보고 간신히 빠져나가지만 멀리 가지 못한 채 바깥 덤불에 숨는다. 영화에서는 부자가 빠져나갈 틈이 없어서 2층에서 가슴 졸이며 기다리는, 좀 더 긴박한 상황이 연출된다. 어쨌거나 아버지는 고민에 빠진다. 이제 끝인가? 여기서 아이가 험한 꼴 당하지 않게, 먹잇감이 되지 않게 내 손으로 죽여야 하나? 내가 그럴 수 있을까? 그러나 그 위험한 순간에도 아버지는 절망하지 않고 버틴다. 그 덕분에 간신히 부자는 위험한 순간을 넘기고 여정은 이어진다.

또 하나는 (영화에서) 오랫동안 먹을 것이 없어서 힘들어하던 그들이 어느 집에서도 음식을 찾지 못하자, 아버지가 절규하는 장면이다. 그러나 바로 이어서 두 사람은 먹을 것이 가득한 벙커를 발견하게 된다. 소설에서는 아버지가 그 집 마당에 뭔가 있을 것이라고 직감하고 열심히 땅을 파서 벙커를 발견하는 것으로 그려진다. 식인자들의 집에서 지하실 문을 땄다가 거기 갇혀 있는 사람들을 보고 기겁했던 터라, 이번에는 아들이 열심히 말리고 눈물도 흘리지만, 아버지는 아들에게 시간을 좀 줄 뿐, 물러서지 않는다. 그는 이렇게 말한다. "이게 좋은 사람들이 하는 일이야. 계속 노력을 하지. 포기하지 않아."

좋은 사람은 절망하지 않는다. 포기하지 않는다. 아니, 희망을 잃어버리면 좋은 사람으로 더 이상 살아갈 수가 없다. 막다른 상황이라 절망한다고 생각하지만, 많은 경우 오히려 절망해서 막다른 상황이 된다는 사실을 잊지 말아야 하리라. 절망하고 주저앉는 순간, 새로운 기회는 닫혀 버리니까.

앞에서도 말했지만, 아버지는 아들이 있었기에 포기하지 않았다. 그리고 자신의 죽음을 앞두고 같이 데려가 달라는 아이에게 그럴 수 없다며 이런 이유를 댄다. "너는 불을 운반해야 해." 아이는 그 불이 진짜 있는 거냐고, 자기는 어떻게 해야 할지 모르겠다고 되묻는다. 아버지는 진짜라고 대답한다. 그리고 (내가 생각할 때) 결정적 대사가 나온다.

"어디 있죠? 어디 있는지도 몰라요."
"왜 몰라. 네 안에 있어. 늘 거기 있었어. 내 눈에는 보이는데."

아이 본인은 긴가민가하지만, 아버지 눈에는 훤히 보인다는, 아이 안에 있고 늘 있었던 불이 무엇일까? 그 불을 가장 잘 보여 주는 장면이 카트 도둑 에피소드가 아닐까 싶다. 부자의 전 재산이 담긴 카트를 훔쳐 달아나던 도둑을 붙잡은 아버지는 분노에 못 이겨 도둑의 옷을 다 벗기고는 그대로 버려두고 떠난다. 진작부터 도둑을 위해 간청하던 아이는 눈물을 멈추지 못한다. 모든 것을 훔쳐 갔던 도둑을 도와주자고 호소하고, 그 사람은 두려워서 그런 것뿐이라고 변호하는 아들에게 아버지는 결국 매정하게 쏘아붙인다.

"네가 모든 일을 걱정해야 하는 존재라도 되는 것처럼 굴지 마."
그리고 아들의 대답. "그렇다고요. 제가 그런 존재라고요."

아버지가 아이에게서 늘 봤던 불이 화르르 타오르며 존재감을 드러내는 장면이다. 두 사람의 생존이 말 그대로 연명에 그치지 않고 인간다운 삶임을 가능하게 하는 불. 생명을 가치 있게 만드는 존엄을 붙들게 하는 불. 모든 일, 즉 다른 사람의 안위와 목숨까지 염려하는 존재로 버티게 하는 불. 아버지는 아들 안에서 그 불을 보았고, 그것을 지켜 주고자 했다.
이야기의 앞부분에서 아이가 아버지에게 이렇게 물은 적이 있다. "우리는 괜찮은 거죠? 우리한테 나쁜 일이 일어나지 않죠?" 이 말에 아버지는 그렇다고 대답한다. 그리고 아이는 그런 생각의 근거를 제시하고 나선다. "우리는 불을 운반하니

악마의 눈이 보여 주는 것

까요." 아이가 자기 삶의 의미와 사명을 말하는 대목이다. 사람은 의미가 있어야 살 수 있는 존재. 아버지가 봤던 불을 아이 자신도 볼 수 있다면, 아이가 절망하고 목숨을 버리는 일은 없을 것이다. 아이를 아이 자신으로부터 지키는 것, 그것이 일차적으로 해야 할 일이다. 물론 아들에 대한 아버지의 소망과 바람은 거기서 머물지 않는다. 여기에 대해서는 '사랑'에 대한 이야기로 이어 가 보자.

## 사랑

아버지는 아들을 너무나 사랑한다. 모든 것을 걸고 아들을 지키려 한다. 아들 덕분에 희망을 붙들 수 있었다. 아들에 대한 사랑은 그를 또 다른 사랑으로 이끈다. 아들 때문에 도둑에 대한 모진 복수를 그치기도 하고, 다른 이들을 상대로 사랑의 선택을 하기도 한다. 아버지의 넘치는 사랑을 받아 소중히 지켜진 아들 덕분에 아버지의 사랑은 다른 사람에게로 조금이나마 퍼지고 그의 인간성도 조금 더 지켜진다.

그 큰 사랑으로 아버지는 수많은 시련을 이겨 낸다. 책 전체가 그 이야기다. 아들을 얼마나 사랑하는지 온몸으로 증명한다. 그러나 그 위대한 사랑으로도 더 이상 함께할 수 없는 순간이 찾아온다. 진작부터 아버지는 아들에게 홀로 서는 법을 가르쳐 주려고 했다. 자신의 생명이 서서히 줄어들고 있음을 느꼈기 때문이다.

그리고 그의 몸이 더 이상 말을 듣지 않는 때가 온다. 더 이상 아들을 돌봐 줄 수 없고, 아들의 운명이 자신의 손에서 벗어난 상황에서 아버지가 할 수 있는 일은 무엇일까? 그는 어떤 선택을 내릴까?

물론 아버지의 눈에서는 눈물이 흘러내린다. 그러나 절망한 아내의 처절한 선택 앞에서도 혼자 아이를 돌볼 때도 절망하지 않았던 그는 이 순간에도 절망하지 않는다. 너 혼자 어떻게 살겠니. 이제 다 끝났구나. 같이 끝내자. 무슨 몹쓸 일을 당할지 모르니 같이 가자. 이렇게 말하지 않는다. 아들은 자기를 데려가 달라고 하지만, 아버지는 그럴 수 없다고 거절한다. 아버지는 아들을 격려하는 쪽을 선택한다. 아이에게 계속 가라고, 잘될 거라고 격려한다.

끝이 다가온 것 같은 아버지에게 아들은 일전에 봤던 작은 아이 이야기를 한다. 그 아이가 길을 잃었던 걸까요? 아버지는 그렇게 생각하지 않는다. 길을 잃으면 누가 찾아 주죠? 누가 그 아이를 찾아요? 어느 순간 그 아이 이야기는 바로 아들의 이야기가 된다. 아버지는 선(善)이 그 아이를 찾아갈 거라고 말한다. 이 말은 곧 아들에게 하는 말이다. 부모 능력의 한계가 곧 부모 사랑의 한계인가? 이 책은 그렇지 않다고 말하는 듯하다. 자신이 더 이상 아무것도 해 줄 수 없을 것 같은 시점에서도, 아이의 앞날에 대해 절망할 권리, 그의 생명을 포기하라고 말할 권리는 없다고 말하는 듯하다. 아버지는 아

악마의 눈이 보여 주는 것

이에게 상기시킨다. 우리는 운이 좋았다고, 너도 그럴 거라고, 너도 절망하지 말라고. 여기서 묻지 않을 수 없다. 과연 운이 무엇인가. 아이를 찾아갈 거라는 그 선은 무엇인가.

## 운(運)과 선(善)

이야기의 거의 맨 앞부분에서 아버지는, 아들이 신의 말씀이 아니라면, 신은 말한 적이 없다고 생각한다. 아들의 존재가 신이 말씀하신 증거라니, 아버지에게 아들이 어떤 의미가 있는지 강력하게 고백한 셈이다. 신을 거론하는 장면을 하나 더 꼽아 보자. 이야기의 뒷부분에서 부자는 해변에 이른다. 아버지는 배에서 신호탄 총을 발견한다. 아버지는 아들의 질문을 받고 그 총의 용도를 설명한다. 우리가 어디 있는지 알려 주는 총이라고. 아들이 묻는다. 총을 쏘면 볼까요? 신 같은 존재가?

이 책 어디에도 신(神)은 등장하지 않는다. 그럴 수밖에 없다. 신화가 아닌 다음에야 이야기에 신이 직접 등장할 리가 있나. 작가가 작품에 등장하지 않는 것과 같은 이치다. 작가는 작품 속 사건들과 등장인물들을 통해, 그들 가운데, 그들이 나누는 대화 가운데 자신의 흔적을 남긴다. 아니 작품 자체가 작가의 증거다. 작품은 저절로 쓰이지 않으니까.

그런데 남자도 모르고 소년도 몰랐지만, 두 사람을 지켜보는 이들이 있었다. 그리고 남자가 죽고 나자, 그들이 소년에게 다가간다. 이후 앞에서 말한 대화가 이루어지고, 아이가 선택을 내리고 아이와 4인 가족의 새로운 인연이 시작된다. 그렇다. 아이는 운이 좋았다. 선한 사람들이 그를 찾아갔다. 운과 선이 만난 것이다. 운과 선은 하나였다.

새로운 가족의 어른 여자는 가끔 신에 관해 말하는 것으로 나온다. 그리고 소년도 신과 말을 하려 했다고 나온다. 여자가 하나님에 대해 가르치고, 소년이 기도를 배우고 기도를 하게 되었다는 뜻일 것이다. 저자는 신이 없는 것처럼 보이는 절망의 세계를 설정해 놓고서, 지속적으로 신을 거론하고 신에 대해 이야기한다. 그리고 마지막 대목에서 신을 아는 이들이 소년에게 사랑과 연대, 희망의 손길을 내미는 설정으로 마무리한다. 이것은 무엇을 말하는 것일까? 신을 안다고 말하는 자들에게 전하는 메시지가 아닐까? 신을 안다는 당신들이 희망이라고, 희망이 되어야 한다고, 다른 사람들에게 좋은 운을 가져다주는 사람이 되어야 한다고 말하는 것으로 들린다고 하면 지나친 억측일까?

믿음과 소망과 사랑은 항상 있을 것이라 했다(고전 13:13). 아버지는 사랑하는 아들에게서 절망할 수 없는, 희망을 품을 수 있는 근거인 '불'을 보았고, 신이 말씀하셨다고 믿을 수 있는 실증을 발견했다. 이 이야기는 믿음과 소망과 사랑이 서로를 붙들어 준다는 점과, 그중에서도 제일이 사랑인 이유도 알려 주는 듯하다. 아버지는 사랑으로 아들을 지켰고, 그 과정에서 아들은 아버지가 희망을 잃지 않고 인간으로 남을 수 있도록 지켜 주었다. 이것은 참으로 놀라운 신비다.

# 《로드》

❶ 아버지는 절망하는 편이 당연해 보이는 환경에서도 희망을 잃지 않습니다. 지켜야 할 아들이 있었기 때문인데요. 하지만 아이의 어머니는 절망하고 말았고, 소설 속 많은 어른들도 그렇게 절망했지요. 그들과 아버지의 차이는 무엇이었을까요? 절망하지 않는 법, 소망을 붙드는 법에 대해 말씀해 주십시오.

❷ 아버지는 아들 안에서 그 불이 환하게 타오른다고 말합니다. 아이 본인은 보지 못하는데, 아버지는 너무나 또렷하게 보인다고 하지요. 이것이 누군가에게 소중한 사람, 사랑하는 사람이 말해 줘야 할 내용이 아닌가 싶습니다. 이렇게 소중한 사람으로부터 자기 안의 불을 확인해 주는 말을 듣고 힘을 얻은 적이 있습니까?

❸ 아버지는 아들 안에서 신이 말씀하신 증거를 발견합니다. 이런 묵시록적 소설에서 신에 대한 언급이 어떤 의미가 있을까요?

악마의 눈이 보여 주는 것

❹ 아버지는 아들에게 자신들이 "불을 나르는 자들"이라고 말합니다. 여기서 불은 무엇일까요? 아버지는 아들에게 무엇을 말하고 싶었던 것일까요?

❺ 이 소설에는 'good'이라는 말이 대단히 자주 등장합니다. 콜라를 마실 때도, 폭포에서 몸을 씻을 때도, 그 외에 많은 경우에도 쓰이지요(한국어 번역판에서는 '선하다', '좋다', '맛있다' 등 문맥에 따라 여러 단어로 번역됩니다). 아버지는 아들에게 'good'이라는 단어를 통해 거의 멸망해 버린 세상에 여전히 남아 있는 선한 것, 좋은 것을 누리는 법을 가르치는 것처럼 보입니다. 최악의 상황에서도 선을 발견하는 이들의 태도에 대해 어떻게 생각하시나요? 냉엄한 현실을 외면하는 짓일까요, 아니면 어떤 상황에서도 본받아야 할 모습일까요?

❻ 아버지가 자신의 수명이 다했음을 인식하고 받아들이는 장면, 그리고 그 와중에도 아들을 격려하려 애쓰는 모습은 가슴 뭉클한 대목이지요. 사력을 다해 아들을 돌봐 왔지만 이제 그 능력의 한계에 이르렀을 때 그는 어떻게 하나요? 당신이 그 아버지라면 홀로 남겨질 아들에게 무슨 말을 해 줄 수 있을까요?

❼ 막판에 아들이 새로운 가족을 만나게 되는 대목에서, 그 가

믿음과 소망과 사랑의 여정

족의 아버지와 나누는 대화도 경계와 조심스러움, 믿음과 신뢰에 대해 많은 것을 떠올리게 해 줍니다. 사람을 믿는다는 것은 꼭 필요한 일이면서도 두려운 일이기도 하지요. 이 부분에 대해서 나눌 이야기가 있다면 들려주세요.

악마의 눈이 보여 주는 것

너는 불을 운반해야 돼.
어떻게 하는 건지 몰라요. 모르긴 왜 몰라.
그게 진짠가요, 불이?
그럼 진짜지.
어디 있죠? 어디 있는지도 몰라요.
왜 몰라. 네 안에 있어. 늘 거기 있었어. 내 눈에는 보이는데.

윌리엄 셰익스피어_〈리어왕〉

# 리어왕이 거부한 것

**11**

"자 사랑하는 딸들아! 아버지를 향한 너희들의 사랑이 어느 정도이냐? 그 사랑에 따라 재산을 나누어 줄 것이다."

나이 든 리어왕은 세 딸에게 왕국을 나눠 줄 생각을 한다. 그리고 가장 애정이 깊고 효성스러운 딸에게 가장 큰 은혜를 내리겠다고 말한다. 한 나라의 3분의 1이 걸린 구술시험이었다. 오랜 세월 많은 사람을 겪어 본 왕인지라 딸들의 말을 들어 보면 진심을 꿰뚫어 볼 수 있다고 생각했을지도 모르겠다. 어쨌거나 한 나라를 평생 다스린 왕이 아닌가. 게다가 자식들이 아닌가. 아비가 자식을 모르면 누가 안단 말인가.

그런데 리어왕이 딸들에게서 듣고 싶은 말은 정해져 있었다. 누군들 그렇지 않을까만, 절대 권력자로 군림하던 리어왕의 경우는 그 정도가 심각했다. 수십 년간 모두가 그의 마음에 드는 말을 하고 싶어 안달이었을 테니. 오랜 세월 아버지를 지켜본 딸들은 아버지가 어떤 사람인지 알았고, 자신들의 입에서 어떤 말을 듣고 싶어 하는지도 잘 알았다. 왕이 원한 것은 물론 진심이 담긴 사랑의 고백이었다. 그러나 진심은 겉으로 보이지 않는다. 리어왕이 낸 문제에 그가 원하는 답이 노골적으로 드러나 있다. 너무나 쉬운 문제였다.

첫째 딸 고네릴과 둘째 딸 리건은 출제자의 의도에 충실한 답안을 내놓아 합격점을 얻는다. 그러나 리어왕이 가장 아꼈던 막내딸 코델리아는 그런 식으로 아버지의 장단에 맞춰 춤을 출 수가 없었다. 평소에는 이런 강직한 모습 때문에 오히려 아버지의 사랑을 받았으리라. 그러나 지금은 특별한 순간이었다. '가진 것을 전부 걸고 내놓은 질문에 원하는 답이 나오면 그 대답이 진심을 담고 있다고 판단하기로' 정해 놓은 상황이다. 그런데 코델리아는 그런 아버지의 의도를 알면서도, 어쩌면 그런 의도를 알았기에, 아버지가 원하는 답을 내놓을 수가 없었다. 오히려 아버지가 원하는 바와 정반대 방향으로 나아갔다. "자식의 의무로서 사랑하고 존경하는 것뿐"이라는 삭막한 대답을 한 것이다.

리어왕의 신하들과 두 큰딸, 사위들 그리고 코델리아의 두 구혼자가 그 장면을 지켜보고 있었다. 한 편의 드라마처럼 훈훈하게 왕위를 넘겨주면서 마무리하고 싶었는데, 다른 사람도 아니고 믿었던 막내딸이 물벼락을 끼얹은 꼴이었다. 리어왕이 분노하는 것도 충분히 이해할 만하다. 듣고 싶은 말이 있는데 그 말이 안 나오니 리어왕은 견딜 수가 없었다. 그 말을 안 하는 것은 자신을 능멸하는 반항으로만 보였다. 그에게는 그것이 '진실'이었다.

그는 자신이 원하는 것과 다른 방식으로 표현되는 '진심'을 받아들일 수 없었다. 자신이 원하는 대답의 형식만 채워지면 그것이 곧 진심이라고 믿었다. 평생 그렇게 살아도 문제가 되지 않았다. 절대 권력을 가진 왕이었으니까. 그렇게 속을 다 드러내고 살다 보니 마침내 그가 듣고 싶은 말은 그의 마음을 얻을 수 있는 마법의 주문이 되었다. 큰딸 둘은 그 주문을 읊어 리어왕으로부터 원하는 바를 손쉽게 얻어 냈다.

## 선택의 기로에 서다

그런데 이거, 남의 얘기가 아니다. 영락없이 모범생인 줄로만 알았는데 사실은 급우들을 괴롭히는 아이들은 어떨까. 똑똑한 학생이 교사가 원하는 반응을 연기하는 건 쉽다. 상대가 부모라면 더욱 말할 것도 없다. 부모가 자녀에게 기대하는 언행과 모습이 있기 마련이나, 아이가 진정한 자기 목소리를 낼 수 있는 분위기를 만들어 주고 아이의 진짜 모습에 제대로 반응해 주지 않으면, 결국 아이는 가면을 쓰게 된다. 그것이 인정받는 길, '가정의 평화를 이루는 길'임을 알기 때문이다. 부모가 인정할 만한 언어를 구사하는 법을 배우는 것이다. 그런 면만 놓고 보면, 차라리 아이가 부모의 뜻을 거부하고 반항하는 것이 장기적으로는 더 낫겠다 싶다. 물론 정도와 사정에 따라 달라질 문제이기는 하다. 정말 아이의 연기만 보고 행복하게 살다가 어느 순간, 결정적인 때 아이의 진면목을 보고 놀랄 부모, 많지 않을까?

C. S. 루이스는 《나니아 연대기》 1권, 《마법사의 조카》에서 신적인 사자 아슬란의 입을 빌려 이렇게 말한다. "누구나 원하는 것을 얻는다. 그러나 자신이 얻은 것을 다 좋아하지는 않는다." 리어왕은 두 딸에게서 자신이 원하는 답을 얻었다. 막내딸이 자신의 뜻대로 움직이지 않자 막내 몫으로 떼어 뒀던 나머지 영토도 언니들에게 나눠 줘 버린다. 자기가 원하는 대로, 내키는 대로 다 해 버렸다. 그러나 그 결과 얻게 된 것이 결국 그를 미치게 만들었다.

우리도 동일한 선택의 기로에 서 있다. 내가 아이로부터 바라는 것이 무엇인지 정직하게 묻지 않을 수 없다. 복종의 연기인가, 마음인가. 내가 원하는 것은 당장 내 입맛에 맞는 겉모양인가, 아니면 맘에 들든 그렇지 않든 진심인가. 이렇게 보니 "하나님은 외모가 아니라 중심을 보신다"라는 말이 참으로 의미심장하게 다가온다. 하나님은 겉모습을 보시지 않는다. 마음을 보신다, 진심을 아신다. 이것이 어디 자녀에게만 해당하는 이야기겠는가. 부모, 배우자, 친구, 아니 내가 관계하는 모든 사람에게서 나는 과연 무엇을 보고자 하는지 돌아보게 된다. 내가 원하는 바는 무엇인지 묻게 된다.

## 뜻밖의 로맨스

《리어왕》의 주요 등장인물 중 한 사람, 글로스터 백작에게는 배다른 두 아들이 있다. 정실부인의 아들 에드거와 첩에게서 얻은 아들 에드먼드다. 그런데 에드먼드라는 인물이 권모술수에 능하고 미남자에다 매너도 좋았던 모양이다. 리어왕의 두 딸, 고네릴과 리건이 모두 그에게 홀딱 빠지고 말았다. 둘 다 자기를 내던지는 순애보를 만든다. 리건은 남편의 죽음으로 자신의 것이 된 왕국까지 서슴없이 다 갖다 바친다. 고네릴은 에드먼드를 잃기 싫어 동생을 독살하기에 이른다. 이 정도 되면 에드먼드를 향한 두 사람 마음의 진정성을 의심할 수 없을 것이다.

고네릴과 리건이 아버지를 대하고 '처리'하는 모습만 보면, 감정 따위에 휘둘리지 않는 차가운 여자, 산전수전 다 겪어 세상 물정 다 알고 효니 도리니 약속이니 진실이니 하는 것들은 다 허위에 불과하다고 치부할 속물들이 분명하다. 아버지의 믿음을 헌신짝처럼 내던져 버린 그들이었다. 다른 사람의 믿음과 자신의 약속을 우습게 여겼던 그들이었다. 하지만 그들은 에드먼드, 그이만은 날 속이지 않을 거라고, 그의 사랑은 진심일 거라고 믿고 그 사랑을 얻고자 모든 것을 건 모험을 한다. 어떻게 그럴 수 있을까?

혹시 고네릴과 리건, 두 사람 모두 에드먼드가 첫사랑은 아니었을까. 제대로 사랑에 빠진 것은 둘 다 그때가 처음이 아니었을까. 아버지 리어왕에게 회심의 일격을 가하는 솜씨를 보면 이들은 권력 투쟁과 처세술에 능숙한 영리한 사람들임을 알 수 있다. 계산된 만남, 정략적 관계가 그네들이 평생 알아 온 인간관계의 전부였을 것이다. 늘 저의를 갖고, 권력 관계와 이권에 따라 살아왔을 것이다.

그렇게 살아온 그들이 행복할 리는 없었을 것이다. 리어왕을 쫓아내고 원하는 것을 다 얻어 낸 기쁨도 마음 깊은 곳의 허전함을 채우지는 못했으리라. 그런데 두 사람 다 에드먼드를 만나고서 달라졌다. 그들에게 에드먼드는 타산적 계산이 없이 만난 첫사랑이었다. 그를 만나고 생전 처음 정말 사는 것 같았으리라. 그이를 위해서라면, 그이와의 사랑을 위해서라면 모든 것을 버리겠다는 그들의 결정을 이해할 수 있을 듯도 싶다.

## 두 딸과 리어왕의 닮은 점

고네릴과 리건의 선택이 평소의 그들답지 않은 어리석은 불놀이라고 비웃을 수도 있다. 좀 더 마음을 다잡고 '일관성 있게' 살았어야 한다고 생각할 수도 있다. 그러나 어쩌면 극단적 형태로 드러난 그들의 실패한 사랑이야말로 그들의 삶에 처음이자 마지막으로 주어진, 자신을 돌아보고 갱생할 기회였을지도 모른다. 진정으로 사랑하고 사랑받는 것, 진실한 믿음을 주고 신뢰를 받는 것, 내게 있는 무엇 때문이 아니라 있는 그대로의 나, 나라는 존재로서 사랑받고 받아들여지는 관계는 누구에게나 인간다운 삶, 의미 있는 삶, 행복한 삶의 필수 요소다. 리어왕이 우격다짐으로 서툴게 원했던 것도 바로 그것이었으리라.

리어왕은 자신이 가진 전부를 걸고 자식들의 사랑을 확인받고 싶었다. 자신이 가장 귀한 것을 주면 상대방도 자신의 마음을 알아줄 줄 알았다. 가진 것 전부를 걸고 도박을 했다고 할까. 어쩌면 진정한 로맨티스트의 면모라고도 할 수 있다. 약은 사람이라면 그렇게 자신의 것을 다 내놓지 않았을 것이다. 딸들의 진심을 믿지 않았다면 뭔가 핵심적인 카드는 끝까지 쥐고 있었을 것이다. 그런데 그는 전부를 걸었다. 물론, 권력을 통해 얻은 것을 권력을 넘겨주는 조건으로 받으려 한 것은 오판이었다. 사랑은 그렇게 확인하고 얻을 수 있는 것이 더더욱 아니라는 사실을 그는 쓰라리게 배워야 했다.

고네릴과 리건은 일찍이 공주로서 살아남는 법을 터득해 권력가와 결혼하고 약삭빠르게 처신해 마침내 권력의 정점에

올랐다. 사랑이니 효성이니 의리니, 이런 것들을 비웃으며 원하는 것을 다 얻었다고 생각했다. 그러다 그것이 전부가 아니었음을 알게 된다. 미남자 에드먼드를 만나 그에게 완전히 빠져들고 말았다. 그리고 이제까지와는 다른 방식으로, 자신의 모든 것을 걸고 연인의 사랑을 얻어 내려 한다. 자신의 모든 것을 바치면 상대가 나를 알아주리라, 나의 이 마음과 동일한 마음으로 나를 대해 주리라, 이렇게 믿으면서. 이들의 모습에서 리어왕의 그림자가 어른거린다. 그들은 아버지를 비웃었으나 영락없는 아버지의 자식이었다.

## 리어왕의 유일한 희망

리어왕과 두 딸은 그렇게 어떤 면에서는 닮았지만 아주 다른 사람으로 결말을 맞이한다. 특히 다른 사람들과 자신을 바라보는 눈이 완전히 달라진다. 결정적인 차이는 졸지에 몰락하는 두 딸과 달리, 리어왕은 모든 것을 잃고 고통을 겪는 상당한 기간을 보낸 데 있으리라. 그는 모든 권력을 넘겨주고 노후를 의탁하려 했던 두 딸의 배신과 냉대, 학대로 인해 결국 측근을 모두 잃고 짐승처럼 광야에서 부르짖는 신세가 된다. 모든 것을 잃고 인생의 나락에 처한 리어왕은 자신의 고통 속에서 고통받는 다른 이들을 떠올리게 된다.

　이 냉혹한 폭풍의 팔매질을 견뎌야 하는

불쌍하고 헐벗은 자들아,

어디에 있든지 간에, 머리를 누일 집도 없이

굶주린 뱃가죽으로, 구멍 뚫린 넝마를 걸친 채로,

이토록 험악한 시절로부터

어찌 너희 자신을 보호한단 말이냐? 오, 그동안 내가

너무 소홀했구나!*

이런 면에서 리어왕의 닮은꼴 캐릭터가 글로스터 백작이
다. 리어왕이 두 딸의 감언이설에 넘어가 코델리아를 내쳤던
것처럼, 글로스터 경도 서자 에드먼드의 계략에 넘어가 적자
에드거를 원수처럼 생각한다. 코델리아가 리어왕에게 땅 한
뙈기 물려받지 못하는 신세가 되었듯이, 에드거는 아버지에
게 버림받고 목숨이 위험한 지경에 이르고 미친 사람 행세를
하며 간신히 목숨을 부지한다. 그리고 두 딸들에게 쫓겨나 미
치광이가 된 리어왕을 위해 달려온 사람은 아버지에게 버림
받았던 딸 코델리아였듯, 두 딸에게 쫓겨나 비참한 신세로 전
락하는 리어왕을 동정하다 리건의 남편에게 두 눈을 뽑히는
신세가 된 글로스터 백작도 자신이 내쳤던 에드거에게 보살
핌을 받는다.

리어왕과 글로스터 경, 둘 다 자신들의 인생은 끝났다고 생

---

* 《리어왕》, 김태원 옮김, 펭귄클래식코리아.

리어왕이 거부한 것

각했다. 그들이 볼 때 앞이 깜깜했고 세상은 온통 사기꾼뿐이었다. 그래서 결국 한 명은 미쳐 버렸고, 다른 한 명은 죽는 길을 택했다. 그런데 그들이 알지 못하는 사이에, 그들이 몹쓸 자식이라고 생각했던 진짜 자식들은 보이지 않는 곳에서 최선을 다해 움직이고 있었다. 하지만 리어왕과 글로스터 백작은 자신이 얻지 못한 것, 잃어버린 것에만 주목한 나머지 (어떻게 안 그럴 수가 있겠는가!) 자신들을 향한 사랑을 알아볼 수 없었다.

리어왕은 모든 것을 잃고 나락에 떨어지고 나서야, 그에게 정말 필요한 효도가 무엇인지 알게 된다. 그 핵심은 코델리아가 건조하게 말했던 바, '자식의 의무로서 사랑하고 존경하는 것'이었다. 모든 것을 가졌던 리어왕의 귀에 그것은 도무지 성에 안 차는 삭막한 대답이었으나, 알고 보니 그것은 결코 당연하게 여길 수 없는 과분한 사랑이었다. 아니, 교만한 리어왕이 불만스럽게 거부했던 그 사랑, 자식의 의무로서 바치는 사랑과 존경이 모든 것을 잃은 리어왕과 글로스터 백작의 유일한 희망이었다. 사실, 모든 사랑은 권리가 아니라 감사함으로 받아야 할 선물이다. 그것은 상을 내걸고 얻을 수 있는 것도, 자신의 전부를 건다고 보장받을 수 있는 것도 아니다. C. S. 루이스는 《네 가지 사랑》에서 이 부분을 잘 정리해 주고 있다.

우리는 누구나 자비를 누리고 있습니다. 우리에게는 누구나 그대로는 사랑받을 수 없는 무언가가 있습니다. 사람들이 그것을 사랑하지 않는 것은 전혀 그들의 잘못이 아닙니다. 있는 그대로는, 오직 사랑스러운 것만이 사랑받을 수 있을 따름입니다. 사랑스럽지 못한 것을 사랑해 달라는 말은, 썩은 빵이나 드릴의 소음을 좋아하라는 것과 같습니다. 우리의 사랑스럽지 못한 모습에도 불구하고 용서와 동정과 사랑을 받을 수 있는 것은 오직 자비 덕분입니다. 다른 길은 없습니다. 좋은 부모나 아내나 남편이나 자녀를 둔 사람이라면 누구나 잘 알고 있습니다. 때로 (그리고 몇몇 특정한 특질이나 습관에 관해서는 아마 늘) 자신이 자비를 누리고 있다는 사실, 자신이 사랑받는 것은 사랑스럽기 때문이 아니라 사랑 자체이신 분의 사랑이 그들을 사랑해 주는 이들 속에 함께 있기 때문이라는 사실 말입니다.

리어왕이 거부한 것

169

# 《리어왕》

❶ 리어왕이 세 딸에게 낸 숙제를 어떻게 생각하시나요? 내가 자녀에게 원하는 것은 진실한 마음인가요, 아니면 내 눈에 거슬리지 않는 모습인가요? 자녀와의 관계뿐 아니라 사람들과의 관계에서 자신이 '진짜 원하는 바'가 무엇인지 돌아보게 된 경험이 있으신가요?

❷ 코델리어의 강직함을 어떻게 생각하시나요? 아무리 리어왕이 벌이는 쇼와 언니들의 연기가 달갑지 않았다 해도, 굳이 그렇게 판을 깰 것까지야 있을까 싶기도 합니다. 그녀의 강직함은 그녀의 정직하고 충성스러움과 한 세트였던 것일까요? 아니면 정직함과 진실함은 그 자체로 증명될 거라고 생각했을까요?

❸ 리어왕과 글로스터 경은 배신당한 뒤 세상에 절망합니다. 그러나 그들이 모르는 사이에 그들이 버렸던 이들을 통해 다른 일이 진행되고 있었지요. 기대했던 사람에게는 실망하고 전혀 뜻밖의 사람에게서는 도움을 받는 경험이 혹시 있으셨나요? 본인의 경험이든 가까운 사람의 경험도 좋습니다. 혹시

나눠 주실 수 있나요?

❹ 리어왕의 다른 두 딸의 사랑에 대해서 어떻게 생각하시나요? 그들의 평소 캐릭터를 생각할 때 그들의 사랑은 전혀 의외의 순정으로 느껴지는데요. 에드먼드에 대한 그들의 사랑은 진실한 것이었을까요?

❺ 리어왕이 몰락하고 비로소 다른 사람들의 처지를 생각하게 되는 장면은 안타깝지만 반갑기도 합니다. 이 비극의 절정이기도 하지요. 그 정도로 극적인 것은 아니라 해도, 작게나마 실패나 좌절을 겪고 다른 이들의 처지를 공감하게 된 경험이 있나요?

❻ "모든 사랑은 권리가 아니라 감사함으로 받아야 할 선물"이라는 말을 어떻게 생각하시나요? 혹시 그 말을 실감한 적이 있으신가요?

리어왕이 거부한 것

표도르 도스토옙스키_(죄와 벌)

# 초인이 되는 법

**12**

여기 한 법대생이 있다. 머리가 좋아서 무엇이든 쉽게 깨치고 기억도 잘한다. 자기 생각이 분명하고 그것을 유려하게 표현할 줄도 알아서 마음잡고 쓴 논문은 높은 평가를 받았다. 그런데 가난한 집안 형편이 발목을 잡는다. 돈이 없어서 휴학을 해야 했다. 여기저기 아르바이트를 해 봤지만, 돈도 안 되면서 자존심만 상하게 해 때려치운 지 오래다. 어머니가 쥐꼬리만 한 연금을 담보로 생활비를 보냈고, 가정교사로 험한 일을 겪었던 여동생은 오빠를 어떻게든 도울 수 있는 발판을 마련하겠다며 늙수그레한 구두쇠와 결혼하겠단다.

이런 답답한 상황에서 방구석에 처박혀 집주인 눈치나 보고 있어야 하는 그에게, 인근의 전당포를 운영하는 노파가 눈에 들어온다. 살날도 얼마 남지 않은 것 같은 노파는 가난한 사람들의 물건을 전당 잡아 큰 재산을 모았다. 사람들의 곤궁한 처지를 악용해 그들의 고혈을 짜내는 악당. 만약 그런 노파의 재산을 빼앗아 전도유망한 가난한 청년들에게 나눠 준다면 얼마나 좋은 일들이 벌어질 수 있겠는가.

그러나 그런 그의 생각을 가로막는 것이 있으니, 법과 도덕이다. 부당하고 불공평한 현실이 버젓이 펼쳐지고 있는데 법과 도덕 때문에 그것을 어떻게 할 수가 없다. 이런 상황에서 그는 자신을 옥죄는 답답한 현실을 벗어날 궁리를 한다. 그리고 법과 도덕을 넘어설 논리를 떠올린다. 거창한 목적을 가지고 아주 판을 키워 버리면 죄인이 아니라 영웅이라는 말을 듣지 않는가. 나폴레옹 같은 사람을 생각해 보라. 결국 일반적인 선악의 기준에 매이는 대부분의 사람과 그것을 뛰어넘는 극소수의 사람이 있는 것 아닐까.

도스토옙스키의 소설 《죄와 벌》의 주인공 로쟈는 그런 관점의 연장선에서 자신이 바로 그런 사람이라고 생각한다. 평범한 인간들에게나 해당할 선악의 기준, 그러니까 법, 도덕 따위는 자신의 발아래 있다고 생각한다. 그리고 그것을 증명하고자 악덕 전당포 주인 노파를 살해한다. 법과 도덕을 깨뜨리는 방식으로 자신이 초인임을 입증하고자 한다.

그러나 그 과정은 그가 생각했던 것처럼 주체적이거나 영웅적으로 집행되지 않았다. 오히려 그 과정은 처음부터 끝까지 외부적 자극과 수많은 우연의 일치와 충동적인 선택, 요행으로 점철되어 있다. 더욱이 살인을 저지른 후, 그는 자신의 논리나 생각과 달리 죄책감과 살인의 충격에서 헤어나지 못한다. 사람을 죽이는 죄를 지어 국법과 도덕법을 어김으로 비로소 자신이 법 아래에 있음을 깨닫게 되고, 그에 따른 충격과 자책과 괴로움을 통해 '인간성'을 잃지 않은 존재임을 확인하게 된다.

로쟈는 사람을 죽이고 그로 인한 죄책감과 두려움에 시달리고 괴로워하는, 나약한 보통 사람이었다. 아니, 그 정도가 아니라, 범죄 이전부터 아주 특별한 연민과 감수성의 소유자였다. 그는 다른 사람, 특히 약자의 고통과 아픔을 그냥 지나치지 못한다. 그들을 위해, 자신이 가진 것을 앞뒤 가리지 않고 다 내어준다. 이 두 가지 면모가 초인이 되려는 로쟈의 발목을 붙잡았다. 하지만 그가 만약 그런 보통 사람, 아니, 약자에게 깊이 공감하는 감수성의 소유자가 아니었다면 어땠을까? 그는 과연 초인이 될 수 있었을까?

## 스비드리가일로프의 실체

《죄와 벌》에는 로쟈가 추구했던 이상을 구현한 캐릭터가 나온다. 로쟈의 발목을 잡았던 '한계'가 없는 캐릭터가 바로 스비드리가일로프다. 그는 법과 도덕에 전혀 매이지 않는 인간이다. 로쟈의 철학이 일관성 있게 육화한 인물인 셈이다. 그는 자신의 모습을 얼마든지 위장하고 그럴듯하게 보이게 만들 수 있으며, 일반적인 선악의 기준에 개의치 않고 자기 뜻에 방해되는 사람은 손쉽게 제거하며, 그러고도 아무런 가책을 느끼지 않는다. 그런 그가 로쟈를 보고 자기와 '같은 과'라는 것을 알아본다.

그러면 로쟈가 추구한 모습의 이상형이라 할 스비드리가일로프는 어떤 사람이었을까? 과연 그는 영웅, 선악을 넘어선 초인이었을까? 로쟈가 머릿속에서 떠올린 초인은 아마 근사하고 멋진 모습이었을 것이다. 감탄과 탄성이 절로 나올 만한 존재였으리라. 그러나 로쟈의 눈앞에 나타난 스비드리가일로프의 모습은 로쟈의 예상과는 전혀 달랐다. 그는 인간의 법과 도덕을 뛰어넘는 초인, 슈퍼맨이 아니었다. 선과 악을 넘어선 초인이 아니라 뻔뻔한 악인이었다. 인간 이상이 아니라 인간 이하의 존재, 초인이 아니라 인간이기를 포기한 추악한 존재, 어떤 면에서는 더 이상 인간이 아닌 존재(ex-man)였다.

엑스맨(ex-man, 마블 영화에 나오는 돌연변이 초능력자 X-MEN과 혼동하면 안 된다)이라는 표현은 C. S. 루이스의《고통의 문제》에 등장한다. 그는 지옥에 들어가는 존재는 인간이 아니라 엑스맨(ex-man), 즉, 한때 인간이었던 존재라고 말한다. 루이스는 지옥이 멀쩡한 인간이 들어가서 괴로움을 당하는 곳, 천국

악마의 눈이 보여 주는 것

은 멀쩡한 사람이 호의호식하는 곳이라고 생각하지 않았다. 사람이 진정으로 있어야 할 곳, 그의 진정한 고향, 본향이 천국이라면, 지옥은 사람이 있을 곳이 아니다. 그의 말을 들어 보자.

> 지옥에 던져지는, 또는 스스로 뛰어 들어가는 존재. 인간이 아니라 인간의 '잔해'. 완전한 인간이 된다는 것은 자신의 열정을 의지에 순종시키며 그 의지를 하나님께 바친다는 것. 전에 인간이었던 것—전(前) 인간(ex-man) 내지는 저주받은 혼령—이란 전적으로 자아에 집중된 의지와 의지의 통제를 전혀 받지 않는 열정으로 구성된 존재라는 뜻…죄인이라기보다는 상극의 죄들이 성기게 뭉쳐 있는 덩어리.[*]

엑스맨의 핵심은 두 가지다. 전적으로 자아에 집중된 의지와 의지의 통제를 전혀 받지 않는 열정. 지옥에서는 이것이 극단적인 지경에 이른다. 그리고 스비드리가일로프는 여기에 상당히 근접하는 모습을 보여 준다. 그는 자기밖에 모르고 자기의 뜻을 관철하는 데만 관심이 있으며, 다른 한편으로는 자신의 열정과 욕망에 휘둘려 살아간다. 대단해 보이는 그의 의지를 이끄는 유일한 동기는 놀랍게도 '쾌락'과 '감정적 강도

---

• 《고통의 문제》(홍성사, 2002), 191.

가 높은 충동'이다.•

　결국 로쟈가 자기 생각에 충실하지 못해서 초인이 못된 것이 아니었음을 스비드리가일로프는 잘 보여 준 셈이다. 도덕과 법을 어기는 식으로는 초인이 되는 것이 아니라 인간 이하의 존재가 되고 만다. 그렇다면 다른 길은 없을까?《죄와 벌》의 다른 등장인물 몇이 그런 길을 보여 준다. 이 얘기를 하려면 로쟈와 스비드리가일로프의 차이점을 하나 짚어야 한다.

## 그 사람의 곁

두 사람의 가장 큰 차이는 결국 사람 자체보다도 '곁'에 있었다. 스비드리가일로프는 누구에게도 곁을 주지 않았다. 그를 사랑하는 이가 없었던 것은 아니지만, 그는 누구도 사랑하지 않았다. 모두가 본인의 매력을 발휘해 이용할 도구에 불과했다. 그래서 결국 그의 곁에는 아무도 없었고 결국 그것이 그를 견딜 수 없게 했다.

　그러나 로쟈의 곁에는 친구와 동생과 연인이 있다. 로쟈는 철저히 혼자이고 싶어 하면서도 또 언제나 주위 사람들에게 다가간다. 살인을 저지르고 훔친 물건들을 숨긴 다음에, 자기도 모르게 친구 라주미힌을 찾아간다. 로쟈는 친구의 집에서

---

• C. S. 루이스는 스스로가 일체의 가치판단 바깥에, 모든 윤리 도덕(道) 위에 있다고 여기고 다른 모든 사람을 지배하고 조작하는 이들이 오직 '쾌락'과 '감정적 강도가 높은 충동'의 지배를 받을 뿐임을 지적한 바 있다. C. S. 루이스,《인간 폐지》(홍성사), 78-79.

악마의 눈이 보여 주는 것

곧장 튀어나오긴 하지만, 그 방문은 라주미힌이 그를 다시 찾아가 돌볼 수 있는 틈을 열어 주었다. 이와 비슷하게, 로쟈는 거듭해서 친구와 동생과 연인 소냐가 내미는 손을 뿌리치다가도 다시 그들에게 손을 내민다.

그리고 그에게 너무나 소중한 그들 모두는, 있는 모습 그대로 로쟈를 사랑하고, 그에게 죄에 대한 벌을 받으라고, 자신의 잘못을 인정하고 돌이키라고 말한다. 악당 스비드리가일로프는 오히려 그에게 빠져나갈 길을 주겠다고, 살길을 열어 주겠다고 '유혹'하지만, 진정 그를 사랑하는 이들은 죗값을 받으라고, 죄를 지었으니 벌을 받으라고, 그 과정에 함께하겠다고 말한다. 이 사랑을 아름답게 보여 주는 장면을 둘만 꼽아 보자.


장면 1. 로쟈가 아무 말 없이 라주미힌을 바라보는 것만으로 라주미힌은 사태를 파악했고, 로쟈는 친구에게 어머니와 여동생을 부탁한다. 이후 정말 라주미힌에게 그들은 어머니와 여동생과 같은 존재가 된다. 우정, 사랑, 신뢰, 이런 단어들은 때로는 진부하게 들리지만, 그 단어들이 구현하는 실체는 언제나 놀랍고 감동을 안겨 준다. 작가는 그런 실체를 두 사람의 이심전심의 장면으로 생생하게 그려 냈다.
장면 2. 소냐에게 모든 것을 털어놓은 로쟈가 결국 소냐의 간청에 못 이겨 경찰서로 자수하러 간다. 로쟈는 경찰서로 들어갔다가 대화가 잘 풀리지 않고 어찌어찌 경찰서에서 다시 나오고 마는데, 그때 바깥에서 기다리고 있던 소냐가 두 손을 마주 잡고 간청하는 눈빛으로 그를 쳐다본다. 여기서 로쟈는 쓴웃음을 지으며 다시 들어가서 자신이 범인임을 자백한다.

법과 도덕은 계율을 어기는 방식으로 뛰어넘을 수 있는 것이 아니다. 이를테면 도덕에 매이지 않으면서 사람을 죽일 수는 없다. 라주미힌과 로쟈의 동생과 연인 소냐는 한목소리로 법과 도덕을 뛰어넘는 다른 길을 보여 준다. 그것은 사랑의 길이다. 그 사랑은 그의 죄를 덮어 주는 불법한 사랑이 아니다. 오히려 죄지은 로쟈에게 벌을 받으라고 촉구하고, 책임을 지게 만드는 의로운 사랑이다. 동시에 그것은 그 수준을 뛰어넘어 끝까지 함께하는 사랑이다.

로쟈는 그 사랑을 받아들임으로써, 그 사랑에 힘입어 자신의 죄에 대한 벌을 받음으로써, 새로운 이야기의 주인공이 될 수 있었다. 그것은 "한 사람이 점차로 소생되어 가는 이야기, 그가 새롭게 태어나는 이야기, 한 세계에서 다른 세계로 옮겨 가는 이야기, 이제까지는 전혀 몰랐던 새로운 현실을 알게 되는 이야기"다.•

---

• 《죄와 벌》(하)(열린책들, 2015), 810.

# 《죄와 벌》

❶ 로쟈는 사회악이라 할 만한 존재들이 있으며 그들을 제거하는 것이 사회에 더 유익하다고 생각합니다. 그처럼 제거하는 것이 사회에 더 유익한 사람들이 있을까요? 그렇게 생각하는 이유는 무엇입니까?

❷ 법과 도덕 위에 있는 사람이 존재할까요? 누가 그런 사람이 될까요?

❸ 로쟈가 노파를 살인하기까지의 과정은 주체적이고 초인적인 것과는 거리가 멀고 우연과 변덕, 두려움과 비겁함이 교차합니다. 게다가 첫 번째 살인에 이은 두 번째 살인은 첫 번째 살인조차 그가 내세웠던 온갖 그럴싸한 철학과 무슨 상관이 있나 싶어지게 만듭니다. 온갖 논리와 미사여구로 꾸며도 결국 살인은 살인이고, 죄는 죄일 뿐이라는 것을 보여 주는 듯합니다. 본인의 경우든 남의 경우든, 이렇게 여러 미사여구로 포장되었던 악행의 실체가 드러나는 것을 경험해 본 적이 있으신가요?

초인이 되는 법

❹ 로쟈는 초인이 되고 싶어 했지만, 그의 생각과 달리 법과 도덕은 인간을 인간으로 머물게 해 주는 조건처럼 보입니다. 그것들을 넘어서면 인간 이상의 존재가 되는 것이 아니라 인간 이하로 떨어지는 것은 아닐까요? 어떻게 생각하시나요?

❺ 스비드리가일로프는 로쟈가 자신과 같은 과라고 생각하지요. 하지만 둘은 비슷하면서도 달랐습니다. 어떤 면에서 비슷했고, 어떤 면에서 달랐나요? 무엇이 그들을 결정적으로 갈라 놓았을까요?

❻ 로쟈를 정말 사랑하는 이들은 그에게 죗값을 받으라고, 벌을 받으라고 권하지요. 그것이 옳고 바를 뿐 아니라 로쟈에게 유익한 일이라고 진정으로 믿었기 때문일 텐데요. 이것을 받아들일 수 있겠습니까? 동의가 되나요? 실천하실 수 있을 것 같습니까?

❼ 로쟈는 끝내 소냐 앞에 무릎을 꿇습니다. 왜 그랬을까요? 무엇이 그를 감화시켰을까요?

악마의 눈이 보여 주는 것

"바로 제가 그때 고리대금업자 노파와 그 여동생 리자베따를
도끼로 살해하고 돈을 훔친 사람입니다."
일리야 빼뜨로비치는 입을 딱 벌렸다.
사방에서 사람들이 몰려들었다.
라스꼴리니꼬프는 자백을 되풀이했다.

엔도 슈사쿠_《침묵》

# ⟨밀리언 달러 베이비⟩와 ⟪침묵⟫

**13**

영화 ⟨밀리언 달러 베이비⟩를 얼마 전에 봤다. 클린트 이스트 우드 감독, 주연의 이 영화가 2005년 아카데미 작품상 수상 작이라는 사실에 고개가 끄덕여졌다. 이 영화는 복싱 영화의 탈을 쓴 가족 영화다. 할아버지 트레이너 프랭크와 나이가 많지만 뛰어난 재능의 여자 복서 매기가 이룬 유사 가족 이 야기.

두 사람은 각기 혈연가족의 사랑을 받지 못한다. 매기는 가 족으로부터 철저히 이용당하고 착취당해 왔고, 프랭크는 딸 로부터 철저히 외면당한다. 챔피언의 고지가 얼마 남지 않은

⟨밀리언 달러 베이비⟩와 ⟪침묵⟫

영화의 클라이맥스를 앞두고 가족들의 실체를 알게 된 매기가 프랭크에게 말한다. "난 당신밖에 없어요." 프랭크의 대답이다. "나도 너밖에 없어." 이들이야말로 진정한 가족이다. 사랑으로, 헌신으로 결속된 가족.

예상했어야 했다. 그렇게 끈끈하게 관계를 쌓아 가고 둘 사이에 아무런 갈등이 없이 그 결속이 깊어져 갈 때는 감독이 뭔가를 꾸미고 있다는 것을. 과연 감독은 그렇게 정겹게 차곡차곡 쌓아 올린 관계를 바탕으로 파국을 준비한다. 매기가 상대편 선수의 비열한 공격으로 전신 마비 상태가 된 것이다. 그리고 매기는 이 절망적 상황을 죽음으로 끝내려 한다. 그녀는 프랭크에게 요청한다. 당신 덕분에 꿈도 못 꾸었던 것을 이루었으니 이제 환호성이 끊어지기 전에 나를 보내 달라, 당신이 그 일을 해 달라.

하지만 차마 그럴 수는 없는 일. 프랭크가 자신의 요청을 들어주지 않자, 매기는 혀를 깨물어 자살을 시도한다. 반복적으로. 의료진은 그녀의 지속되는 자살 시도를 막기 위해 약물을 계속 주입할 수밖에 없다. 매기는 약에 취해 몽롱한 상태로 지내게 된다.

매기는 프랭크에게 이렇게 말하고 있다. '나 너무 고통스러워요. 나의 고통을 당신이 가져가 주세요.' 그리고 프랭크는 결정을 내린다. 자신이 그녀의 고통을 짊어지기로 한다. 그것이 자기 영혼을 박살 내는 일인 줄 알면서도. 법에서 살인이

악마의 눈이 보여 주는 것

라고 정하고 있음을 알면서도.

영화는 프랭크가 얼마나 매기를 사랑하는지, 그것이 얼마나 진실한 것인지 보여 주고 설득하는 데 대부분의 시간을 쓴다. "그것은 불순물이 조금도 없는 순도 100퍼센트의 것이야"라고 강변한다. "나도 너밖에 없다"는 프랭크의 말이 진심이라는 것을 내세운다. 영화는 묻는다. 프랭크의 결정에 누가 돌을 던질 수 있느냐고. 이것은 사랑으로 행한 진정한 자기희생적 행위가 아니냐고.

## 《침묵》이 제기한 딜레마

엔도 슈사쿠의 대표작 《침묵》을 드디어 읽었다. 책 내용은 오래전부터 들어 알고 있었고, 오히려 그랬기 때문에 읽고 싶지 않았던 책이었다. 이야기의 결말을 알았기 때문이고, 그 결말이 너무 암울했기 때문이다. 일단 내용을 간단히 정리해 보자.

한때 일본에서 왕성한 개종자를 얻고 힘 있게 전파되던 기독교 신앙이 일본 정부의 극심한 핍박을 받게 된다. 그 와중에 일본에서 활동하던 대표적인 포르투갈인 선교사 페레이라 신부의 배교 소식이 전해진다. 페레이라 신부의 제자였던 로드리고 신부는 목자 잃은 양을 돌보고 페레이라 신부의 배교 소식에 관한 진상도 파악하고자 동료 신부와 함께 일본으로 잠입한다.

〈밀리언 달러 베이비〉와 《침묵》

로드리고 신부는 일본인 기치지로의 안내를 받고 일본인 그리스도인들을 만나고 한동안 사제로서 역할을 감당하지만, 곧 일본 정부의 추적을 받고 달아나다 결국 체포된다. 그가 돌보던 신자들은 잡혀가 고문을 당하면서도 배교하지 않고 신앙의 절개를 지키며 순교하는 모습을 보여 준다. 그와 함께 잡혀 온 동료 신부는 물속에서 고문당하며 죽어 가는 신자들에게 달려가 목숨을 잃고 말지만, 로드리고는 그럴 기회도 얻지 못하고 배교하라는 설득을 줄기차게 받게 된다.

로드리고는 신앙을 굳게 지키고 영광스럽게 순교하리라 다짐하지만, 페레이라 신부를 앞세운 설득과 자신이 배교하지 않으면 일본인 신자들이 지독한 고문에서 벗어나지 못하게 된다는 사실 앞에서 무너져 내린다. 배교의 표시로 밟아야 하는 후미에(그리스도 얼굴이 새겨진 동판)를 발 앞에 둔 로드리고에게 예수의 음성이 들려온다.

"밟아라. 밟아라. 나는 밟히기 위해 세상에 왔다."
그리고 그가 후미에를 밟았을 때 멀리서 닭 우는 소리가 들려온다.

그런데 이 소설의 영어 번역본 《Silence》의 번역자 해설에 따르면, 페레이라와 로드리고의 모델이 된 실존 인물들의 사연은 그보다 훨씬 단순했다. 그들은 지독한 고문에 못 이겨 배교한 것이다. 그들은 다른 신자들을 살리기 위해 신앙을 버리지 않으면 안 되는 딜레마를 겪지 않았다. 견디기 힘든 고문을 이기지 못했을 뿐이었다. 그들의 사정이 안타깝고 안되었을 뿐, 상황 자체는 복잡할 것도, 이해하기 어려운 부분도 없다.

그런데 작가는 그것으로 만족할 수 없었다. 그는 《침묵》을 쓰며 실존했던 신부들의 배교 사건을 가져오되, 그 사건을 소재로 독자가 빠져나갈 수 없는 함정을 판다. 자기 한목숨 버리는 거야 얼마든지(!) 할 수 있는 일이지만, 신앙을 지킨답시고 자신이 버티면 다른 사람들이 죽게 생겼는데 어떻게 하란 말인가. 자신이 배교해서 다른 사람을 살릴 수만 있다면, 백번이라도 배교해야 하지 않겠는가? 이웃을 위한 배교, 이기적인 순교라는 역설적인 양자택일의 선택지가 그렇게 설정된다.

그리고 이런 처절한 딜레마 앞에서 배교를 선택한 로드리고는, 이미 수차례 배교했을 뿐 아니라 자신을 관청에 신고해 붙잡히게 만든 배신자 기치지로를 불쌍히 여기고, 그의 고해를 들어주고 사죄를 선언한다. 일본인 신자들을 무지렁이처럼 하찮게 여기던, 그리고 나약한 기치지로를 경멸하던 로드리고, 페레이라 신부의 패배를 자신의 승리로 만회하려 했던 자신만만한 젊은 신부 로드리고는 더없이 겸손해진다. 벗어날 수 없는 딜레마에서 신자들을 살리는 선택을 한 로드리

〈밀리언 달러 베이비〉와 《침묵》

고, 그 상황에서 자신을 밟으라고 말씀하시는 예수님을 만나는 로드리고. 막막한 딜레마 앞에서 무너지고 공개적으로 신앙을 버린 그 자리에서, 오히려 로드리고는 속으로는 그래도 예수님을 붙들고자 한다. 이런 로드리고를 보며, 신앙이란 무엇인가, 배교란 무엇인가, 사랑이란 무엇인가, 희생이란 무엇인가, 돌아보지 않을 수 없다. 저자는 이렇게 우리가 당연하게 생각하는 것을, 자신만만하게 붙들고 있는 것들을 흔들어 버린다.

## 어떻게 해야 할까?

비슷한 시기에 본 〈밀리언 달러 베이비〉와 《침묵》은 내게 비슷한 느낌으로 다가왔다. 해결 불가의 딜레마에 직면해 쉽지 않은 결정을 요청받은 캐릭터들을 통해, 내가 당연하다고 생각하는 문제에 대해 묵직하게 한 방을 먹이는 것이다.

〈밀리언 달러 베이비〉를 보며, 나는 프랭크가 아니고 나의 사랑이 프랭크의 사랑처럼 진실하다고 주장할 수 없음을 인정할 수밖에 없었다. 나의 사랑은 불순물이 잔뜩 섞여 있다. 내 사랑이 저렇게 순수하고 진실하다면 얼마나 좋으랴 싶지만, 아마 나는 앞으로도 죽 프랭크와는 달리 순수하지 못하고, 그에 비하면 부족하기 짝이 없는 사랑을 가지고 살아가야 할 테고 이런저런 결정을 해야 할 것이다. 그리고 무엇보다, 프랭크처럼 순수하고 완전한 사랑이 있다 해도 그것이 그의 모든 행동을 정당화하는 것도, 그의 선택이 지혜롭고 바른 것임을 보장하는 것도 아니라는 게 문제다.

영화나 소설, 또는 윤리학 교과서 같은 데 나오는 딜레마 상황의 핵심은, 그것이 딜레마임이 확실히 보장된다는 게 아닐까. 그러나 현실에서는 얼마나 많은 일들이 당장 눈앞에서는 막힌 담, 막다른 골목으로 보이던가. 그것이 과연 진정한 딜레마인지, 아니면 나의 눈이 가려지고 멀리 보지 못해서 생긴 착시인지 당장에는 알 수가 없다. 〈밀리언 달러 베이비〉에서 매기가 잘못 생각한 것일 수도 있지 않을까? 그녀의 뜻대로 그녀를 죽여 주는 것 외에 다른 길은 정말 막혀 있었을까? 그녀가 삶의 희망을 되찾는 일은 불가능했을까? 영화에서는 그렇게 보인다. 왜냐하면 그것은 감독이 그런 상황을 전제로 삼아 이런 상황이라면 당신은 어떻게 하겠느냐고 우리에게 묻는 '영화'이므로.

그러나 우리의 삶이라는 영화, 우리의 삶이라는 이야기의 감독과 저자께서는 뭐라고 하시는가? 비유컨대 우리는 작품 바깥에서 작품을 구경하는 관객이 아니라, 작품 속 등장인물, 배역인 셈이니 전체 판을 볼 수 없다. 우리에게 주어진 감독의 지시, 작가가 펼쳐 가는 상황 속에서 살아갈 뿐이다. 내가 주어진 상황에 반응하기 전에는, 그것이 과연 어떤 상황인지 미리 알 도리는 없다. 그것은 미지의 무대요, 그렇기에 믿음과 불신, 덕과 악덕이 의미 있는 세계다.

〈밀리언 달러 베이비〉와 《침묵》

픽션은 일종의 사고 실험이다. 작가가 원하는 대로 판을 짜놓고 '만약 이런 거라면?'이라고 묻게 만든다. 근본적인 성찰과 반성을 가능하게 만든다. 그래서 《침묵》이 던지는 질문은 여전히 유효하다. 로드리고 같은 상황에 처한다면 어떻게 될지, 어떻게 해야 할지 누가 장담할 수 있겠는가. 이런 딜레마 상황은 다른 사람, 훨씬 어려운 상황에 처한 사람들을 배려하고 불쌍히 여길 수 있는 출발점이 되어 줄 수 있겠고, 우리를 더욱 겸손하게 만들어 줄 수 있다.

로드리고의 선택에 대해 두 가지만 말해 두고 싶다. 첫째, 페레이라와 로드리고가 그렇게 '이타적인' 선택을 하고 난 후, 그들에게는 또 다른 숙제가 주어진다는 것이다. 일본으로 들어오는 외국 배에 그리스도교 신앙이 담긴 물건이 없는지 검사하는 임무다. 거기다 페레이라는 그리스도교가 거짓임을 밝히는 변증서를 써야 한다. 한 가지 선택이 그것으로 그치는 경우는 없다. 그것은 첫 번째 선택을 내릴 때만 해도 생각할 수도 없었을 자리로, 원래의 자리에서 더욱더 멀어지게 만들 결정을 요구하는 자리로 사람을 몰아 간다. 자신의 배교가 배교가 아니라는 강변은 어디까지 유효할 수 있을까? 그런 항변이 무의미해지는 지점은 없을까? 언젠가, 어디선가는 멈춰야 하지 않을까? 그 시점, 그 지점은 어디일까?

둘째, 페레이라 신부가 로드리고 신부의 마음을 꺾기 위해 거론했던 비유. 일본이라는 나라는 그리스도교가 뿌리내릴 수 없는 늪과 같은 곳이니, 일체의 선교는 실패할 수밖에 없다는 주장. 이 주장에 로드리고 신부는 크게 흔들리는 모습을 보인다. 하지만 그것이 어디 일본만의 어려움이겠는가. 안 그런 곳이 어디 있는가? 오히려 페레이라 신부의 주장은 그가 자신의 선택을 정당화하고 합리화하기 위해 열심히 개발해 낸 논리라는 의심을 불러일으킨다.

그런데 따지고 보면, 로드리고의 모델이었던 실제 인물 주세페 키아라가 처했던 상황도 로드리고가 처했던 상황처럼 인간이 감당할 수 없기는 마찬가지였다. 둘 다 가능하면 피할 수 있다면 좋겠고, 혹시라도 그 상황이 닥친다면 어떻게 대응해야 할지, 혹은 제대로 대응할 수 있을지 모른다는 점에서는 다를 바가 없다. 둘 다 보통의 인간이 이겨 낼 수 없는 시험이다.

지금 우리의 현실 속에서 신앙 때문에 키아라 같은 지독한 고문을 당하는 일은 그리 많지 않을 것이다. 우리가 당하는 믿음의 시험은 얼마간의 손해와 거북함, 억울함, 그런 것들일 것이다. 물론 그것조차도 우리에게는 너무나 무겁고 버겁게 다가오는 것이 사실이다. 그렇기 때문에 다른 사람이 자기 자리에서 신앙을 지키고자 어떤 싸움을 하고 있을지 모르는 제삼자가 왈가왈부해서는 안 될 일이다. 건투를 빌어줄 뿐이다.

로드리고 같은 딜레마는 어떨까? 현재 한국에서 그리스도를 배신해야 다른 사람을 살릴 수 있는 딜레마를 겪는 상황

〈밀리언 달러 베이비〉와 《침묵》

을 떠올리기는 어렵다. 오히려 이웃을 착취하고 학대하는 방식으로 그리스도를 배신해 개인과 가족과 조직의 부를 쌓던 사람이 그런 행태를 포기하는 것이 죽기만큼 어려운 딜레마로 보일지도 모르겠다. 그리고 그 정도는 아니라고 해도, 대개의 경우 그리스도에 대한 믿음은 우리의 사사로운 이익과 배치된다. 그렇다면 해결책이 보이지 않는 너무 어려운 딜레마로 처음부터 기가 꺾일 필요는 없다. 작은 일에서 그리스도를 배반하지 않고 그분을 인정하는 것부터 시작하면 어떨까. 작은 이익, 작은 민망함, 작은 불편, 작은 허영심, 작은 분노. 현실 속에서 이런 것들이 우리의 믿음을 진짜 흔들어 놓는 법이니까.

# 《침묵》

❶ 배신자 기치지로는 왜 주인공 곁을 맴돌까요? 왜 떠나지 못할까요? 약한 자, 비겁한 자에게도 소망이 있을까요?

❷ 페레이라 신부는 일본이 복음이 뿌리내릴 수 없는 토양이라는 논리를 펼칩니다. 설득이 되나요? 그런 토양, 그런 마음밭이 따로 있을까요?

❸ 후미에를 밟으라고 하는 예수님, 사람들 앞에서 그분을 모른다고 하면 본인도 우리를 모른다고 하실 거라고 하신 예수님. 그분은 같은 분이 맞을까요?

❹ 그리스도가 밟으라고 말한 것처럼 보이는데, 후미에를 밟았을 때 닭이 웁니다. 베드로와 같은 배교라는 말이지요. 이렇게 되면 그리스도가 배교를 허락하셨다는 말이 되는데, 이것은 모순일까요, 역설일까요?

❺ 자신의 신앙과 굳은 의지를 믿었던 로드리고가 다른 신자들을 살리기 위해 예수님을 배반하는 선택을 내리는 것은 일

〈밀리언 달러 베이비〉와《침묵》

종의 죽음을 선택하는 순교라고 볼 수 있을까요? 그렇다면 그때 비로소 그는 진정한 신앙인이 되었다는 논리가 성립할 수 있을까요?

❻ 페레이라와 로드리고가 다른 신자들을 살리기 위해 배교라는 '이타적' 선택을 내린 후, 좀 더 적극적으로 선교를 가로막고 기독교가 거짓임을 밝히는 글을 써야 합니다. 그들의 처음 선택은 다른 말로도 합리화하기 힘든, 더 적극적인 배교의 자리로 그들을 몰고 가는 것 같습니다. 여기에 대해 어떻게 생각하시나요?

❼ 소설가는 《침묵》을 통해 신앙과 배교에 대해 어려운 질문을 던지지만, 그런 깊이 있고 어려운 질문 때문에 훨씬 선명하고 분명한 현실 유혹의 실체가 흐려져서는 안 될 것입니다. 우리가 실제로 신앙의 위기, 작은 배교를 선택하고 싶은 순간은 그보다 훨씬 선명하고 뚜렷하지 않나요? 그런 순간에 무너진 경험이나 승리했던 경험을 나눌 수 있으신가요?

"밟아라. 밟아라. 나는 밟히기 위해 세상에 왔다."
그리고 그가 후미에를 밟았을 때
멀리서 닭 우는 소리가 들려온다.

메리 셰리_〈프랑켄슈타인〉

# 무서운 이야기에 관하여

## 14

제가 청했습니까, 창조주여, 흙으로 나를 인간으로 빚어 달라고?

제가 애원했습니까, 어둠에서 끌어올려 달라고?•

영화 〈에이리언: 커버넌트〉(2017)에서 로봇 데이빗은 과학자에게 자신의 존재 목적을 묻는다. 왜 나를 만들었느냐? 그런데 과학자는 정직하고 시시한 답변을 내놓는다. "기술이 있

---

• 존 밀턴, 《실낙원》, 제10권 742-745행.

었으니까." 로봇에게는 김빠지는 대답이 아닐 수 없다. 내가 생겨난 데 어떤 목적도 이유도 없다니.

그런데 인간이 하는 많은 일이 이와 같다. 기술 발전 자체를 당연시하는 기술 지상주의랄까. 기술이 있는데 왜 안 써? 이런 발상이다. 목적을 정하는 것은 인간인데, 그 역할을 외면하고 일을 벌이면서 그에 따른 책임은 생각하지 않는다. 기술 발전 자체를 당연하고 불가피한 것이라고 전제하고, 내가 아니면 다른 누구라도 할 일이기에 뒤처지지 않는 것이 중요하다는 식으로 정당화한다.

소설 《프랑켄슈타인》(문학동네)에서도 프랑켄슈타인이 온갖 고생을 감수하며 굳이 괴물을 만드는 이유나 목적은 나오지 않는다. 아니, 애초에 그런 건 없다. 자기가 벌이는 일에 성공할 경우 어떤 결과가 따라올지 모를 뿐 아니라, 굳이 생각하지도 않는다. 기술이 없는 것이 한스러울 뿐이고, 그래서 그 기술을 찾아내려고 미친 듯이 연구한다. 못 하는 것이 문제지, 할 수 있으면 한다.

《프랑켄슈타인》은 과학소설(SF)의 효시로 알려져 있다. 뛰어난 지성과 탐구욕을 가진 청년 프랑켄슈타인이 생명의 비밀을 탐구한 끝에 생명체를 창조해 낸다. 생명 탄생이라는 신의 영역에 함부로 들어선 이 청년이 맞이하는 불행과 파국은, 인간의 오만함에 대한 경고와 과학기술의 폭주에 대한 경계로 자주 인용된다. 하지만 필자는, 이 책이 작가가 무서

운 이야기를 쓰려고 작정하고 쓴 소설이라는 점에 주목하고
자 한다.

## 괴담

저자 메리 셸리는 말한다. "우리의 본성에 감추어진 까닭 모
를 두려움을 자극해서 섬뜩한 공포를 불러일으키는 이야기,
독자로 하여금 주위를 돌아보는 것조차 무서워하게 만들고,
간담을 서늘하게 하고, 심장의 고동이 요동치게 만드는 그런
이야기"를 쓰고 싶었다고. 그렇게 글감을 떠올리던 그녀는 머
릿속에서 어떤 장면을 목격하고 그 장면을 출발점 삼아 소설
을 써 내려갔다.

그런데 그렇게 작정하고 쓴 이 책에 의외로 끔찍한 장면이
나 그로테스크한 묘사는 잘 보이지 않는다. 오히려 결정적 사
건이 벌어지는 대목은 아주 간결하고 건조하게 서술된다. 선
정적이고 자극적 묘사로 눈길을 끌 마음은 없었던 것 같다.
프랑켄슈타인 박사가 괴물을 만들어 냄으로써 생겨난 상황
자체가 가진 무서움, 그로 인해 주인공이 겪는 내면의 고통과
'심리'를 그리는 데 집중한다고 할까.

그렇기 때문에 주인공 프랑켄슈타인 박사는 영웅이 아니
라 지극히 평범한 사람이어야 한다. 그냥 머리가 좋고 연구를
위해 수단 방법을 가리지 않는 집요함을 갖춘 뛰어난 과학자
에 '불과해야' 한다. 그래서 결국 천신만고 끝에 시체들을 얼

기설기 엮어 낸 괴물이 생명을 얻었을 때, 프랑켄슈타인은 그 괴물의 등장을 감당할 수 없었다. 그는 괴물을 두고 비명을 지르고 도망쳐 버린다. 아무런 조처도 하지 않고, 그저 실험실을 멀리하고 괴물이 사라지기만 바란다. 아무 일도 없었던 것처럼 되기를 바란다.

이후에도 프랑켄슈타인은 줄곧 무책임한 모습을 보여 준다. 그것은 그가 나쁜 사람이라서가 아니라 나약한 보통 사람이라서 그렇다. 감당할 수 없는 일을 벌이고 어쩔 줄 몰라 현실을 부정하고 외면하느라 바쁘다. 이후 몇 번이나 주위 사람들이 죽는 것을 보면서도 제대로 된 조치를 취하지 않는다, 주위 사람들을 괴물로부터 지키는 쪽으로 생각이 잘 돌아가지 않는다. 이 사람의 불합리한 선택과 반응은 공포와 죄책감과 극도의 긴장과 불안에 시달리는 그에게 당연할 것이다. 괴물은 보통 사람이 도무지 상대할 수 없는 막강한 존재인 데다가, 프랑켄슈타인에게는 괴물 문제를 상의할 사람도 없기 때문이다. 주위 사람들이 볼 때 그는 혼자 정신적 괴로움에 시달리고 있을 뿐이었다.

그런데 나는 이 책을 읽으면서 그렇게 무섭지가 않았다. 왜 그런지 나를 들여다보니, 나는 주인공의 상황에 나를 대입하거나 주인공과 나를 동일시하지 않았다. 그저 관찰자로서 프랑켄슈타인을 멀찍이서 바라보며 그의 한심한 행적을 나무라고 있었다. 작가의 의도대로 이 작품을 제대로 감상하는 방법은, 프랑켄슈타인과 같은 일을 내가 벌였고 그로 인해 비슷한 상황을 겪게 된다면, 어떤 느낌이 들었을 것이며 과연 어떻게 대처했을지 상상해 보는 것이리라. 하지만 그건 너무 무섭고 고통스러운 일이 될 테니, 나는 자기방어를 위해 그런 공감적 독서를 피했던 것 같다. 하지만 이미 읽은 이야기는 언제 나의 방어기제를 뚫고 떠올라 나를 괴롭힐지 모른다. 본질적으로 나도 프랑켄슈타인이니까.

## 괴물에 대하여

이제 프랑켄슈타인이 만들어 낸 괴물 이야기를 좀 해 보자. 이미 말한 것이나 다름없지만 한번 정리하고 넘어가자면,《프랑켄슈타인》에 등장하는 괴물은 이름이 없다. 괴물을 만들어 낸 과학자 이름이 프랑켄슈타인이다. 그런데 어쩌다 다들 그 괴물이 프랑켄슈타인이라고 생각하게 되었을까? 영화나 다른 미디어들의 영향이 컸으리라 짐작되지만, 결과적으로는 이렇게 말할 수 있지 않을까. 내가 만들어 낸 괴물, 내가 남긴 괴물이 나를 규정하게 된다고. 나는 그 괴물로 이름을 남기게 된다고.

괴물의 가장 인상적인 부분은 달변이다. 그는 진정한 웅변가다. 엄청난 체력과 지구력을 겸비한 거인이라는 점이야 알고 있었지만, 달변가일 뿐 아니라 대단히 섬세한 감정의 소유자인 줄은 미처 몰랐다. 하지만 섬세한 감정이라는 것은 그만큼 쉽게 상처받는다는 뜻이기도 할 테고, 감정에 쉽게 휘둘릴 가능성을 말하기도 한다. 그를 보는 인간마다 모두 그를 무서워하고 경멸하고 내쫓으려 한다. 인간에게서 받은 온갖 부정적 반응은 그에게 고뇌, 절망, 분노, 좌절을 안겨 주었다. 괴물이 자신의 창조자인 프랑켄슈타인을 찾아와 늘어놓는 달변을 인용해 본다. 그가 내세우는 명분, 다짐, 논리에는 고개가 끄덕여진다.

나는 불행하기 때문에 사악하다. 모든 인류가 나를 피하고 증오하지 않는가? 내 창조주인 당신도 나를 갈가리 찢어 버리고 승리의 기쁨에 젖으려 한다.…인간이 나를 동정하지 않는데 내가 왜 인간을 동정해야 하는지 말해 달라. 당신은 나를 저 얼음의 갈라진 틈새로 거꾸로 떨어뜨리고 당신의 작품인 내 육신을 파괴하더라도, 그걸 살인이라 부르지 않겠지. 인간이 나를 경멸로 대하는데 내가 인간을 존중해야 하는가? 상처가 아니라 친절을 서로 나누며 나와 함께 살아간다면, 나도 그렇게 받아들여 준 은혜에 감격해 눈물을 흘리며 어떤 식으로든 도움이 되려 할 것이다. 그러나 그런 건 있을 수 없는 일이다.…그렇다고 비굴한 노예의 굴종을 택하지는 않을 것이다. 내가 받은 상처를 복수로 돌려줄 테다. 사랑을 불러일으킬 수 없다면 공포의 근원이 될 테다. 누구보다 나의 창조주인, 그렇기에 내 숙적인 당신에게 영영 꺼지지 않는 증오를 다짐하겠다. 조심하라. 내가 당신의 파멸을 초래할 테고, 이 복수는 당신이 세상에 태어난 날을 저주할 정도로 황폐해지기 전에는 결코 끝나지 않을 테니.

## 판타지적 결말에 대하여

프랑켄슈타인과 괴물은 서로를 숙적이라고 부른다. 그리고 프랑켄슈타인은 자신의 모든 것을 앗아 간 괴물에게 복수하기 위해 목숨을 이어 간다. 괴물은 자신에게 이 괴로운 삶을 안겨 준 창조자가 섣불리 목숨을 끊지 못하고 자신을 따라오게 만든다. 그리고 끝내 프랑켄슈타인이 복수를 이루지 못하고 목숨을 잃자, 그 앞에서 비통한 비명을 지른다. 괴물은 왜 그렇게 창조자에게 집착했을까? 왜 프랑켄슈타인이 죽자 자신의 질긴 목숨을 스스로 끊기로 결정하는 것일까?

아니, 질문이 잘못되었는지도 모르겠다. 괴물은 어느 순간부터 살고 싶은 마음이 크게 작용하지 않았던 것 아닐까. 프랑켄슈타인이 사랑하는 이들을 하나하나 죽이면서 자기 또한 너무나 괴로웠다는 괴물의 고백이 사실이라면, 그는 자신에게 이런 고되고 쓰라린 삶을 안겨 준 창조자에게 똑같이 고통스러운 삶을 안겨 주는 것을 삶의 목적으로 삼았다고 짐작할 수 있다. 그래서 어느 순간, 둘 다 서로를 증오하면서도 서로가 있는 한 죽을 수 없는, 기이한 공생 관계를 이루게 된 것이 아닐까.

결과만 놓고 볼 때, 프랑켄슈타인이 자신이 뿌린 씨를 거두는 방법, 자신이 만든 괴물을 없애는 방법은 간단했다. 고통과 후회만 남은 목숨을 스스로 끝내는 것이었다. 하지만 프랑켄슈타인이 죽으면서 그가 만들어 낸 괴물도 알아서 죽어 주는 소설의 결말이야말로 진정한 판타지적 마무리일지도 모르겠다. 내가 저지른 잘못의 결과를 내가 다 안고 갈 수 있다면 얼마나 좋을까. 그게 그렇지가 않다는 게 문제 아닌가.

## 고작 씨앗을 구해 오는 일

실제로는 내가 죽는다 한들, 그것으로 책임을 진다고 할 수 없다. 목숨은 자기가 내놓을 수 있는 것 중에서 제일 귀한 것이지만, 그것은 그저 자기가 할 수 있는 선에서 '최선의 것을 내놓는' 일일 뿐이다. 괴물이 아끼던 책 《실낙원》의 주인공 아담과 하와가 이와 동일한 딜레마에 빠졌다. 위에서 인용했던, 소설 《프랑켄슈타인》의 제사(題辭)로 실린 아담의 탄식은, 아담이 하나님의 명령을 어기고 선악을 알게 하는 나무의 열매를 먹은 후에 나온 것이다. 그 말을 하기 직전에 아담은 이런 생각을 한다. "언제까지나 계속해서 내가 가져다준 재난을 느끼며 내 머리를 저주하지 않을 자 어디 있으랴"(10권 733-734). 자신이 이후의 모든 후손들에게 어떤 재난을 안겨 주게 될지를 생각하며 아담의 입에서 문제의 하소연이 터져 나온다. 왜 저를 만드셔서 이런 낭패를 당하고, 두고두고 원망을 듣는 상황을 맞게 하십니까.

그러나 동일한 낭패감을 느꼈던 하와가 피임을 하든 자살을 하든 자기들 대에서 저주를 끝내자고 했을 때, 아담은 그 제안을 단호히 거절한다. 그것은 죄를 더할 뿐이고 하나님의 뜻이 이루어지는 것을 방해하려는 처사라고 보았기 때문이다. 결국 두 사람은, "하나님 앞에 공손히 엎드려/함께 저희의 죄를 겸손히 고백하고/용서를 빌며, 거짓 없는 슬픔과 온유한/겸손의 표상으로, 뉘우치는 가슴에서/우러나오는 눈물로 땅을 적시고,/한숨으로 하늘을 메운다"(10권 1099-1104).

아담과 하와가 한 일의 본질을 잘 보여 주는 그림이 C. S. 루이스의《나니아 연대기》중 한 권인《마법사의 조카》에 나온다. 그 이야기로 글을 마무리할까 한다. 주인공 소년 디고리는 호기심과 경쟁심에 휘둘려 이제 막 창조된 나니아에 악이 들어오게 만든다. 갓 태어난 새로운 세상에 돌이킬 수 없는 위해를 가한 것이다. 그가 저지른 잘못은 사실 그가 수습할 수 없는 수준이었다. 나니아를 창조한 위대한 사자 아슬란은 디고리에게 자신의 잘못을 명백하게 인정하게 만든다. 디고리는, 자기가 마녀를 깨워 나니아로 데려왔다는 말을 듣고 자기를 쳐다보는 동물들의 눈길을 느끼며 "땅속으로 사라져 버렸으면 싶었다." 그런데 아슬란은 동물들에게 이렇게 말한다. "실망하지 마라. 악은 그 악마에게서 나올 것이나 아직은 멀리 있고, 최악의 것은 내가 감당할 것이니라.…아담의 자손이 재난을 불러들였으니, 아담의 자손이 그 재난을 치유하는 것을 도울 것이다." 그리고 아슬란은 디고리에게 사명을 하나 맡긴다. 그것은 앞으로 나니아를 수백 년간 지켜줄 나무로 자라날 씨앗을 구해 오는 일이었다.

프랑켄슈타인을 보면서 독자는 책임의 중요성을 생각해야 마땅하다. 자기 행동의 결과를 심사숙고하는 것 또한 꼭 필요한 일이다. 내가 벌인 일의 결과물이 집요하게 나를 쫓아와 주위를 무너뜨린다면 얼마나 끔찍하겠는가. 조금만 인생을 살아본 사람이라면, 프랑켄슈타인만큼은 아니라도, 본질상 비슷한 부담과 두려움을 어느 정도는 느낄 것이다. 모든 부모를 비롯해 어떤 식으로든 무언가를 만들어 낸 사람이나 무언가가 만들어지는 데 조금이라도 기여한 사람은, 지금의 문명을 만들어 낸 인류의 일원인 우리는, 다 우리가 만들어 낸 그 무엇이 괴물로 다시 나타날지도 모른다는 두려움을 갖지 않는가? 만약 그런 두려움이 없다면 이제라도 가져야 마땅하지 않을까? 《프랑켄슈타인》은 그렇게 우리에게, 우리가 무엇을 만들고 있는지 생각하라고, 그 결과에 책임져야 할 거라고, 각오하라고 말하는 것 같다.

이런 《프랑켄슈타인》의 문제의식을 온전히 인정하고 나면, 정신이 번쩍 드는 동시에 막막하고 답답해진다. 우리가 저지른 일을 수습할 능력의 한계를 절감하기 때문이다. 자식을 낳아서 기르는 문제도 그렇다. 부모가 아무리 열심을 낸다 해도 자식의 인생을 무한히 책임질 수는 없다. 그러려다 오히려더 큰 폐해를 낳기 십상이다. 마찬가지로 우리가 벌이는 일, 우리가 만든 크고 작은 괴물들에 대해서도 수습에 최선을 다해야 하겠지만, 대응의 한계를 인정할 수밖에 없다. 이런 상황 인식을 하면서, 아니 그런 인식을 가진 다음에야, 비로소 아슬란이 디고리에게 맡긴 사명을 떠올려 보면 좋겠다. 그것은 씨앗을 구해 오는 일이었다. 아주 작은 것, 당장에는 하찮아 보이는 것, 고작 씨앗을 구해 오는 일이었다. 물론 그것조차도 디고리에게는 버거운 사명이었고, 아슬란이 붙여 준 친구와 하늘을 나는 말의 도움을 받고도 사력을 다해야 간신히 감당할 수 있는 일이었다. 아담과 하와에게 그것은 자식을 낳고, 가르치고, 땀 흘려 부양하며 살아가는 일이었다. 자신들로 인해 수많은 이들의 고통이 시작되었다는 자책과 후손들의 원망과 치욕을 안고서. 하지만, 또한 자신들을 통해 구원자의 약속이 이루어질 것을 믿고 기대하면서.

세상은 과연 어떤 곳인가. 우리의 행동에 결과가 따르고, 그것을 책임져야 하는 곳이다. 하지만 우리는 진정한 의미에서 자신의 행동을 책임질 수 있는가? 자신이 저지른 일에 책임을 인정하고, 잘못을 시인하고, 바로잡으려 노력해야 하지만, 최선을 다한다고 해도 우리가 할 수 있는 보상이나 회복을 위한 노력은 부족하기 짝이 없다. 그것은 디고리처럼 겨우 씨앗을 구하러 가는 일이요, 아담처럼 치욕을 안고 믿음으로 살아가는 일이다. 그러나 그 일은 명령하시는 분, 약속하신 분을 의지해야만 해낼 수 있다. 그들의 사명과 삶은, 신앙의 삶에서 회개와 용서가 결승점이 아니라 출발점임을 잘 보여 준다. 프랑켄슈타인 같은 우리지만, 우리는 용서와 은총을 기대할 수 있다. "최악의 것은 내가 감당하겠다"고 말했던 사자와 같은 분이 그것을 가능하게 하셨다.

# 《프랑켄슈타인》

❶ 《프랑켄슈타인》은 작가가 무서운 이야기로 작심하고 쓴 소설입니다. 작가는 어떤 부분에서 이 소설이 무섭다고 생각했을까요? 이 소설이 무섭던가요? 그렇다면 어떤 부분이 무서웠나요?

❷ 기술이 없어서 한스러울 뿐, 기술만 있으면 만든다는 사고방식에 대해 어떻게 생각하시나요? 기술은 계속 발전해야 한다고 생각하시나요, 아니면 적정한 통제하에 있어야 한다고 생각하시나요? 그렇게 생각하는 이유를 말씀해 주십시오.

❸ 프랑켄슈타인이 괴물을 만들고 보여 주는 반응은 너무나 무책임하지요. 한편으로는 너무나 인간적이고 이해가 되기도 합니다. 이렇게 감당할 수 없는 큰일을 벌여 놓고 외면했던 경험이 혹시 있으신가요? 개인적인 일이 아니라도, 역사 속에서나 사회에서 비슷한 사례가 떠오르시나요?

❹ 괴물의 이름이 프랑켄슈타인이라고 생각하는 경우가 많지

무서운 이야기에 관하여

요. 왜 그렇게 되었을까요? 이런 오해는 무엇을 말해 주는 것
일까요?

❺ 괴물이 살인마가 되는 것은 피할 수 없는 일이었을까요?
혹시 그의 그런 타락을 가로막을 방법은 없었을까요?

❻ 괴물은 왜 프랑켄슈타인에게 그렇게 연연했을까요? 그는
자신의 창조주에게 무엇을 기대했을까요? 그것은 현대 문명
에 무엇을 말해 주고 있을까요?

악마의 눈이 보여 주는 것

"내가 받은 상처를 복수로 돌려줄 테다.
사랑을 불러일으킬 수 없다면 공포의 근원이 될 테다.
누구보다 나의 창조주인. 그렇기에 내 숙적인 당신에게
영영 꺼지지 않는 증오를 다짐하겠다.
조심하라. 내가 당신의 파멸을 초래할 테고,
이 복수는 당신이 세상에 태어난 날을
저주할 정도로 황폐해지기 전에는 결코 끝나지 않을 테니."

C. S. 루이스_《우리가 얼굴을 찾을 때까지》

# 신화의 재발견

**15**

이번에 살펴볼 책은 C. S. 루이스의 《우리가 얼굴을 찾을 때까지》(홍성사)다. 루이스가 프시케와 큐피드의 신화를 자기식으로 고쳐 쓴 작품이다. 이 소설을 이야기하자면 프시케와 큐피드의 신화를 소개해야 한다. 줄거리를 요약해 보자.

왕의 세 딸 중 막내였던 프시케는 너무나 아름다운 나머지 비너스의 미움을 산다. 프시케는 신탁에 따라 용의 제물로 산에 바쳐지고, 큐피드는 프시케가 가장 천한 남자를 향해 욕정을 갖게 만들라는 어머니 비너스의 명을 받고 산으로

갔다가 프시케에게 반해 버린다. 프시케는 큐피드의 신부가 되어 비밀 궁전에서 살게 되지만 큐피드는 밤마다 찾아와 그녀와 사랑을 나누면서도 얼굴을 보여 주지 않는다. 비밀 궁전을 방문한 프시케의 두 언니는 질투에 눈이 멀어 프시케에게 남편이 얼굴을 숨기는 것은 끔찍한 뱀이기 때문이라며 등불을 켜서 확인해 보라고 꼬드긴다. 프시케가 언니들의 말대로 하다가 뜨거운 등불 기름이 한 방울 떨어져 잠에서 깬 큐피드는 프시케를 엄히 꾸짖고 떠나간다. 이후 프시케는 여러 어려움을 겪지만 결국 큐피드와 재회하고 여신이 된다.

루이스는 이 이야기를《우리가 얼굴을 찾을 때까지》라는 소설로 고쳐 쓰면서 중요한 부분을 바꿔 놓았다. 프시케의 궁전을 보통 사람들에게는 보이지 않는 곳으로 만든 것이다. '저자의 말'에서 그는 프시케 이야기를 처음 읽은 순간부터 이 궁전은 보이지 않아야 한다고 생각했다고 한다. 그는 그렇게 함으로써 프시케 이야기가 소개된《황금 당나귀》(현대지성)의 작가 아풀레이우스의 이면을 파고들 수 있었다고 말한다. 그에 따르면 아풀레이우스는 이 이야기의 창작자가 아니라 전달자였다. 이 말의 의미를 "신화가 사실이 되었다"는 글에 실린 루이스의 생각을 따라가며 살펴보기로 하자.

악마의 눈이 보여 주는 것

## 《우리가 얼굴을 찾을 때까지》가 안겨 주는 의문

루이스는 《나니아 연대기》나 SF 삼부작* 같은 픽션에서도 기독교적 메시지와 색채를 선명하게 드러냈다. 그런 루이스의 픽션에 익숙한 사람에게 그의 마지막 픽션 작품인 《우리가 얼굴을 찾을 때까지》는 당혹감을 안겨 준다. 이전의 작품들에 비해 메시지가 선명하지 않고 모호하다는 인상 때문이다. 무엇보다 신화 다시 쓰기라는 방식이 낯설다. (알고 보면 《나니아 연대기》나 SF 삼부작도 신화적 요소가 가득하지만 그런 '사실'은 논외로 하고 우리의 인상을 존중하고 거기에 답해 보기로 하자.) 무엇보다 그것이 기독교의 메시지와 어떻게 연결되는지가 모호하게 느껴진다.

"이야기는 그냥 이야기로 즐겨라." 이런 조언도 충분히 가능하다. 그런 조언이 꼭 무책임한 것이라고 생각하지는 않는다. 그렇게 읽고 넘겨야 할 것도 많이 있다. 하지만 내용과 형식 모두를 통해 자신이 하고 싶은 말을 효과적으로 전달할 줄 아는 작가인 C. S. 루이스가 오랜 고민과 숙고 끝에 찾아낸 내용과 형식이라면, 한번 곰곰이 들여다보는 편이 유익하다. 이것은 내가 이 소설을 처음 읽을 때 느꼈던 이중적인 느낌, 즉 이야기로서 갖는 흡인력에 매료되면서도 정확히 무슨 이야기를 하는지 잘 잡히지 않았던 느낌에 대한 답을 찾는 일이다.

---

* C. S. 루이스의 우주 삼부작은 《침묵의 행성 밖에서》, 《페렐란드라》, 《그 가공할 힘》(홍성사)을 말한다.

내가 하려는 말을 몇 가지 질문에 답변하려는 시도로 표현할 수도 있다. 루이스는 왜 신화 다시 쓰기라는 방식을 선택했을까? 왜 이전보다 모호하게, 비켜서, 다른 매체를 빌려서 말하는 것일까? 좀 더 원색적으로 표현하자면 이렇다. 왜 이렇게 둘러 가는가? 예수 그리스도의 계시 안에서 명확한 메시지가 주어지지 않았는가? 교리, 신앙고백이 있지 않은가? 그런데 왜 그런 명확한 것을 두고 모호하고 애매하고 희미한 것들을 이야기해야 하는가? 거기다가 이교적인 신화를 끄집어내다니. 거짓에 불과한 그런 신들과 참 신이신 하나님의 구분을 오히려 흐려 놓는 일이 아닌가. 여기에 두 가지 정도로 답할 수 있다.

### 신화의 유용성 1

루이스는 신화가 단순한 역사나 악마적 몽상, 성직자들의 사기라고 생각하지 않았다. 그는 최고의 신화의 경우, "비록 미광이지만 어떤 참된 신적 진리의 광선이 인간의 상상력에 떨어진 것"[•]이라고 본다. 그러면 신화의 구체적인 역할은 무엇일까? 신화의 역할을 생각하기 위해서는 인간 지성의 특징을 고려해야 한다. 루이스에 따르면 "인간의 지성은 구제 불능일 만큼 추상적"이다. 순수 수학은 성공한 사유의 전형이다.

---

• C. S. 루이스,《기적》, 이종태 옮김(홍성사), 265쪽.

하지만 우리가 체험하는 실재들은 모두 구체적인 고통, 쾌락, 개, 사람이다. 우리가 그 사람을 사랑하고 그 고통을 참고 그 쾌락을 즐기는 동안에는 쾌락, 고통, 인간성을 지적으로 파악하지 않는다. 하지만 지적 파악 작업을 시작하면 구체적인 실재들은 사례나 실례의 수준으로 떨어진다.

이것이 우리의 딜레마입니다. 맛을 보려 하면 알 수 없고, 알려 하면 맛을 볼 수 없습니다. 더 엄밀히 말하면, 어떤 경험을 하고 있기 때문에 얻지 못하는 지식이 있고, 그 경험 바깥에 있는 동안에는 놓칠 수밖에 없는 지식이 있습니다. 우리가 무언가를 생각할 때는 생각하는 대상과 분리됩니다. 맛보고, 만지고, 의지하고, 사랑하고, 미워할 때 우리는 대상을 명확하게 이해하지 못합니다. 명료하게 생각하면 할수록 더 많이 분리됩니다. 실재 속으로 깊이 들어가면 갈수록 더욱 생각을 못 하게 됩니다. 부부 관계를 하는 순간에 쾌락을 조사하거나 회개하는 동안 회개를 연구할 수는 없고, 폭소를 터뜨리면서 유머의 본질을 분석할 수도 없습니다. 그러나 그 순간이 아니라면 이런 것들을 정말 알 수 있을 때가 언제이겠습니까?•

---

• C. S. 루이스, 《피고석의 하나님》, 홍종락 옮김(홍성사), 72-73쪽.

신화의 재발견

루이스는 이 비극적인 딜레마에 대한 부분적인 해결책이 신화라고 말한다. "위대한 신화를 즐기는 가운데 우리는 추상으로만 이해할 수 있는 것들을 구체적인 대상으로 체험하는 상태에 가장 가까이 다가갑니다." 그리고 루이스는 프시케 이야기도 그런 위대한 신화의 하나라고 본 것 같다. 앞에서 루이스가 프시케 이야기의 작가 "아풀레이우스의 이면을 파고든다"라든가 "아풀레이우스는 이 이야기의 창작자가 아니라 전달자"라고 한 말은 이런 맥락에서 이해해야 할 것이다. 그는 이 이야기가 "구체적인 상황에 매이지 않는" 보편적인 어떤 실재를 전달하고 (한편으로는 가리고) 있으며, 이야기의 중요한 부분을 비틀어 바로 그 실재를 밝히 드러낼 수 있다고 생각한 것이다.

## 신화의 유용성 2

《순례자의 귀향》에서 루이스는 지주님(하나님)이 역사 속에서 자신을 알리신 세 가지 방식을 소개한다. 하나는 이교도들에게 준 그림(신화)이고, 또 하나는 목자들(이스라엘)에게 준 규칙(율법)이다. 그런데 그림도 반쪽짜리고 율법도 반쪽짜리라고 한다. 그래서 지주님의 아드님(그리스도)이 오셔서 새로운 것을 가져다주셔야 했다.•

---

• C. S. 루이스, 《순례자의 귀향》, 홍종락 옮김(홍성사), 219-220쪽.

그러나 그리스도께서 오신 지금도 율법은 여전히 유효하다. 루이스는 《순전한 기독교》에서 정말 선하게 살기로 결심하고 6주 정도 힘껏 노력해 보면 인간의 무력함을 절감하고 도우심을 구하게 된다고 말한 바 있다.* 율법의 한계가 구원사적으로 드러났다 해도, 개개인이 자신의 삶에서 율법의 한계와 가치를 오롯이 경험하고 재발견해야 한다. 율법을 모르는 자는 복음의 능력도, 복음이 주는 자유도 은혜도 모르는 법이다. 신화에 대해서도 어느 정도는 같은 말을 할 수 있다. 이 부분에서는 루이스 본인의 경험을 소개하는 것이 도움이 될 것 같다.

루이스가 유신론을 받아들인 후 일 년이 넘도록 그리스도인이 되지 못한 것은 기독교 교리(희생과 대속)의 의미를 알기 어려워서였다. 그는 "2000년 전에 살았던 누군가의 생애와 죽음이 지금 여기서 우리를 어떻게 도울 수 있는지" 이해할 수 없었다. 그러다 "신이 자신을 희생 제물로 자신에게 바친다"는 희생 개념을 이교 신화에서 만나면 자신이 감동을 받아 왔다는 사실을 톨킨 등의 친구들의 도움으로 깨닫는다. 죽었다가 다시 살아나는 신의 개념도 사복음서 이외의 다른 곳에서 만나면 감동을 받았다. 그런 신화들을 접할 때는 자신의 이해력을 넘어서는 의미를 암시하는 심오함을 받아들일 준비

---

* C. S. 루이스, 《순전한 기독교》, 장경철, 이종태 옮김(홍성사), 222-224쪽.

가 되어 있었던 것이다. 그리고 루이스는 그리스도 이야기도 같은 방식으로 받아들여야 하는 신화임을 깨달았다.[*]

> 기독교의 핵심은 사실이기도 한 신화입니다. 죽는 신을 다룬 옛 신화가 여전히 신화인 채로 전설과 상상의 하늘에서 역사의 땅으로 내려옵니다. 그 일은 구체적인 시간, 구체적인 장소에서 벌어지고, 정의할 수 있는 역사적 결과들이 그 뒤를 따릅니다. 언제 어디서 죽는지 아무도 모르는 발데르나 오시리스 같은 신을 지나 (모두 순서에 따라) 본디오 빌라도 치하에서 십자가에 못 박힌 역사적 인물에게 이릅니다. 그것은 사실이 되고 난 뒤에도 여전히 신화로 존재합니다.…진정한 그리스도인이 되려면, 역사적 사실에 동의해야 할 뿐 아니라, 우리가 모든 신화에 부여하는 상상력을 발휘하여 (이미 사실이 되어 버린) 그 신화 또한 받아들여야 합니다.[**]

적어도 루이스에게 신화를 받아들이고 그 매력에 빠지는 경험은 복음을 받아들이게 하는 준비 과정이 되어 주었다. 그처럼 기독교의 복음에 대한 편견을 버리고 '다른 이야기를 대하듯' 귀를 기울이고 그리스도의 삶과 죽음, 그리스도의 인

---

• C. S. 루이스,《당신의 벗, 루이스》, 홍종락 옮김(홍성사), 48-49쪽.
••《피고석의 하나님》, 73쪽.

악마의 눈이 보여 주는 것

격을 만날 수 있다면 어떨까? 그러면 기독교의 메시지에 담긴 매력과 힘을 발견할 수 있지 않을까. 어릴 때부터 기독교의 복음을 정답으로 '주입받은' 사람의 경우에도 이전의 모든 신화를 완성하고 "이전의 모든 신화적 종교들을 온전히 구현하는" 신화로서의 기독교를 볼 수 있다면, 그가 받아들인 기독교를 더욱 생생하게 경험할 수 있을 것이고, 그것의 매력을 알아보지도 못한 채 거부할 여지는 줄어든다.

　사실, 율법이나 신화만이 아니라 그 외의 많은 면에서도 모든 세대, 모든 개인은 진리를 새롭게 재발견해야 한다. 선대에 밝혀지고 드러난 '정답'을 후대가 그대로 물려받으면 좋겠지만, 그게 그렇게 되지 않는다. 그렇게 해서 역사가 되풀이되고 오류가 반복되고 깨달음과 재발견이 나타난다. 이런 면에서 루이스가 남긴 말에 많이들 공감할 수 있다.

> 산다는 건, 너무나 오래되고 단순해서 말로 풀어놓으면 시시하고 뻔한 소리처럼 들리는 진리들을 알아 가는 과정이지 싶네. 비슷한 경험을 해 보지 않은 사람들에게는 그렇게 들릴 수밖에 없지. 그렇기 때문에 그런 진리들은 실제로 가르칠 수가 없고 각 세대가 처음부터 다시 배우는 거라네.[*]

---

• 《당신의 벗, 루이스》, 84-85쪽.

신화의 재발견

## 《우리가 얼굴을 찾을 때까지》에 대한 몇 가지 생각

지금까지 신화 다시 쓰기라는 이 소설의 형식을 주로 이야기 했는데, 이제 이 소설 자체를 짧게 이야기해 보자. 이 소설은 신화를 매개로 여러 주제를 구현해 낸다. 여기서는 긴밀히 이어져 있는 세 가지만 생각해 보자. 사랑, 자기 발견 그리고 신과의 만남이다. 인간이 가진 최고의 것이 사랑이다. 그러나 아무리 숭고하고 대단해 보인다 해도 인간의 사랑은 분명한 한계를 지닌다. 오히려 "사랑이 신이 되기 시작하는 순간, 악마가 되기 시작한다."• 인간 사랑의 한계에 대한 발견과 좌절은, 프시케의 언니 오루알이 자신이 얼마나 추악한지 발견하고 자기 부인을 거쳐 마침내 또 하나의 프시케로 신 앞에 서는 과정과 긴밀하게 이어져 있다. (이렇게 분석하는 과정에서 오루알의 경험에 참여하는 독자의 자리에서 벗어난다. 그리고 이렇게 말로 표현하면 얼마나 뻔하고 진부해 보이는지!)

소설의 화자는 프시케의 첫째 언니 오루알이다. 원작 신화의 언니와 달리, 그녀는 동생이 사는 아름다운 궁전을 목격하고 질투에 부들부들 떨지 않는다. 프시케를 사랑하고 프시케를 지키기 위해서라면 목숨을 아까워하지 않는 엄마 같은 큰언니다. 하지만 그녀의 눈에는 궁전이 보이지 않는다. 신의 궁전에서 행복하게 사는 (그렇게 주장하는) 프시케를 오루알은

---

•《네 가지 사랑》, 이종태 옮김(홍성사), 46쪽.

도무지 용납할 수가 없고, 신에게 마음을 빼앗긴 동생을 되찾기 위해 수단 방법을 가리지 않는다. 그녀는 자신만의 방식으로 프시케를 독점하려 하고, 원작의 언니와 다른 차원에서, 어쩌면 더욱 심각한 질투를 드러낸다. 그리고 찾아오는 파국.

이 책의 대부분을 차지하는 1부는 신들에 대한 고소장이다. 오루알은 못생긴 얼굴 때문에 아버지의 구박을 받던 자신의 유일한 기쁨 프시케를 빼앗아 간 신, 프시케에게만 자신을 드러내고 오루알에게는 드러내지 않아서 자신의 인생을 꼬이게 만든 신, 결코 제대로 모습을 드러내지 않는 불공평한 신들에 대해 고소장 끝부분에서 이렇게 결론을 내린다. "신들은 대답할 말이 없다."

그러나 2부에는 깜짝 놀랄 반전이 기다린다. 그녀가 아끼고 사랑했던 충신 바르디아가 죽은 후 그의 아내 안싯을 위로하러 간 자리에서, 자신이 "상대방의 것을 전부 차지하려 들고, 그를 갉아먹는 욕심을 품고 있었다"는 충격적인 진실을 깨닫는다. 안싯은 상황을 이렇게 정리한다. "흥! 배부르시겠어요. 다른 남자들의 목숨도 삼켰으니. 여자들의 목숨도 삼키고. 바르디아와 내 목숨, 여우 선생의 목숨, 동생의 목숨, 두 동생의 목숨 다." 이 소설은 많은 부분 루이스가 《네 가지 사랑》에서 다룬 사랑을 깊이 있고 생생하게 보여 준다. 애정, 우정, 에로스의 영광과 실패를 드러낸다. 프시케가 구현하는 아가페 사랑도.

프시케는 신의 신부다. 신의 사랑을 받는 프시케와 그녀를 빼앗아 간 신을 질투하는 오루알. 그리고 두 사람이 보여 주는 사랑과 갈등. 프시케를 협박해 자기 뜻을 관철한 오루알은 웅깃을 섬기는 글롬 왕국의 자연종교도, 그리스의 이성적 철학도 제대로 알지 못했던 진짜 신의 목소리를 듣는다. "이제 프시케는 유배당하리라. 허기와 갈증에 시달리며 고된 길을 걸어가리라. 내가 대신 싸워 줄 수 없는 것들이 멋대로 그를 휘두르리라. 여자여, 너는 너 자신과 네가 한 일을 알게 되리라. 너 또한 프시케가 되리라." 이후의 내용은 신의 이 말이 그녀의 인생에서 이루어져 가는 흥미진진한 전개와 발견의 과정이다.

자신이 믿지 않았던 신의 존재를 발견한 오루알은 자신이 신의 미움을 받았으니 언제라도 죽을 수 있다는 두려움을 안게 된다. 이후 그녀는 줄곧 베일을 쓰고 산다. 그것은 자신의 정체성을 다른 사람들에게 숨기기 위한 조치다. 그녀가 글롬의 여왕이 되어 국사에 몰두하면서 그녀 안의 오루알은 한없이 쪼그라드는 것도 그녀가 여왕의 역할과 지위와 일로 자신을 채우고 자신은 잃어 가는 모습으로 볼 수 있다. 그렇게 오랜 세월을 보낸 그녀는 "네가 얼굴을 찾지 못했는데 어떻게 신들과 얼굴을 맞대겠는가?"라는 신의 반문과 함께 결국 자기 얼굴을 찾아 나서야 했다. 그것은 이야기 속 오루알만의 여정에 그치지 않는다. 인간이라면 누구도 외면할 수 없고 누

구도 대신해 줄 수 없는 과업이고 숙제라고 할까. 루이스는
그 여정으로 독자를 초대한다.

# 《우리가 얼굴을 찾을 때까지》

❶ 신화를 기독교 신앙과 적대적인 것으로 이해하는 경우가 많은데요. 루이스는 신화가 진리의 조각을 갖고 있다고 생각했지요. 그의 생각에 동의하시나요? 어떤 면에서 동의하시나요? 동의할 수 없다면 왜 그렇게 생각하시나요?

❷ 신화 다시 쓰기는 어떤 의미가 있을까요? 명료한 교리와 복음의 사실이 있는데, 왜 그렇게 돌려서 말하고 비켜서 말하고 이야기로 말하고 비유로 말하는 것일까요?

❸ 루이스는 프시케와 큐피드의 이야기를 다시 쓰면서 큐피드의 성이 보이지 않게 설정했고, 그것을 아주 중요하게 생각했다고 합니다. 그 성이 보이는지 여부에 따라 이야기가 어떻게 달라지나요? 그것이 중요한 차이를 만들어 낸다고 생각하십니까?

❹ 이 소설은 오루알이 자신에게 소중했던 사람들을 왜곡된 방식으로 사랑한 이야기, 결국 그 사실을 깨닫고 용서를 구하는 이야기로도 읽을 수 있습니다. 자신에게 가장 와 닿았던

악마의 눈이 보여 주는 것

사랑은 누구에 대한 오루알의 사랑이었나요? 그 이유도 말씀해 주세요.

—프시케에 대한
—여우 선생에 대한
—경호대장에 대한
—아버지에 대한
—여동생에 대한

❺ 오루알이 베일로 얼굴을 가리는 것은 여러 의미가 있고 여러 효과를 만들어 내지요. 어떤 의미가 있고 어떤 효과를 만들어 내는지 정리해 볼까요?

❻ 오루알은 신들을 고소하고자 합니다. 그리고 결국 자신이 피고석에 서는 것을 발견하지요. 앞부분에서 오루알의 심정에 공감하시나요? 그리고 후반부에서 이루어지는 반전은 어떻게 생각하시나요? 신들의 질문과 답변이 받아들여지나요?

❼ "너도 프시케가 되리라." 이 말은 무엇을 의미할까요? 신(神)의 신부가 된다는 것은 무엇을 말할까요? 프시케나 오루알의 종교적 여정은 그들만의 특별한 것일까요, 아니면 모든 인류가 걸어가야 할 원형적인 것일까요? 왜 그렇게 생각하시나요?

신화의 재발견

그레이엄 그린_《권력과 영광》

비루한 자신에 대한 인식
그리고 사명감


# 16


《권력과 영광》(김연수 역, 열린책들)은 영국의 가톨릭 소설가 그
레이엄 그린(Graham Greene, 1904-1991)의 대표작이다. 소설
의 배경은 1930년대 반가톨릭 성향의 주지사가 다스리는 멕
시코의 어느 주다. 주인공은 가톨릭을 박해하는 공권력에 쫓
긴다. 신앙의 자유가 사라지고 다른 사제들은 처형되거나 달
아났거나 배교한 가운데, 신자들 곁을 지키며 그 지역에 남은
유일한 사제다. 여기까지만 들으면 신심이 깊은 모범적 사제
일 것 같지만, 그는 알코올중독자에다 아이도 하나 있는 타락
한 사제다. 그런데 그런 타락들은 모두 신자들 곁에 남는 영

웅적 선택 후에 벌어진 일들이다.

## 남았을 뿐, 쓸모없는 인간

우선, 그가 한때는 야심이 있던 사제임을 지적해야겠다. 한때 그는 도시로 진출할 욕심으로, 빚을 잔뜩 지고라도 교회 일을 크게 벌일 생각만 머리에 가득했다. 빚은 후임 사제가 갚으면 된다고 여긴 것이다. 그가 사제로서 바라는 그림, 그의 사제 경력을 통해 쓰고 싶었던 이야기는 오늘날 일부 개신교 지도자들이 쓰고 싶어 하는 이야기와 다르지 않다. 그런데 사회적·정치적 상황이 완전히 달라지면서, 그의 계획은 수포로 돌아갔다.

그는 그런 상황에서 신자들 곁을 지킴으로써 새로운 이야기를 쓰려 했다. 다른 사제들이 다 떠난 자리를 남아서 지키는 "홀로 청정한" 사제의 이야기다. 당당한 사람으로서 자신이 "스스로 규율을 만들 수 있는" 사람이라는 이야기다. 그러나 이야기는 그렇게 뜻대로 근사하게 펼쳐지지 않았다. 공권력에 쫓기고, 그를 색출하기 위해 다른 신자들이 끌려가고 괴롭힘을 당한다. 그의 존재 자체가 신자들에게 위협이 된 것이다. 그는 결국 자신을 추적해 온 경위가 놓은 덫에 제 발로 걸어 들어가 잡히는데, 감옥에서 둘이 나누는 대화를 통해 신부의 속사정을 자세히 들을 수 있다. 경위가 그에게 묻는다.

악마의 눈이 보여 주는 것

"정말 이해되지 않는 일이 하나 있는데. 다른 놈들은 모두 도망쳤는데, 그중에서 왜 하필이면 당신이 남은 거지?"

사제가 대답한다.

"언젠가 나도…나 자신에게 물은 적이 있지.…사람한테는 느닷없이 두 개의 길, 선행의 길과 악행의 길이 제시되는 게 아니오. 서서히 휘말리게 되는 거지. 처음 1년은, 글쎄 아무리 생각해도 도망쳐야만 할 이유를 찾을 수 없었소. 그즈음 성당은 불타고 있었지.…어쨌든 난 다음 달까지만 버텨 보자, 혹시 상황이 나아질지 모르니까. 뭐 그 정도 생각이었지. 그랬던 것인데, 아, 시간이 얼마나 유수처럼 지나가던지.…그러다 갑자기 돌아보니 주변 몇십 마일에 남은 사제라고는 나 혼자뿐이라는 걸 깨닫게 됐다는 거 아시 겠소?"

여기서 그가 원래 그리던 이야기는 없다. 어쩌다 보니 그렇게 되었다는 고백뿐이다. "시간이 얼마나 빨리 가던지…"라고, 그는 그렇게 말한다. 그리고 그는 자신을 못마땅하게 여기던 사제 이야기를 꺼낸다. 심지가 곧지 못하다고 그를 나무라던 사제. 그런데 그 사제는 도망쳤다. 그리고 남은 그는 망가졌다. 신경 쓰이는 인물이 없어지니 방종해진 것이리라.

비루한 자신에 대한 인식 그리고 사명감

"그 사제가 옳았소. 그가 떠난 뒤로 나는 엉망이 됐소.…술을 마시기 시작한 거요. 지금은 나도 같이 도망치는 게 좋았을 거라는 생각이 든다오. 그때는 자만심이 너무 컸던 게지. 하느님에 대한 사랑도 없었고.…다른 사제들은 다 떠났는데도 나는 남아 있으니 홀로 청정하다고 생각했소. 그리고 그건 나는 당당한 사람이니 스스로 규율을 만들 수 있다는 생각으로 이어졌소.…그러다가 하루는 술에 취해, 너무 외로워서…아이를 가지게 됐소. 바로 그런 것들이 모두 나의 자만심에서 나온 것이지. 여기 있었기 때문에 생긴 자만심. 나는 남았을 뿐, 쓸모없는 인간이라오.…떠났더라면…더 많은 사람들을 하느님께 인도했을 텐데."

신자들 곁에 남는 용감한 선택을 내린 홀로 청정한 사제의 이야기는 어디론가 사라지고, 하느님에 대한 사랑이 아니라 자만심 때문에 '올바른 것처럼 보이는' 선택을 내렸다는 고백이 흘러나온다. 그는 남았지만 그 행동만 빼면 아무 쓸모없는 것처럼 느껴지는 자신을 발견했다. 이것이 그의 가장 큰 괴로움이다.

바른길, 순종의 길을 가는 것은 스스로 감당할 수 없는 길로 들어서는 것이다. 결정적 순간에 내가 어떻게 나올지, 나의 어떤 모습이 드러날지 알 수 없다. 영화 〈암살〉에서 이정재가 맡았던 염석진 역할을 보며 나는 무서웠다. 그가 용기

악마의 눈이 보여 주는 것

있는 사람 흉내를 내지 않았더라면, 차라리 평범한 사람으로 얌전히 살았다면, 그렇게 많은 해악을 끼치고 추락하지 않았을 거라는 생각이 들었다. 그러나 이것은 수많은 비겁함을 정당화할 수 있는 생각인지도 모른다. 사실 모든 새로운 시도, 모험은 그런 것이 아닌가. 내가 감당할 수 있을지 없을지 모르는 상태에서 발걸음을 내딛는 것. 결혼도 그렇고 아이를 낳는 것도 마찬가지다. 뭔가 새로운 일을 벌이고 맡는 데는 이런 요소가 다 있다.

과연 이 사제의 '용감한' 선택의 동기가 불순한 것이기만 했는지, 그럼 남들처럼 도망갔어야 맞는 것인지 등의 문제는 올바른 선택이라는 것의 의미를 돌아보게 만든다. 어쨌든 종교적으로 큰일을 이루어서든, 용감한 선택을 하는 것으로든, 자기 의를 드러낼 수 있을 것 같아서든, 자신의 이야기가 무너지는 그 과정은 그가 자신의 믿음을 근본적으로 돌아보고 은혜를 구할 기회가 된다. 이제 그 얘기를 해 보자.

## 그래도 한 방향으로 걸어가는 길

다음 날 처형을 앞두고 사제는 혼자 감방에 남겨졌다. 그의 곁에는 경위가 마지막 배려로 남겨 준 브랜디 병이 놓여 있다. 고해성사를 해서 죄 사함을 받아야 하는데, 중이 제 머리를 깎을 수 없는 상황이다. 다른 사람들의 고해성사를 들어 주고 죄 사함을 선언하지만, 그의 고해성사를 들어 줄 사람은 없다. 어쩌겠는가. 그는 술을 들이켜며 '개신교 스타일'의 회개를 시도한다.

"저는 간음을 저질렀습니다."

그러나 형식적일 뿐 의미 없는 말에 그친다. 그의 아이가 다시 떠오른다.

"아, 하느님, 그 애를 보살피소서. 저를 벌하시면 마땅히 받아들이겠사오나 그 아이만은 행복하게 하소서."

그러나 사제는 이것이 모든 사람을 향해 품었어야 할 마음이라는 것을 깨닫는다. 그래서 여러 사람들을 애써 떠올리고 "그들 모두를 보살피소서"라고 기도하지만, 그의 신경은 온전히 딸에게로 쏠리는 것을 느낀다. 그 순간에 그가 진심으로 기도할 수 있는 주제는 딸뿐이었다. 또 실패.

"저는 술주정뱅이였습니다.……교만의 죄를 저질렀으며 자비를 알지 못했습니다."

말들은 다시 형식적으로 바뀌었고, 의미가 사라졌다. 소설의 화자가 말한다. "판에 박힌 말들이 아니라 사실을 말할 수 있게 만드는 고해신부가 그에게는 없었다."

죽음을 앞두고 참된 회개에 실패한 사제는 자신이 내놓을 것이 있는지 따져 본다. 그리고 이런 생각을 한다.

"내게도 자신을 바칠 영혼이 단 한 명이라도 있었더라면, 그래서 내가 이렇게 말할 수 있었더라면. 제가 한 일을 보십시오." 그러나 화자가 '객관적으로' 바라보는 그의 상태는 비

악마의 눈이 보여 주는 것

참하다. "그를 위해 죽은 사람들, 그 사람들이야말로 성인이라 할 수 있었다. 하나님이 그들에게 어울리는 사람을 보냈어야만 했는데." 그리고 다시 돌아온 사제의 생각. "고작 파드레 호세(배교하고 결혼한 다른 사제)와 나라니." 그리고 그는 끝끝내 절망한다.

> "다른 사람들은 모두 도망친 마당에 자기만은 떠나지 않아도 될 만큼 강하다고 생각했다니, 그 얼마나 멍청한 일이었는가. 나란 인간은 얼마나 구제불능인가.…얼마나 쓸모없는가. 그 누구에게도 도움이 될 만한 일은 하나도 하지 못했구나."

그리고 이 대목에서 저자는 굳이 화자의 입을 빌려 사제의 생각을 이렇게 '추측'한다. "아마 그 순간 그가 겁낸 것은 지옥에 떨어지는 일이 아니었을 것이다.…아무런 일도 한 것 없이 빈손으로 하느님에게 가야 한다는 사실이 엄청난 좌절로 다가올 뿐이었다. 마지막 순간에 중요한 건 단 하나뿐이라는 것, 그건 바로 성인이 되는 일이었다."

그는 타락한 사제였고, 그 점을 괴로워하면서도 사제로서의 역할을 요구받을 때는 꾸역꾸역 그 일을 감당했다. 그의 도덕성과 무관하게 그가 사제로서 감당하는 모든 일은 효력을 발휘한다는 믿음 때문이었다. 이것은 신구교를 막론하고 기독교의 정통적인 믿음이요, 여기에 반대하는 입장이 '도나투스파'라는 이단이다. 이런 믿음이 없으면 불완전한 인간을 통해 이루어지는 모든 종교 행위가 부정될 것이다. 물론, 여기에는 정반대의 문제점이 따라올 수 있다. 메신저의 행태가 메시지 자체를 완전히 부정하게 만들 가능성이다. 이런 사례는 널리고 널려서 따로 거론할 것도 없는 엄연한 현실이다. 그는 자신이 사제로서 감당하는 역할 자체에 대해서는 확신이 있었고, 그것이 대단히 중요한 일이라고 확신했다. 그렇기 때문에 위험을 무릅쓰고, 목숨을 걸고 그 일을 감당했다.

하지만 그렇다고 해도 교회의 지원을 받을 수 없는 상황에서, 그는 본인에 대해서는 아무런 확신도 할 수가 없다. 회개도 여의치 않고, 내놓을 것도 없다. 애초에 그가 성인이라면 이런 고민 자체가 불필요했을 것이다. 그런데 그는 성인이 아니고, 단시간 내에 성인이 될 가능성도 없다. 그런데 여기서 아이러니하고도 중요한 사실은, 그가 솔직히 인정하는 부족한 모습과 절망적 전망에도 불구하고, 그는 신앙을 철회할 의지가 없다는 것이다. 오히려 그의 모든 고민과 절망은 신앙을 끝까지 붙들고 싶은 마음에서 생겨난다.

잡히기 직전까지 그는 막막한 상황, 목숨이 위태로운 상황에서도 한결같은 선택을 했다. 아니, 소설 전체가 그가 온갖 위기와 어려움 가운데 어김없이 한 방향으로 선택하는 모습을 보여 주고, 그렇게 해서 그가 어떤 사람인지를 드러냈다.

그는 신자들 곁에 남는 선택을 통해 폭로된 자신의 나약함과 무력함, 자신이 낳은 딸, 하나님을 사랑하지 않는 자신의 모습, 이런 것들을 부정하지 않고 그에 따라오는 온갖 고민과 절망을 그대로 끌어안았다. 그러면서 꿋꿋이 사제로서 살아갔다. 사제로서의 역할과 목숨을 부지할 수 있는 길 사이의 갈림길에서 어김없이 '사제의 길'을 선택했다.

기존에 사제로 써 나가던 이야기가 다 어그러진 절망적 상태에서도, 사제로서 자신을 필요로 하는 곳이면 어디든 가는 그의 선택을 미심쩍게 볼 수도 있을 것이다. 그 밑바탕에는 가톨릭교회라는 '제도'에 대한 믿음이 자리 잡고 있다고 말이다. 스스로는 어떤 것도 확신할 수 없게 된 연약한 종교인이 교회라는 '시스템'에 기대어 살길을 도모하는 나약함을 보여 줄 뿐이라고 폄하할 수도 있다.

어쩌면 그럴 수도 있다. 하나님이 인간의 유익을 위해 허락하신 제도와 매체들은 그 자체로 절대화되거나 우상화되어 하나님을 오히려 가리기도 한다. 그러나 그가 탈출의 기회를 포기하면서까지 사제직에 충실하려는 모습은, 초심을 잃었을지는 몰라도, 그가 애초에 사제의 길을 택한 것이 순수한 믿음의 발로였음을 짐작하게 한다. 그리고 사제 역할에 끝까지 충실하려는 그의 노력을 신자로서 자신을 지키려는 몸부림으로 볼 수 있는 여지를 준다. 만약 그런 것이라면, 그의 행태는 복음서에 나오는 "주여 믿나이다, 나의 믿음 없는 것을 도와주소서!"(막 9:24)라는 외침을 가톨릭 사제 스타일로 번역한 것이라고도 볼 수 있지 않을까.

자신의 부족함을 절절히 인식하고 그에 따른 절망을 고스란히 껴안는 자세, 그러면서도 자괴감에 빠져 주저앉지 않고 자신의 자리를 지키며 사명에 충실한 모습의 공존. 여기서 나는 한없이 추락하는 개신교의 이미지를 고스란히 떠안고 살아야 하는 모든 개신교 신자의 부담과 그래도 자신이 감당해야만 하는 역할이 겹쳐 보인다. 어디 신앙의 문제뿐이겠는가. 우리가 이미 수없이 실패하고 부족함을 드러내 자주 포기하고 싶은 마음이 드는 역할들, 부모나 자식, 교사, 어른, 한 사람의 시민으로서의 우리의 역할들도 돌아보게 된다. 그래도 그 길로 꾸준히 걸어가라고 사제는 온몸으로 말하는 것 같다.

# 《권력과 영광》

❶ 제목이 왜 《권력과 영광》일까요? 주기도문에 나오는 '권세와 영광'에서 따온 것 같은데, 어떤 권세와 영광을 말하는 것일까요? 그것이 가톨릭을 박해하는 공산주의 치하에서 도망 다니면서도 사제의 역할을 감당하는 이 이야기와 무슨 관련이 있을까요?

❷ 신부는 박해를 피해 달아나지 않고 성도들의 곁을 지키면서 자기 홀로 고고하고 순전했다고 생각했지만, 그 이후로 타락했습니다. 남았기 때문에 그런 유혹에 빠진 셈인데, 그렇다면 그는 어떻게 했어야 할까요? 신도들 곁을 지킬 것이 아니라 떠났어야 하는 걸까요? 모든 중요한 일을 맡게 되고, 용기 있는 선택을 내릴 때는 자신이 감당할 수 없는 일을 맡게 되는 것이 아닐까 하는 두려움을 경험하게 됩니다. 그런 것까지 다 계산해서 결정해야 하는 걸까요? 그렇게 되면 복지부동의 자세로 할 수 있을 만한 일만 하게 되지 않을까요? 어떻게 해야 할까요?

❸ 신부는 신부로서 자신을 필요로 하는 곳이라면 어디든지

비루한 자신에 대한 인식 그리고 사명감

달려갑니다. 그 선택으로 그가 진짜 신부임을 증명하지요. 자신이 알코올중독자이고 성적인 죄를 범했으며 사생아를 두었다는 죄의식과 자괴감에 눌리지 않고, 여전히 '사제'의 역할을 감당하는 것은 모든 부족한 사람들에게 절망하지 말라는 격려처럼 들리기도 합니다. 자괴감에 빠지지 않으면서도 뻔뻔해지지 않는 것은 어려운 줄타기처럼 느껴집니다. 이 부분에 대해 들려줄 말씀이 있으신가요?

❹ 신부는 왜 번번이 목숨을 구할 기회를 마다하고 굳이 사지로 걸어 들어갔을까요? 특히 마지막에 체포되는 과정에서는 그것이 거의 함정임을 짐작할 수 있는 상황이었습니다. 그로 하여금 목숨을 포기하고서라도 사제의 일을 감당하게 만드는 힘은 무엇이었을까요? 그것은 어떤 강박이었을까요, 아니면 지고한 신심이었을까요? 아니면 다른 무엇이었을까요?

❺ "왜 하필 당신이 남은 거냐?"라는 질문은 누구라도 주춤하게 만드는 질문입니다. 이 질문에 뭐라고 대답할 수 있을까요? 조금 다른 맥락이긴 하지만 우리도 자기 자리에서 비슷한 질문을 받을 수 있습니다. "왜 하필 당신이 그 일을 하고 있는 겁니까?" 여기에 뭐라고 답하시겠습니까?

"다른 사람들은 모두 도망친 마당에
자기만은 떠나지 않아도 될 만큼 강하다고 생각했다니,
그 얼마나 멍청한 일이었는가.
나란 인간은 얼마나 구제불능인가.…얼마나 쓸모없는가.
그 누구에게도 도움이 될 만한 일은 하나도 하지 못했구나."

다니엘 디포_〈로빈슨 크루소〉

# 《로빈슨 크루소》,
# 무인도에서 살아남기

## 17

세상에 나 혼자인 것 같을 때가 있다. 고립무원(孤立無援)이 바로 내 얘기 같을 때가 있다. 무인도에 혼자 있는 것 같은 순간 말이다. 그렇지 않은가. 이런 외로움과 막막함을 느껴 보지 않은 사람이 누가 있겠는가. 그때 어떻게 해야 하나.

그래서 로빈슨 크루소를 모셔 왔다. 그가 누구인가. 무인도에서 수십 년, 정확히 말하면 28년 두 달 19일을 살았고, 그 대부분의 시간을 혼자 살아남은 사람, 혼자 살기의 달인이다. 로빈슨 크루소가 그 긴 세월을 혼자 살아남은 비법을 배워 볼까 한다.

《로빈슨 크루소》, 무인도에서 살아남기

## 자신이 가진 것, 받은 것을 생각한다

로빈슨 크루소는 난파의 위기에 처한 배에서 보트를 타고 선원들과 함께 탈출하지만, 홀로 살아남아 섬에 오른다. 뭐가 사는지, 뭐가 있는지 알 수 없는 무인도에서 혼자 살아야 한다면 누군들 막막하지 않겠는가. 그런데 로빈슨은 얼마 후, 자기가 탔던 배가 그리 멀지 않은 바다의 모래 턱에 걸려 있음을 발견한다. 그리고 여러 날에 걸쳐 열 번도 넘게 오가며 거기 있는 물건을 잔뜩 가져온다.

비스킷 등의 먹을 것과 술, 약간의 곡물, 총, 화약, 옷가지, 도끼 등의 온갖 작업 도구, 많은 쇠붙이, 천으로 쓸 만한 돛, 다량의 밧줄 등등. 한마디로, 홀로 무인도에 던져진 사람이 생각할 수 있는 최상의 물자가 주어진 것이다. 물론 그가 처한 조건을 생각할 때, 로빈슨 자신이 그렇게 생각하기는 쉽지 않다. 그래서 로빈슨은 오락가락한다. 살아남은 것에 감사했다가, 그래도 '이게 뭔가, 혼자서 어쩌라는 말인가' 하고 불평했다가, '그래도 이렇게 많은 것을 받았으니 얼마나 감사한가' 이렇게도 생각한다. 그러나 다음 순간에 '그래도 시간이 지나면 물자가 다 떨어질 텐데 그때는 어떻게 하나' 전전긍긍한다. 그러다 자신의 처지를 나쁜 점과 좋은 점으로 나눠서 따져 본다. 이런 객관적 상황 분석은 마음을 진정시키고 긍정적으로 생각할 근거를 제공한다.

**나쁜 점**

―무섭고 외로운 섬에 홀로 표류. 구출 희망 없음.

―불행한 상태로 홀로 살아남았다.

―외톨이가 되어 세상에서 사라진 자다.

―몸을 덮을 옷가지조차 없다.

―맹수나 사람이 공격할 경우 방어나 저항 수단이 없다.

―이야기를 나누거나 위로해 줄 사람이 없다.


**좋은 점**

―다른 선원이 모두 빠져 죽었는데 나는 살아남았다.

―나만 홀로 죽음을 면했다. 나를 구하신 신께서 나를 구해
　주실 것이다.

―굶거나 가진 것 없이 죽어 가는 상황은 아니다.

―더운 곳에 있으니 옷이 필요 없을 것이다.

―맹수가 없다.

―배를 해안에서 가까운 곳에 보내 주셨다. 필요한 물건을
　잔뜩 챙길 수 있었다.


　좋기만 한 일도 없지만, 나쁘기만 한 일도 드물다. 자신에게 있는 것, 자신이 받은 것을 돌아볼 일이다. 로빈슨 크루소는 섬 생활이 안정된 후, 자체 제작한 카누를 타고 섬을 둘러보다가 조류에 휘말려 먼바다로 밀려나 다시는 섬으로 못 돌

《로빈슨 크루소》, 무인도에서 살아남기

아올 뻔한 적이 있다. 그때 그는 이전까지 감옥이라 부르던 섬을 '사랑스러운 섬'이라고 부르고, 그리로 돌아가기 위해 사력을 다한다. 섬과 거기 담긴 모든 것을 잃어버릴 위기에 처해서야 로빈슨은 자신이 누렸던 것을 소중히 여기게 된다. 자기가 가진 것을 잃기 전에 그 가치를 알아본다면, 세상이 훨씬 밝게 보일 것이다.

## 기록한다

로빈슨 크루소는 배에서 가져온 잉크가 떨어질 때까지 계속 일기를 쓴다. 일기를 쓴다는 것은 무슨 일이 있었는지 돌아보고 자신의 생각을 들여다본다는 의미가 있다. 글을 쓰면 자신의 감정을 정리하고 상황을 좀 객관화해서 볼 수 있다. 더욱이 혼자 있으면 맴돌기 쉬운 반복되는 생각들을 잡아내 패턴화할 수 있다. 자기가 어떤 생각을 많이 하는지 파악할 수 있다. 자신의 생각과 반응에 반복되는 어떤 경향이 존재함을 알게 된다. 머릿속에서 생각하고 있을 때는 뭔가 대단한 것 같았는데, 막상 적어 보면 실체가 없는 구름 잡는 생각들로 드러날 때도 있다.

그리고 무엇보다도, 중요한 의미가 있는 사건들, 그와 관련된 생각과 문구들을 적어 놓는 것이다. 아무리 중요한 일, 뜻 깊은 일이라 해도 적어 두지 않으면 인간은 잊어버리고, 기억이 희미해져 버리면 그 사건이 가져다준 교훈과 기쁨, 감격도

덩달아 희미해져 버리기 쉽다. 혼자라면 더더욱 그렇다. 그렇다면 그것을 상기시켜 줄 문자화된 기록이 큰 도움이 된다. 그래서인지, 이 소설에는 로빈슨 크루소의 일기가 꽤 긴 분량으로 소개된다. 자기에게 몰입하고 한없이 빠져드는 타입의 사람만 아니라면, 기록해 자신의 내외적 상황을 객관화하는 것이 도움이 될 수 있다.

## 반려동물을 둔다

로빈슨 크루소는 섬을 감옥이라고 부르지만, 나중에는 자신의 왕국이라고도 부른다. 둘 사이에서 오락가락한다는 게 맞겠다. 어쨌든, 그는 섬에서 혼자가 아니었다. 그가 완전히 자리를 잡고 안정된 시점에서 자기 왕국의 신민들을 소개하는 대목을 보자. 그는 그들의 목숨이 자신의 손끝에 달려 있다고 으스댄다.

> 시종들에게 둘러싸여 혼자 제왕처럼 만찬을 즐기는 내 모습을 보자. 유일하게 내게 말을 걸 수 있는 앵무새 폴은 가장 총애받는 신하처럼 보였다. 개는 함께 후세를 남길 동족을 찾지 못한 채 이제 나이가 너무 많아 정신마저 오락가락했으며, 늘 내 오른편을 지켰다. 고양이 두 마리는 각각 탁자 양쪽에서 내가 특별히 예뻐한다는 표시로 건네줄지도 모르는 먹을 것을 기다리고 있었다.

《로빈슨 크루소》, 무인도에서 살아남기

그런데 이들은 저절로 로빈슨 크루소를 따른 게 아니었다. 로빈슨 크루소는 앵무새에게 열심히 말을 가르치는 수고를 아끼지 않았고, 배에 있던 개를 구해 냈으며, 섬에 야생으로 살던 고양이를 길들였다. 반려동물들을 돌보고 키우는 수고는 그에게 큰 보람을 안겨 주었다.

현대판 로빈슨 크루소에 해당하는 영화 〈캐스트 어웨이〉의 주인공은 로빈슨 크루소만큼 운이 좋지 않았다. 그래서 자신이 가진 것 중에서 동료를 선택한다. 그 유명한 윌슨이다. 그는 어딜 가든 윌슨과 함께하고 윌슨에게 말을 걸고 고민을 털어놓는다. 화가 나서 윌슨을 차 버렸다가, 곧 후회하고 윌슨의 이름을 목 놓아 부르던 장면은 도무지 잊을 수 없다. 영화를 본 분들은 아시겠지만, 윌슨은 배구공이다. 혼자는 안 된다. 사람이 아니라면 동물이라도, 그것도 여의치 않다면 윌슨이라도 곁에 둘 일이다.

## 해야 할 일에 집중한다

로빈슨 크루소는 정말 열심히 사는 사람이다. 어떤 면에서는 그럴 수밖에 없다. 일단 먹을 것을 구해야 했다. 배에서 가져온 식량이 좀 있기는 해도, 언젠가는 바닥날 게 분명하다. 아껴 먹는 것은 해결책이 되지 않는다. 섬에서 나는 포도를 따먹고, 포도를 말려서 저장성을 높여야 한다. 거북이를 잡아먹는다. 염소를 사냥하고 나중에는 사육한다. 배에서 가져온 곡식은 대부분 쥐가 먹어 버린 상태였지만, 다행히 그중 몇 개가 '기적처럼' 살아남아 싹이 나고 열매를 맺고 결국은 농사까지 짓게 된다.

안전한 거처를 마련하는 일은 또 어떤가. 혹시 있을지 모를 다른 인간이나 야생동물의 침입을 막아 줄 집을 마련하는 것은 엄청난 일이었다. 안전한 거처는 먹을 것과 마찬가지로 목숨이 달린 일이었기에, 빠른 시일 안에 사력을 다해서 어떻게든 마련해야 했다. 그리고 배에서 가져온 옷이 다 떨어지고 나서는 입을 옷을 만들어야 하고, 몸이 젖지 않게 해 줄 비옷과 우산까지 필요했다. 섬을 둘러볼 카누까지. 그는 정말이지 해야 할 일이 산더미 같았고, 필요한 물건들을 만들고 마련하는 과정에 집중하다 보면 정말 하루가 짧았다.

일이 있으면 외로움을 더는 데 도움이 된다. 열심히 일을 찾아서 하는 것은 몸과 마음 모두에 활력을 준다. 꼭 해야 할 일, 또는 굳이 안 해도 될 일까지 만들어서라도 바쁘게 살아가면 외로움을 상당히 덜 수 있다.

## 아무것도 할 수 없을 때

그러나 이 모든 것이 안 통할 때가 있다. 긍정적인 생각을 하고, 먹고사는 일에 힘을 다하고, 흥미를 끄는 일에 열을 내다 보면 외로울 새도 없이 하루하루가 지나갈 수 있다. 그러나 그것도 다 건강할 때 이야기다. 몸이 아프고 드러누우면 답이

《로빈슨 크루소》, 무인도에서 살아남기

251

없다. 자신의 실존, 고립무원의 처지에 대한 자각이 해일처럼 밀려온다.

로빈슨도 그러했다. 그는 좀처럼 낙담할 줄 모르는 굳은 의지의 사나이다. 한때 노예 신세가 되었을 때도 꿋꿋하게 견디다 탈출했고, 브라질에서 농장주로 성공했던 사람이다. 혼자 무인도에 떨어져서도 불굴의 의지와 노력으로 물자를 구하고 거처를 마련한다. 자신이 쓸 수 있는 방법을 총동원해 혼자 살기에 적응해 간다. 그러던 어느 날, 비를 맞은 탓인지 몸져눕는다. 지금까지 통했던 방법을 하나도 쓸 수 없는 진정한 한계 상황에 이른 것이다.

그는 절박한 심정으로 이렇게 외쳐 댄다. "신이시여, 굽어 살펴 주소서! 주여, 불쌍히 여기소서! 하나님, 자비를 베풀어 주소서!" 그러다 잠든 그의 꿈에 환한 불꽃에 싸인 어떤 남자가 창 같은 긴 무기를 들고 나타나서 말한다. "이 모든 일을 겪고도 너는 참회할 줄 모르는구나. 이제 너를 죽여야겠다."

꿈에서 깬 로빈슨 크루소는 비로소 자신의 인생을 돌아본다. 아버지의 간곡한 조언을 무시하고 자기 맘대로 살다가 결국 이런 자리에 이른 것이 마음에 쓰인다. 이전까지의 부도덕한 생활도 돌아보게 된다. 이전에 노예였다가 탈출을 위한 위험한 항해를 할 때도, "스스로 미래에 어떻게 될지 전혀 걱정하지 않았다. 어느 쪽 길로 가야 할지 하나님께서 인도해 주시길 바라지도 않았다." "하나님이나 심판 따위가 존재한다고 생각하지 않았다." 한마디로, 그것은 하나님 없이 자기 힘으로 살아온 인생이었다. 무인도에서 꼼짝 못 하고 병들어 누운 절대적으로 무력한 자리에서, 로빈슨은 인생이 원래 그렇게 허약한 것이었음을, 언제라도 무너져 내릴 수 있는 위태로운 것이었음을 직시한다.

병이 난 지 3일째. 기도 비슷한 말이 튀어나온다. 응답이 될 거라는 "소망이 담은 기도"는 아니고, "두려움과 고통 때문에 흘러나온 목소리"였다. "주여 도와주소서. 저는 괴로움에 빠졌나이다." 그리고 몸이 좀 나았을 때 "생전 처음으로" 식사 기도를 한다. 이상한 말이다. 독실한 그리스도인 부모 슬하에서 자란 그가 이전에 식사 기도를 안 했을 리 없다. 그러나 의례적인 기도, 습관적인 기도, 문화의 일부로서의 기도 말고, 생명의 주인이며 공급자이신 하나님을 인정하고 감사하는 식사 기도는 그때가 처음이었다.

이 대목에서 "은총의 도움을 욕망하는 것이 은총의 시작"이라는 아우구스티누스의 말을 떠올릴 만하다. 철학자 제임스 스미스는 그의 책 《아우구스티누스와 함께 떠나는 여정》(박세혁 역, 비아토르)에서 아우구스티누스의 그 말을 인용하면서, 자기 능력의 한계에 직면해 어느새 초월적인 은총을 바라고 있다면 그것 자체가 은총이 작동하고 있다는 신호라고 말한다. 그리고 이렇게 격려한다. "계속 요청하라. 믿지 않아도 요청할 수 있다. 이를 기억하라. 당신은 믿도록 도와 달라고

《로빈슨 크루소》, 무인도에서 살아남기

요청할 수도 있다. 도움을 원하는 것 자체가 신뢰의 첫 단계다. 은총을 갈구하는 것이 첫 번째 은총이다. 자기 충족성의 종말에 이르는 것이 첫 번째 계시다."

로빈슨 크루소의 절박한 외침은 배에서 건진 궤짝 속 성경에서 찾은 다음 구절에 힘입어 다음 단계로 넘어간다. "환난 날에 나를 부르라. 내가 너를 건지리니 네가 나를 영화롭게 하리로다"(시 50:15). 이전까지 그의 '기도'가 자신의 절박함에서 나왔기에 응답을 기대할 근거가 없는 외침이었다면, 이제 이 구절에서 로빈슨 크루소는 다른 가능성을 엿본다. 그날 그는 "무릎을 꿇고 하나님께 기도를 드렸다. 힘든 날에 그분을 찾으면 구해 주시리라 하신 약속을 지켜 달라고 빌었다."

꿈에서 들었던 참회의 촉구는 로빈슨 크루소를 계속 괴롭혔다. 그리고 참회할 수 있게 해 달라고 기도하던 그의 눈에 들어온 성경 구절 하나. "회개케 하사 죄 사함을 얻게 하시려고 그를 오른손으로 높이사 임금과 구주를 삼으셨느니라"(행 5:31). 이 말씀에 힘입어 그는 이렇게 외친다. "다윗의 자손이신 예수님이시여! 임금과 구주인 예수님이시여, 절 참회하게 하소서." 그리고 '처음으로'라는 표현이 다시 등장한다. "태어난 후 처음으로 제대로 기도를 올린 게 그날인 것 같다. 그때 했던 기도야말로 내 상황을 이해하고 하나님의 말씀으로 얻은 용기를 바탕으로, 성경에서 말하는 소망을 품고 진정으로 올린 것이었기 때문이다. 그때부터 나는 하나님께서 내 기도를 들어주시리라는 소망을 품기 시작했다고 할 수 있다."

이후 그는 혼자 있으면서도 늘 성경을 읽고 기도하고 상륙 기념일에는 금식도 하면서 신앙인의 모습을 갖추어 간다. 이어지는 온갖 모험과 힘든 결정 가운데도 신앙은 그를 붙들어 주는 힘이요 이끌어 주는 나침반이 된다. 나중에 그는 섬에 오른 지 22년째 되는 해에 식인종들의 손에 섬으로 끌려와 잡아먹힐 위기에 처했던 프라이데이의 목숨을 구해 줄 뿐 아니라, 그에게 기독교 신앙을 소개하기까지 한다. 몸져누웠을 때 바닥을 쳤던 무력하고 막막한 무인도 생활은 로빈슨 크루소에게 인간이라는 존재가 처한 본질적 상황, 구원자가 필요한 무력한 존재인 인간의 실존을 깨우쳐 준 순간이었다.

혼자 살 힘이 있는 사람이라면 혼자 살면 된다. 그러나 그렇지 않은 사람이라면, 절망감과 무력감과 두려움 가운데 있는 사람이라면, 절대 고독의 무인도에서 신을 만나고 소망과 위로와 확신을 찾은 로빈슨 크루소의 경험을 눈여겨볼 일이다. 로빈슨 크루소의 회심 이야기는 지어낸 이야기에 그치지 않고, 감옥에 갇혀 독방에서 신앙적 각성을 경험했던 저자 대니얼 디포의 자전적 경험이 반영되었다고 하니 더더욱 의미 있게 다가온다.

## 로빈슨 크루소의 빵 만들기가 말해 주는 것

로빈슨 크루소에서 더 재미있는 부분은 전반부, 그것도 필요

《로빈슨 크루소》, 무인도에서 살아남기

한 물건들을 만들어 가는 대목이다. 그 절정은 빵 만들기. 십 쪽이 넘는 아주 긴 분량에 걸쳐서 소개된다. 우선 농사를 지어야 한다. 농사 얘기를 했지만, 야생동물과 새들로부터 곡식을 지키는 것은 보통 일이 아니었다. 울타리를 세우고 총을 쏘아야 했다. 밭을 갈아엎을 삽을 나무로 만들어 써야 했다. 곡물을 심어서 거두는 것은 시작에 불과하다. 곡식을 빻기 위해 절구와 절굿공이를 만들어야 했다. 빻은 가루에서 겨를 걸러낼 체를 마련해야 했다. 굽는 단계에서는 오븐도 만들어야 하고, 반죽을 담을 그릇도 필요하다.

빵을 만든다는 것이 얼마나 대단한 일인지 모른다. 빵을 하나부터 열까지, 처음부터 끝까지 만드는 로빈슨 크루소의 고군분투를 보면서 그 사실을 실감하게 된다. 빵은 평소에 우리가 돈만 주면 쉽게 살 수 있는 것이라, 빵 하나가 나오기까지의 모든 과정에 필요한 수많은 도구와 사람들의 수고를 떠올리기 쉽지 않다. 어디 빵뿐이겠는가. 내가 누리는 모든 것도 노동을 하는 당사자가 내가 아닐 뿐, 다시 말해, 그 수고를 '내가 하지 않을 뿐' 수많은 누군가에 의해 똑같은 과정을 거쳐 만들어진다.

언택트 시대다. 앱만 사용하면 뭐든지 주문할 수 있으니까, 마치 혼자 살 수 있는 것 같은 착각이 든다. 하지만, 그 모든 앱과 배달 시스템은 물론이고, 그 시스템을 통해 편리하게 전달되고 우리 손에 간편하게 들어오는 모든 것은 수많은 다른 사람들의 물리적이고 정신적인 수고와 노력의 산물이다. 나는 오롯이 다른 사람들의 수고에 기대어 사는 존재임을 잊어서는 안 된다.

그 사실이 잘 보이지 않는 이유는, 돈만 내면 거의 모든 것을 손쉽게 구입할 수 있는 소비자로 자신을 보는 데 너무 익숙해져 있기 때문이다. 그리고 모든 물건과 서비스를 돈 몇 푼만 내면 구할 수 있는 '얼마짜리' 상품으로만 보기 때문이다. 로빈슨 크루소의 처절한 노동은 바로 이런 얄팍한 생각에서 벗어날 수 있는 치료제다. 작은 것 하나조차 처음부터 다 만들어 내야 하는 그의 수고를 보노라면, 내가 하는 일 하나만 열심히 해서 수입을 거두기만 하면 수많은 다른 것들은 손쉽게 구할 수 있는, 너무나 당연하게 여기며 살아온 지금의 환경에 대한 한없는 감사가 밀려온다.

문득문득 혼자인 것처럼 외롭게 느껴질 때도 있지만, 나의 생존 자체가 수많은 이들의 네트워크에 철저히 기대고 있으며, 내가 접하고 배우는 모든 것이 다 다른 사람들 덕분에 가능한 것임은 더없이 명백한 사실이다. 나 혼자가 아니라서 얼마나 다행인지. 로빈슨 크루소는 그 당연한 사실을 극적이고 신선하게 드러내 준다.

《로빈슨 크루소》, 무인도에서 살아남기

# 《로빈슨 크루소》

❶ 로빈슨 크루소는 배 한 척의 물자를 통째로 받았다고 할 만큼 운이 좋았습니다. 그런데 지금 우리가 가진 것은 그보다 훨씬 많지요. 자신이 받은 복을 헤아려 보는 것은 감사하는 삶을 위한 좋은 습관이지요. 자신이 받은 것을 한번 적어 볼까요?

❷ 로빈슨 크루소가 곡식을 가지고 기적이라고 말한 장면을 기억하시나요? 그것은 기적이었나요, 아니었나요? 왜 그런가요? 당신이 생각하는 기적은 무엇인가요?

❸ 무인도에 혼자 남게 된다면 꼭 챙기고 싶은 물건은 무엇인가요? 그 이유는 무엇인가요?

❹ 로빈슨 크루소는 처음에는 개, 앵무새 등과 함께하지요. 그러다가 프라이데이라는 동료를 만나게 됩니다. 무인도에 혼자 남게 된다면 함께하고 싶은 반려동물이 있습니까? 왜 그 동물인가요? 사람은 어떤가요? 왜 그 사람인가요?

❺ 로빈슨 크루소가 섬에서 했던 회심 체험, 신앙 체험에 대해

악마의 눈이 보여 주는 것

어떻게 생각하시나요? 그와 비슷한 경험이 있으신가요? 로빈슨 크루소처럼 신앙이 당신의 생활에 어떤 계기를 마련해 주었나요? 지금도 그런가요?

❻ 로빈슨 크루소는 섬에서 밀려 나갈 뻔했을 때, 섬을 너무나 소중하게 여기고 그리워하게 되지요. 자신이 가진 것의 가치를 알게 되는 순간은 그것을 잃어버릴 위기의 순간입니다. 혹시 그와 비슷한 경험을 한 적이 있으신가요?

❼ 로빈슨 크루소는 제국주의적 마인드를 보여 줍니다. 심지어 노예무역에도 종사한 적이 있고, 거기에 대해서 반성하는 모습은 찾아볼 수 없습니다. 자신을 섬의 지배자라고 생각하고, 프라이데이와의 관계도 수평적 관계와는 거리가 멀지요. 지금의 시각으로는 받아들일 수 없는 시대적 한계들 때문에 이런 책들을 거부하고 폄하하는 이들도 있다는데 어떻게 생각하시나요?

❽ 로빈슨 크루소의 무인도 생활 이야기는 사람에게 사람이 얼마나 필요한지 반면교사처럼 보여 줍니다. 그가 빵을 만드는 대목은 사회의 소중함을 절절히 되새겨 줍니다. 이처럼 다른 사람의 필요성을 절감한 적이 있나요? 어떤 일, 어떤 계기가 있었나요?

《로빈슨 크루소》, 무인도에서 살아남기

빅토르 위고_《레미제라블》

# 장 발장은 왜 프티제르베의 돈을 훔쳤을까?

**18**

《레미제라블》의 주인공 장 발장은 모르는 사람이 없을 만큼 유명한 캐릭터다. 조카들을 위해 빵을 훔쳤다가 19년을 복역한 기구한 인생 전반부도 놀랍지만, 출옥 후에 그가 보여 준 변화된 인생은 많은 감동을 안겨 준다. 그런데 장 발장이 회개하고 새사람이 되는 과정에 대해서는 의외로 많이들 모르는 것 같다. "이번 장에서는 그 얘기를 해 보자."

## 은혜의 공격

19년의 감옥 생활을 마치고 출옥한 지 나흘째. 장 발장은 돈

장 발장은 왜 프티제르베의 돈을 훔쳤을까?

이 있는데도 잠자리도, 음식도 구할 수 없었다. 위험인물로 찍혀 호텔에서도, 싸구려 여인숙에서도 그를 받아 주지 않았던 것이다. 그런데 그 지역을 돌보는 사제이자 절대 문을 잠그지 않고 모두에게 문을 열어 주는 미리엘 주교의 환대를 받는다.

밤중에 잠이 깬 장 발장은 저녁 식사 시간에 봐 두었던 은그릇들을 훔쳐 달아난다. 다음 날 아침에 주교의 여동생은 은그릇을 도둑맞은 데 분개하지만 주교는 그것이 원래 자기 것이 아니었다며 여동생을 다독인다. 그리고 얼마 후 헌병에게 잡혀 오는 장 발장. 헌병들은 장 발장이 주교의 은그릇을 훔쳤다고 생각하지만, 주교는 장 발장의 말대로 자기가 준 것이 사실이고 빠뜨리고 갔다며 은촛대까지 챙겨 준다.

헌병들이 자리를 떠난 후, 주교는 "금방이라도 실신할 사람"같았던 장 발장에게 다가가 나지막한 음성으로 말했다. "잊지 마시오. 결코 잊지 마시오. 이 은을 정직한 사람이 되기 위하여 쓰겠다고 내게 약속한 일을." 약속한 기억이 없던 장 발장은 어리둥절할 뿐. 주교의 말이 이어진다. "장 발장, 나의 형제여, 당신은 이제 악이 아니라 선에 속하는 사람이오. 나는 당신의 영혼을 위해서 값을 치렀소. 나는 당신의 영혼을 암담한 생각과 영벌의 정신에서 끌어내 천주께 바친 거요."

이 터무니없는 은혜 앞에서 장 발장은 어떻게 했을까? 도망치듯이 나왔다. 그리고 하염없이 걷고 또 걸었다. 뭔가 엄청난 일을 만났는데 그것을 어떻게 받아들이고 반응해야 할지 몰랐던 것이다. 20년간 자신이 사소한 잘못에 비해 대단히 부당한 처벌을 받았다고 생각했고 그 기간에 냉혹한 마음을 키워 왔다. 그런데 주교의 뜻밖의 행동 앞에서 마음이 누그러지고, 억울하게 당한 자기의 불행에서 얻은 무서운 침착성이 흔들리고 있음을 감지했다. 그리고 극심한 불안을 느꼈다. "그는 차라리 헌병들에게 끌려가서 정말 감옥살이를 했더라면 좋았겠다고, 일이 이렇게 되지 않았더라면 좋았겠다고 생각했다. 그랬더라면 덜 불안했으리라."

## 옛 자아의 역습 또는 습관의 반격

주교의 집에서 도망치듯 빠져나온 장 발장은 주교가 있는 도시에서 30리 정도 떨어진 어느 덤불에서 넋 놓고 앉아 있었다. 그때 굴뚝 청소부 소년 프티제르베가 하루 품삯으로 받은 돈을 튕기며 오다가 떨어뜨린다. 마침 그 돈이 떼구루루 굴러 앞에 앉아 있던 장 발장의 발 옆에 떨어진다. 장 발장은 큰 발로 동전을 밟고 시치미를 뗀다. 소년은 발 좀 치워 달라고, 돈 돌려 달라고 간청하지만, 장 발장은 되레 겁을 주어 소년을 쫓아 버린다.

그다음, 한참을 멍하게 있던 장 발장은 문득 자신의 행동을 깨닫는다. 그 행동으로 드러난 자신의 실체에 화들짝 놀라 소년을 찾아 헤맨다. 그러나 소년은 이미 울면서 사라져 버린

장 발장은 왜 프티제르베의 돈을 훔쳤을까?

지 오래였다. 장 발장은 만나는 사람마다 아이를 못 봤느냐고 묻고 달이 뜰 때까지 소년의 이름을 목 놓아 불렀지만 소용이 없었다. 그리고 마침내 기진맥진해 커다란 돌 위에 쓰러진다. 그리고 "나는 불쌍한 놈이다!"라고 부르짖으며 울기 시작한다. 19년 만의 첫 울음이었다.

그는 왜 프티제르베의 돈을 훔쳤을까? 소설 속 친절한 화자는 두 가지로 설명한다. 하나, 그것은 "그가 형무소에서 가져온 못된 생각의 마지막 효과이자 최후의 노력 같은 것"이었다. 옛 장 발장이 어디 그렇게 순순히 물러날 것 같으냐? 하면서 마지막 저항, 최후의 몸부림을 했다는 거다. 둘째, 훔친 것은 그가 아니었다고 말한다. 새로운 빛 앞에서 지성이 어찌할 바를 몰라 몸부림치는 사이에 "습관적이고 본능적으로 그 돈 위에 발을 올려놓은 것은 짐승"이었다. 너무나 강력한 빛 앞에서 그의 정신과 판단력과 양심이 허둥대고 있던 사이에 19년간 몸에 익은 습관의 덩어리가, 조금이라도 틈을 보이는 자(이를테면 주교) 또는 약자에겐 어김없이 발톱을 드러내는 지각없는 짐승이 불쑥 모습을 드러낸 것이라고.

악행의 주체가 작정하고 최후의 저항에 나선 옛 자아이든, 오랜 세월 몸에 익어 버린 습관이라는 짐승이든, 장 발장의 정신은 자신의 행위를 보고 공포의 비명을 질렀다. 그리고 자신의 실체를 드러낸 그 잘못을 바로잡으려고, 어떻게든 아이에게 돈을 돌려주려고 했다. 그것이 뜻대로 되지 않자 마침내

악마의 눈이 보여 주는 것

무너지고 말았다. 그는 오래오래 울면서 지난날의 삶을 돌아보았다. "그것은 끔찍스러워 보였다. 그는 자신의 영혼을 바라보았는데, 그것은 무시무시해 보였다. 그렇지만 다사로운 햇빛이 그 생애와 영혼 위에 비치고 있었다."

## 두 갈래 길

주교를 통해 장 발장은 선택의 기로에 섰다. "신부의 용서는 최대의 공격이요 가장 무서운 타격이었다. … 자기가 만약 그 인자함에 저항할 수 있다면 자기의 냉혹한 마음은 움직일 수 없는 것이 되고 말리라. 만약 그것에 지고 만다면, 다년간 남들의 행위로 말미암아 자기 마음속에 가득 채워지고 자기 자신도 기쁘게 생각하던 그 증오심을 포기해야 하리라." 그렇기 때문에 장 발장은 극렬하게 저항할 수밖에 없었다. 20년 가까이 그를 붙들어 준 삶의 원동력을 쉽게 놓을 수 없는 것은 너무나 당연한 일이었다. 분노가 주는 힘과 기쁨, 자기의(自己義)가 주는 긍지는 참으로 강하고 크다. 그것을 포기하는 것은 일종의 죽음과도 같았다.

그리고 그는 자기 앞에 놓인 갈림길을 느끼며 스스로에게 이렇게 속삭인다. "너에게는 더 이상 중간이란 존재하지 않는다. 만약 차후에 네가 가장 훌륭한 사람이 되지 않으면 가장 나쁜 사람이 될 것이다. 이제 너는 주교보다 더 높이 오르거나 죄수보다 더 아래로 다시 떨어지지 않으면 안 된다." 어둠

장 발장은 왜 프티제르베의 돈을 훔쳤을까?

속에 있던 그는 주교를 통해 주어진 너무나 강렬한 빛 앞에서 어찌할 바를 몰랐다. 그러나 그는 이미 더 이상 이전과 같은 사람이 아니었다.

이것을 문학 속 캐릭터의 일로만 생각하면 곤란하다. 어떤 경로로든 은혜를 접한 모든 사람이 동일한 선택의 기로에 서기 때문이다. 그렇기 때문에 은혜를 받은 사람은 오히려 더욱 경성하고 자신을 돌아보지 않을 수 없다. 여기서 나는 C. S. 루이스가 《시편 사색》에서 지적한 사실을 두려운 마음으로 다시금 떠올리게 된다.

> 인간의 영혼 속에 초자연이 들어오면 인간의 영혼에는 좋은 쪽과 나쁜 쪽 모두를 향해 새로운 가능성이 활짝 열리기 때문입니다. 이 지점에서 길이 두 갈래로 나누어지기 시작합니다. 경건과 사랑과 겸손을 향해 나아가는 길과, 영적 교만과 자기 의와 박해의 광기로 나아가는 길이 그것입니다. 아직 영혼이 깨어나지 못했을 때의 그 평범한 미덕과 악덕으로 다시 되돌아갈 수 있는 길은 없습니다. 하나님의 부르심이 우리를 더 나은 존재로 만들지 못한다면, 그것은 반드시 우리를 훨씬 나쁜 존재로 만듭니다. 온갖 악인들 중에서도 가장 악한 사람은 종교적 악인입니다.

악마의 눈이 보여 주는 것

신부의 용서는 최대의 공격이요 가장 무서운 타격이었다.
…자기가 만약 그 인자함에 저항할 수 있다면
자기의 냉혹한 마음은 움직일 수 없는 것이 되고 말리라.
만약 그것에 지고 만다면, 다년간 남들의 행위로 말미암아
자기 마음속에 가득 채워지고 자기 자신도 기쁘게 생각하던
그 증오심을 포기해야 하리라.

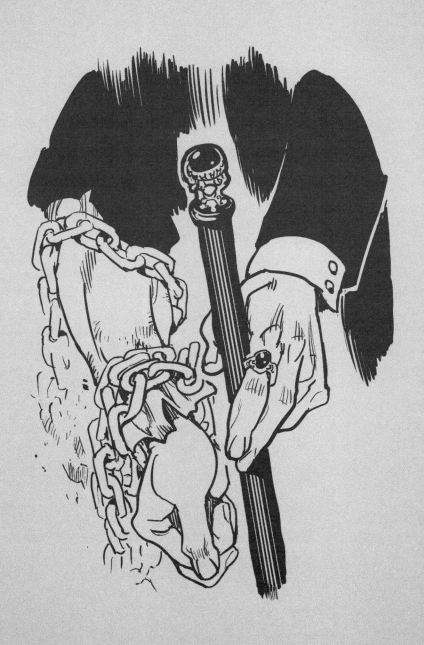

빅토르 위고_《레미제라블》

# 2a 발zaㅓ 먼2 헝ㅓ 21

**19**

마들렌 시장이 된 장 발장에게는 두 가지 신조가 있다. 하나는 이름을 감추는 것. 다시 말해 사람들을 최대한 피하는 것이다. 다음으로는 영혼을 성화하는 것. 즉 하나님께 귀의하는 것이다. 그러나 이 두 신조가 충돌하는 경우, 그는 한결같이 두 번째 신조를 지킨다. 덕행을 위해 안전을 희생하기를 주저하지 않는 것이다. 그래서 주교의 촛대를 간직하고, 주교를 위해 상복을 입고, 굴뚝 청소부 소년이 지나가면 불러서 물어보고, 가족들에 관해 알아보고, 자베르가 자신을 의심하는 줄 알면서도 포슐르방 영감의 목숨을 구해 준다.

장 발장의 멀고 험한 길

그러던 중 마들렌 시장은 샹마티외라는 좀도둑이 장 발장으로 지목되었다는 말을 자베르에게 듣는다. 맨 먼저 떠오른 생각은 단순했다. "달려가서 자수하고 그 샹마티외를 감옥에서 꺼내고 내가 감옥에 갇히자." 날카로운 고통과 함께 마음을 정한다. 그러나 그것은 이후 이어지는 씨름과 고뇌의 시작일 뿐이었다. 곧 자기 보존 본능이 그를 붙들었기 때문이다.

## 장 발장이 빠진 딜레마

마음을 정하지 못하고 생각이 왔다 갔다 하는 와중에 그는 재판정으로 달려갈 마차를 새벽에 집 앞에 보내 달라고 예약한다. 그리고 심각한 고민이 이어지면서 그는 "머리가 타는 듯" 했다. 운명의 장난에 엉뚱한 사람이 구렁 속으로 빠져들고 있었다. 그 사람이 나오려면 다른 누군가가 거기에 빠져야만 했다. 장 발장이 무슨 일을 해서 벌어진 일이 아니었다. 이 모두가 그와 별도로 이루어진 일이었다. 그렇다면 되는 대로 내버려 둘 수밖에 없다는 생각이 들었다. 이제 가슴 졸이던 시절은 끝났다는 안도감마저 들었다. "이제 살았다. 모든 것이 끝났다."

그러나 안도감과 더불어 거북함과 불편함이 찾아온다. 그에게는 자기 정당화가 필요하다. 가장 확실한 정당화의 근거는 물론 신이다. "누구한테 불행이 온들 그것은 추호도 내 탓이 아니다. 모든 것은 주님의 뜻으로 이루어진 것이다. 이것

악마의 눈이 보여 주는 것

은 분명 주님의 뜻이다! 주님이 정하시는 것을 방해할 권리가 내게 있을까?" 자신이 오랜 세월 열망해 온 목적인 일신의 안전이 눈앞에 다가와 있었다. 이것은 자신이 선택한 삶, 자신을 희생하고 이웃을 도왔던 그 오랜 삶에 대한 보상이 아닐까. 주님이 원하시는 것이 아닐까. 그렇다면 받아들여야 하는 것 아닐까. 그렇다면 이제는 마음을 굳게 먹기만 하면 된다. "만사는 이미 결정이 내려졌다. 되어 가는 대로 두면 된다! 천주님의 손에 맡겨 두자!"

그 일은 더 이상 생각하지 말자고, 이제 결심은 섰다고 속으로 되뇌어 보지만 문제가 있었다. 아무런 기쁨도 느껴지지 않는 것이다. 자기는 아무것도 안 하면 된다고, 상황이 흘러가는 대로 내버려 두고 맡겨 두면 된다고 스스로 다독여 보지만, 이야말로 끔찍한 일임을 자신이 잘 안다. 그 상황에서는 아무것도 하지 않는 것이 "오히려 전부 다 하는 것"이었다.

두 신조가 다시 충돌하고 있었다. 자기 보존, 일신의 안전이 영혼의 성화, 올바른 사람이 되는 것과 맞부딪치고 있었다. 그는 상마티외가 장 발장이라는 누명을 쓰고 처벌을 받도록 내버려 둠으로써 과거와 완전히 단절하고 새로운 삶이 완성되는 것이라고 믿고 싶었지만, 사실은 그와 다르다는 것도 알고 있었다. 그는 지금 "과거에 문을 닫는 것이 아니라 다시 열고 있었다. 도둑이 되고 살인자가 되고 있었다. 다른 사람의 생존, 생명, 평화를 빼앗고 있었다."

장 발장의 멀고 험한 길

271

그래서 그는 다시금 마음을 정리한다. "자수하고, 그토록 비통한 오류의 희생양이 된 그 사나이를 구출하고, 내 이름을 밝히고 의무를 다하여 다시 죄수 장 발장이 된다면, 그것이야 말로 자기 부활을 성취하고 자기가 벗어난 지옥의 문을 영원히 닫는 일"이 될 터였다. 그는 "최대의 희생, 가장 비통한 승리, 뛰어넘어야 할 마지막 걸음"을 내딛기로 한다. 치욕을 당하고 영혼을 건지기로 한다.

그러나 그것이 끝이 아니었다. 더 큰 문제가 있었다. 그가 시장으로 있는 도시 전체가 그 덕분에 수많은 새로운 일자리와 희망을 갖게 되었기 때문이다. 그가 잡혀서 떠난다면 그곳은 다시 이전 상태로 돌아갈 것이 분명했다. 그리고 무엇보다 팡틴과 코제트.

이것은 도무지 부정하기 힘든 강력한 설득력으로 다가온다. "누구인지도 모르는 놈, 도둑놈, 부랑배가 분명한 놈이 있다. 억울한 점이 있다고 해도 결국은 벌을 받아 마땅한 놈이다. 그런 놈을 형벌에서 구출하기 위해 한 지방 전체가 파멸해야 한단 말인가! 가엾은 여자가 병원에서 죽고, 가엾은 소녀가 길바닥에서 죽어야 한단 말인가." 이렇게 해서 아이러니하지만 결코 무시할 수 없는 논리가 만들어진다. "남들의 행복을 위해 나만 견디면 되는 이 가책을, 내 영혼에만 상처를 주는 이 악행을 감수하는 것은 그야말로 헌신이고 그야말로 덕행이 아니겠는가!"

그렇게 이웃을 위해 살기로, 자기를 위해서가 아니라 수많은 이들을 위해 양심의 고통을 감내하는 희생을 하기로 마음먹고 주교의 촛대까지 태워 버리려고 했을 때, 그에게 들려오는 또 다른 목소리가 있었다.

"너는 신사로 있어라, 너는! 시장님으로 머물러 있어라. 명예롭고 존경을 받는 사람으로 머물러 있어라. 이 도시를 번영시켜라. 가난한 사람들을 먹여 살려라. 고아들을 길러라. 행복하고 유덕하게 칭송을 받으며 살아라. 그동안에, 네가 여기서 환희와 광명 속에 있는 동안에, 한편에는 옥중에서 네 붉은 죄수복을 입고 치욕 속에서 네 이름을 둘러쓰고, 감옥에서 네 쇠사슬을 끄는 자가 있으리라!"

그는 두 가지 결심 사이에서 끊임없이 오락가락한다. 이 딜레마를 장 발장은 어떻게 해결했을까? 결론을 말하자면 해결하지 못한다. 괴로워하다 잠이 든다. 그리고 그를 깨우는 소리가 들려온다. 예약해 둔 마차가 집 앞에 왔음을 알리는 전갈이었다. 여기서 장 발장의 고민은 다른 단계로 넘어간다. 마차를 예약했을 때, 그는 이미 가만히 있지 않기로 선택을 해 버린 셈이었다.

## 재판정에 이르는 멀고 험한 길

장 발장은 예약을 취소하지 않고 마차를 전속력으로 몬다. 머리로는 정리가 안 되고 확신할 수 없지만, 가슴 깊은 곳에서

는 가만히 있으면 안 된다고, 할 수 있는 데까지는 해 보기로
한 것이다. 그렇다면 그는 어디까지 할 것인가. 정말 끝까지
갈 것인가, 아니면 할 만큼 했다는 시늉으로 만족할 것인가.

재판정으로 가는 200리 길은 그의 마음을 끝없이 시험하
는 난관이 가득한 험로 그 자체였다. 첫째, 반대편에서 달려
오던 우편 마차와 부딪쳐 바퀴가 부러지고 만다. 수리를 하지
않고 그대로 달려가면 곧 움직일 수 없는 상태가 될 거라고
한다. 수레 목수에 따르면, 내일이나 되어야 수리가 가능하다.
시내에 마차를 빌려 주는 가게도 없고, 다른 수레 목수도 없
다. 대안이 하나둘 막혀 가는 것을 발견하고, 드디어 막다른
골목에 이르렀음을 알게 된다. 이 대목에서 저자는 장 발장의
심정을 이렇게 간단히 적어 놓는다. "그는 이만저만 기쁜 게
아니었다."

그런데 길에서 이루어진 장 발장과 수레 목수의 대화를 엿
들은 아이가 있었다. 아이를 따라온 할머니는 집에 헌 마차가
있다고 말한다. 그 말에 장 발장은 식은땀이 흘렀고, 몸이 오
싹해졌다. 그리고 헌 마차가 움직일 때, 그는 자기가 안 가도
되겠다 싶어서 희열감을 느꼈음을 시인할 수밖에 없었다.

그 외에도 장애물이 꼬리를 물고 이어지지만, 장 발장은
굴하지 않고 여행을 계속한다. 평소 같았으면 재판이 진작 끝
났을 시간에 도착해 보니 재판은 아직 진행 중이었다. 그는
숨을 돌렸지만, 자신이 느끼는 것이 만족감인지 고통인지 알

악마의 눈이 보여 주는 것

수 없었다. 그런데 웬걸, 재판장으로 들어가려고 하자 수위에게 제지당한다. "단 한 자리도 없습니다. 문은 닫혔습니다. 이제 아무도 못 들어갑니다."

그러나 여기에 또 단서가 붙는다. 재판석 뒤에 두 자리만 남았는데, 거기는 공무원만 들어갈 수 있는 곳이다. 장 발장은 쪽지를 써서 자기 신분을 밝힌다. 그리고 시장님에게 경의를 표한다는 재판장의 쪽지와 더불어 입장 허가를 받는다.

덕분에 그는 수위의 안내를 받고 재판정 문 앞에 선다. 그러나 막상 문을 잡았을 때는 땀을 뻘뻘 흘리다가 견디지 못하고 밖으로 나간다. 쫓기는 사람처럼 달아난다. 그렇게 바깥에서 추위에 떨고, 다른 곳을 생각하며 또 부르르 떤다. 그렇게 있기를 십오 분. 드디어 그는 한숨을 짓고 두 팔을 축 늘어뜨리고 다시 돌아온다. 그 모습은 "흡사 내빼다가 잡혀서 다시 끌려오는 사람 같았다." 그리고 호랑이 눈을 쳐다보듯 문손잡이를 보다가 주춤주춤 한 걸음씩 발을 옮겨 문으로 간다. 그러다 경련하듯 손잡이를 잡고 마침내 재판정에 들어선다. 그리고 재판의 결정적 순간에 장 발장은 진실을 밝힌다. 그의 길고 긴 여정이 그렇게 마무리되고, 또 다른 길고 파란만장한 여정이 새롭게 펼쳐진다.

## 딜레마를 해결하기 위한 세 가지 접근
이 흥미진진한 대목에서 생각할 거리가 너무 많지만, 세 가지

장 발장의 멀고 험한 길

를 떠올려 본다. 첫째, 마음으로, 논리로 결정하지 못할 때는 일단 움직이는 것이 방법일 수 있다는 점이다. 장 발장의 고민은 머리로는 영원히 해결할 수 없었을 것이다. 그러나 가만히 있는 것은 아무것도 하지 않겠다는 의미요, 상마티외가 억울하게 벌을 받는 것을 그냥 방치하겠다는 뜻이었다. 이런 상황에서 어떻게 해야 할지 모르겠다면, 일단 알게 될 때까지 선택을 미루기 위해서라도 움직여야 했다. 이것은 '어떻게 해야 할지 모르겠다'는 말이 진실이 되려면 필요한 일이었다. 장 발장은 움직이고 행하는 가운데 비로소 어떻게 해야 할지 알게 되었다.

둘째, 꼭 해야 하는 일이라면, 가능 여부는 생각해서는 안 된다는 것이다. 자수하러 가는 (또는 자수해야 하나 고민하는) 장 발장을 가로막는 수많은 장애물이 있었지만, 그가 힘닿는 선에서 포기하지 않고 나아갈 때 또 다른 길이 열렸다. 때로는 길이 열리지 않기를 간절히 바라던 순간에도 기어이 열렸다. 그가 사력을 다해 달려가다 앞이 막혔을 때, 이제 더는 안 된다 싶은 지점에서 오히려 갈 수밖에 없는 상황이 열리고 그는 떠밀리다시피 가야 했다. 이 과정을 통해 그는 자신이 신의 뜻에 맞는 길을 가고 있다는 확신을 얻을 수 있었으리라.

셋째, 장 발장이 결정을 내릴 때 정서적 반응이 중요하게 작용했다는 점이다. 상마티외가 장 발장으로 처벌받게 그냥 내버려 두자고, 그것이 천주의 뜻이라고 마음을 정했을 때 그를 가로막은 것은 그런 결정에 자신이 "아무런 기쁨도 느끼지 못한다"는 점이었다. 이런 중요한 선택 앞에서 그의 정서적 반응을 거론하는 것은 의미심장하다. 이야기의 뒷부분에서 장 발장이 최후의 시험 앞에 놓일 때도 비슷한 장면이 등장한다.

마리우스와 코제트의 관계를 알게 된 장 발장은 마리우스에게 '증오'를 느낀다. 장 발장에게 코제트는 그가 아는 모든 사랑이 응축된 특별한 존재였기에, 마리우스는 그의 모든 것을 빼앗아 가려 하는 위협적 존재로 보였다. 그런데 바로 얼마 후, 그는 마리우스가 혁명군의 바리케이드에서 코제트에게 보낸 편지를 가로챈다. 그의 눈에 들어온 한 구절이다. "나는 죽는다. 네가 이것을 읽을 때 나의 넋은 네 곁에 가 있을 것이고, 너에게 미소를 지을 것이다."

어떻게 해야 할지는 분명했다. "이 쪽지를 호주머니에 간직하기만 하면 된다. 코제트는 '그 사나이'가 어떻게 되었는지 영 모르리라." 장 발장의 머리는 바쁘게 돌아갔다. "일이 되어 가는 대로 내버려 두기만 하면 된다. 그 사나이는 빠져나오지 못한다. 아직은 죽지 않았더라도 곧 죽을 건 틀림없다. 얼마나 다행한 일이냐!" 그리고 바로 다음 문장은 이렇게 이어진다. "이 모든 것을 마음속으로 생각하고 나서 그는 침울해졌다."

오랫동안 선을 행하고 바른 선택을 내리며 살아온 사람이

선을 행할 때 경험하는 특유의 감정, 반응, 느낌이 있다. 다름 아닌 올바른 일을 할 때의 기쁨이다. 완벽하진 않더라도 그런 일을 꾸준히 지속적으로 해 온 사람은, 그런 기쁨이 없는 일을 마주하거나 그런 선택을 내리려는 자신의 모습에서 이질 감, 거북함, 불편함을 느낀다. 덕을 갖춘 사람이 아는 이 기쁨을, 당장의 감정을 만족시키는 데서 오는 즉각적 반응으로서의 기쁨과 구별할 필요가 있다.

장 발장은 올바른 일을 할 때도 기쁨을 느끼지만 증오하는 사람의 최후를 예상하면서도 기쁨을 맛본다. '기쁨'이라는 같은 단어로 표현은 되지만 그 본질은 전혀 다르다. 자주 듣는 욕으로 이걸 설명해 보겠다.

학생들이 입에 욕을 달고 산다고 우려하는 목소리가 나온 지 오래다. 욕이 칭찬할 일은 아니지만 그렇다고 욕의 현상에만 주목해서도 곤란하다. 사회학자 엄기호의 진단에 따르면, 요즘 아이들이 뭔가를 깨달았을 때, 배움의 순간을 맞이하고 각성의 경험을 할 때 나오는 감탄사가 "씨발!"이다. 광범위한 상황에 두루 쓰이는 욕으로, 일반적인 부정적 감정 배설에 그치는 경우가 있는가 하면, 배움의 경험이 이루어지고 있음을 드러내 주기도 한다는 것이다. 장 발장의 '기쁨'을 두고도 그와 비슷한 말을 할 수 있겠다.

올바른 일을 할 때 찾아오는 기쁨의 맛을 아는 사람, 그렇지 못할 때 침울해지고 견디지 못하고 기어이 올바른 길을 따라가는 사람. 이런 사람을 한마디로 '올바른 사람'이라고 한다. 《레미제라블》1부 1권 1장의 제목이기도 한 이 표현은 원래 미리엘 주교를 가리키는 말이다. 처음에는 올바른 사람 미리엘 주교를 만나고도 사력을 다해 저항했던 장 발장이 어느새 주교와 같은 '올바른 사람'이 된 것이다.

그 과정은 결코 순탄하지 않았고, 갖가지 장애를 넘어야 했으며, 많은 고뇌와 씨름을 거쳐야 했다. 그러나 여기서 장 발장의 도덕적 노력이 전부였다고 생각하면 안 된다. 그가 벌이는 영웅적인 모든 노력의 와중에 그는 여러 다른 이들로부터 갖가지 이유로 도움을 받았기 때문이다. 그가 멈추고 싶은 지점에서 어김없이 나타나 길을 열어 주고 등을 떠밀어 주었던 이들이 없었다면 그가 과연 끝까지 갈 수 있었겠는가. 미리엘 주교가 "하나님께 바친" 장 발장은 줄곧 작가의 '플롯'(이라고 적고 '섭리'라고 읽는다)이라는 형태로 하나님의 은혜 아래 놓여 있었던 것이다. 그리고 내가 믿기로, 그 은혜는 책 속에 머물지 않고 역사와 우리의 인생이라는 플롯을 관통한다. 단테는 그것을 "해와 별들을 움직이는 사랑"이라고 부른 바 있다.

장 발장의 멀고 험한 길

# 《레미제라블》

❶ 신부의 용서를 경험하고도 장 발장은 회개하지 않지요. 그것이 이상하게 생각되지 않나요? 이 큰 은혜 앞에서 왜 장 발장은 그렇게 반응했을까요?

❷ 굴뚝 청소부의 돈을 빼앗은 자신의 모습에서 장 발장은 왜 그렇게 충격을 받았을까요? 장 발장의 이 반응은 그가 기존에 갖고 있던 자기 인식과 새롭게 발견하게 된 자신의 실체에 대해 무엇을 말해 주나요?

❸ 장 발장은 자기 대신에 누군가가 잡혀 있다는 사실을 알게 됩니다. 그때 자신이 한 도시를 먹여 살리고 있다는 사실, 자신이 잡혀 들어가면 그 사람들의 생계가 위태로워진다는 생각을 하지요. 그들을 위해 자신은 양심의 가책을 안고 사는 '희생적' 선택을 할 수도 있지 않겠느냐는 생각을 하는데요. 그의 생각이 일리가 있다고 생각하시나요?

❹ 장 발장이 자수하러 가는 과정은 정말이지 난관의 연속입니다. "할 만큼 했다"라고 손을 털어도 될 것 같은 상황을 계

악마의 눈이 보여 주는 것

속 만나는데요. 꼭 일이 되게 해야 하겠다는 마음과 "할 만큼 했다"라고 말하기 위한 명분을 쌓는 과정은 다르지요. 이 부분에 대해 어떤 이야기를 할 수 있을까요?

❺ 자베르는 장 발장의 도움으로 위기에서 벗어난 후 극단적인 선택을 하지요. 그의 선택이 공감이 되시나요? 그는 왜 그런 선택을 했을까요?

❻ 가브로쉬는 주인공은 아니지만 꽤 비중 있게 다뤄지는 조연입니다. 사기꾼 부모 밑에서 자라나 거칠게 살아가지만 그가 그려지는 모습을 보면 캐릭터를 향한 작가의 깊은 애정이 느껴집니다. 불행하고 짧은 인생을 살았지만 작가의 사랑을 받은 캐릭터라고 할 수 있습니다. 혹시 현실에서도 이런 캐릭터를 주위에서 본 적이 있으신가요?

❼ 마리우스 부부가 장 발장의 진짜 모습을 알게 되는 과정에서 소설의 최고 악당 떼나르디에가 결정적인 역할을 합니다. 악당이 본의 아니게 이렇게 오히려 진실이 드러나는 데 중요한 역할을 하게 되는 이야기는 늘 커다란 쾌감을 안겨 주지요. 혹시 이런 일을 경험해 보거나 주위에서 보신 적이 있다면 들려주세요.

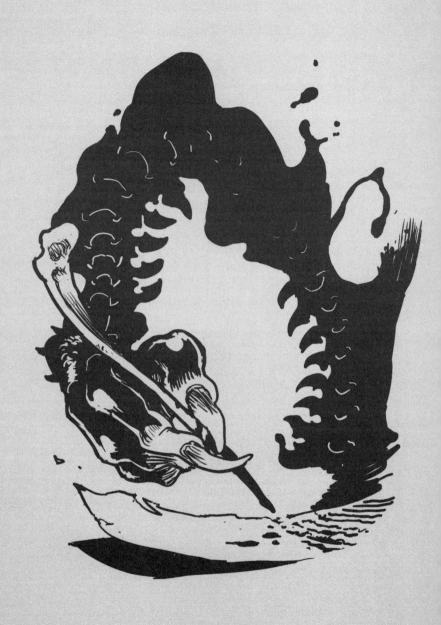

C. S. 루이스_《스크루테이프의 편지》

# 악마의 눈이 보여 주는 것

## 20

요새 사람들이 책을 안 본다는 말을 많이 듣는다. 그게 사실이라면, 교회에서 좋은 책으로 청년 독서 모임을 해 봐야 무슨 실익이 있겠나 싶다. 신청자도 별로 없을 거고, 주위의 압력에 못 이겨 참석한다 해도 '글자로만 이루어진 책'을 누가 보겠느냐고 생각하기 쉽다. 본다 한들 뭐 그리 영향이 있을까. 책으로 어디 사람 생각이, 사람이 변하던가.

그런데 어느 교회에서 한 달 동안 책 읽기를 통해 무슨 일이 있었는지 들었다. 부모 손에 끌려 교회에 다녔던 이들, 교회와 기독교에 대한 기대가 애초에 없던 이들, 교회의 틀에서 벗어날 기회만 노리던 이들이 이 책을 읽고 눈이 반짝이고 새로운 것을 기대하게 되었다는 흥미로운 내용이었다.

독서 모임에서 읽은 책은 C. S. 루이스의 《스크루테이프의 편지》다. 고참 악마 스크루테이프가 신참 악마 웜우드에게 보낸 31통의 편지로 이루어진 이 책은, 1942년에 책으로 나왔지만 지금 봐도 여전히 신선하고 반짝거린다. 악마가 인간 영혼을 타락시키고 하나님과 멀어지게 만드는 각종 지혜와 통찰이 깨알같이 적혀 있다. 스크루테이프의 편지를 보면, 사람의 생각과 일상이 그 영혼의 영원한 운명을 놓고 치열한 전투가 벌어지는 곳임이 확연히 드러난다. 평소의 일상, 생각, 관계, 선택은 하나님과 상관이 없는, 오롯이 '자기 것'이라 생각하던 사람들 중에서 이 책을 통해 정신이 번쩍 든 이들이 어디 한둘이겠는가.

교회 좀 다녀 본 청소년, 청년들은 틀에 박힌 설교와 교회 생활, 정형화된 언어에 익숙해지고서 기독교에 대해, 기독교가 말하는 하나님에 대해, 교회에서 배운 내용에 대해 웬만큼 알고 있다고, 별거 없다고 생각하기 쉽다. 그런데 《스크루테이프의 편지》는 그런 생각의 호수에 파문을 일으키고 이런 생각이 들게 한다. '내가 다 알고 있다고, 뻔하다고 생각한 것은 착각이 아니었을까?', '내가 뭔가 중요한 걸 놓쳤던 것은 아닐까?', '여기 뭔가 진짜가 있는 건 아닐까.' 루이스는 《기적》에서 더 작은 일들을 통해 겪는 충격에 빗대서 이런 각성에 대해 설명한 바 있다.

예를 들어, 여러분이 잡고 있던 줄이 갑자기 반대쪽에서 당겨질 때, 어둠 속에서 무언가 옆에서 숨 쉬는 소리를 듣게 되었을 때와 같은 경우에 말입니다. 여기서도 그렇습니다. 무언가 실마리를 따라가던 와중 어느 순간 예기치 못한 생명의 떨림이 전달되어 오고, 그 순간 우리는 충격을 받습니다. 혼자 있다고 생각했던 곳에서 살아 있는 존재를 만나는 일은 언제나 충격을 줍니다. "저기 봐!" 우리는 소리칩니다. "저게 살아 있어."

일단 뭔가를 경험한 사람이, 새로운 것에 살짝이라도 눈을 뜬 사람이 무엇을 더 경험하고 더 보게 될지, 그로 인해 결국 어떤 사람이 되어 갈지는 아무도 모른다. 어쨌든, 이 책을 통해 새로운 세계에 오신 것을, 늘 옆에 있었으나 보지 못하던 세상에 눈을 뜨게 된 것을 환영한다.

## 악마의 관점에서 바라보다

스크루테이프는 인간과 인간 세상, 영적 세상에 대해 대단한 통찰력을 갖춘 지혜로운 악마다. 오랜 세월 많은 이들을 유혹해 지옥으로 이끈 탁월한 성취를 자랑한다. 그자가 풀어내는 인간 본성과 하나님에 대한 깊은 이해는 무릎을 치게 만든다.

악마의 눈이 보여 주는 것

스크루테이프가 보는 인간은 어리석기 그지없다. 너무나 분명한 것도 보지 못하고, 당연한 의문조차 품지 못한다. 한 대목만 인용해 보자.

인간의 머리가 아무리 떨어지기로서니, 그렇게 당연한 의 문이 떠오르는 걸 막는다는 게 도대체 가능한 일이냐고 묻 고 싶겠지. 하지만 웜우드, 가능하다. 가능하고말고! 우리가 적당히 주물러 주기만 하면 그런 생각은 간단히 막을 수 있 지. (2번 편지)

인간은 교만하고 자기중심적이고 아주 작은 것에 정신이 팔려 인생을 허비할 수도 있는 허무하고 연약한 존재다.

스크루테이프는 인간이 '양서류'라는 점을 부단히 강조한 다. 영으로만 된 악마와 달리 몸과 영으로 이루어진 존재라는 사실에는 수많은 결과가 따라온다. 악마와 달리 하나님의 영 광을 직접 볼 수 없는 것도, 몸의 자세와 상태가 영혼에 그대 로 영향을 미치는 것도 그 결과 중 하나다. 인간이 늘 변화하 고 자신이 먹은 음식, 소화 상태에도 지극히 큰 영향을 받는 존재라는 사실을 망각하면 거짓 영성에 빠지게 된다. 이웃의 구체적인 아픔과 어려움을 외면하고 그를 위한 '영적인 기도' 에 집중하게 하라는 교훈은 얼마나 섬뜩한지(3번 편지).

육신을 가진 우리 눈에 하나님은 보이지 않는 존재일 뿐

악마의 눈이 보여 주는 것

아니라, 그 뜻을 가늠하기 어렵고, 때로는 예수님의 비유에서 한 달란트 받은 사람이 말한 것처럼 "심지 않은 데서 거두는 엄한 주인"으로 보이기도 한다. 그러나 스크루테이프가 보는 원수(하나님)는 전혀 다른 모습이다. 예를 들어 기도를 다루는 4번 편지를 보자. "영적 존재로서의 체통에 무관심한 나머지 인간 동물들이 무릎을 꿇을 때 아주 창피스러운 방식으로 자신에 대한 지식들을 쏟아부어 준단 말이야." 체통도 없이, 불공평하게 인간들에게 자신을 아낌없이 드러내는 존재라. 예수님의 탕자 비유에서 돌아온 탕자를 멀리서 보고 (체통도 없이) 달려오는 아버지의 모습이 겹쳐지면서 새롭게 다가오지 않는가.

악마들도 하나님도 인간에게 지대한 관심을 갖는다. 그러나 관심의 목적이 다르다. "우리가 원하는 건 키워서 잡아먹을 가축이지만, 그 작자가 원하는 건 처음엔 종으로 불렀다가 결국 아들로 삼는 것이다"(8번 편지). 그리고 이 대목에서 스크루테이프가 18번 편지에서 밝힌 지옥의 철학을 떠올릴 필요가 있다.

## 원수의 속셈

지옥의 철학은 '하나의 사물은 다른 사물과 별개', 특히 '하나의 자아는 다른 자아와 별개'라는 원칙이다. 바꿔 말하면, '나한테 좋은 건 나한테 좋은 거고, 너한테 좋은 건 너한테 좋은 거'라는 것이다. 이 부분은 조금 더 인용해 보자.

자기가 확장되려면 다른 사물을 밀어내거나 흡수해야만 하지. 자아가 확장될 때도 마찬가지야. 짐승한테 흡수란 잡아먹는 것이고, 우리한테 흡수란 강한 자아가 약한 자아의 의지와 자유를 빨아들이는 것이다. '존재한다'는 것은 곧 '경쟁한다'는 뜻이다.

제로섬게임. 지옥의 철학은 사실 현재 인간 사회의 철학이 아닌가! 인간 사회의 어떤 부분에 집중하면 이것은 반박 불가의 현실 진단으로 보인다. 그런데 스크루테이프에 따르면 "원수의 철학은 이렇게 명백한 진리를 계속해서 회피하려는 시도, 그 이상도 그 이하도 아니다."

(그자의 철학에 따르면) 한 자아한테 좋은 것은 다른 자아한테도 좋은 것이란다. 그는 이 불가능한 일을 '사랑'이라고 부르는데, 이 천편일률적인 만병통치약은 그 작자가 하는 모든 일뿐 아니라 심지어 그 작자의 모든 성품에서도 감지해 낼 수가 있다.

원래 18번 편지의 주제는 결혼과 성(性)이다. 그 문제를 다루며 지옥의 철학을 설파하고 그에 맞선 원수의 철학인 사랑

악마의 눈이 보여 주는 것

을 이야기하는 것이다. 그것에서 이어지는 삼위일체, 성(性)에 대한 짧지만 기막힌 통찰은 깊이 묵상해 볼 만한 대목이다.

그러나 그런 지혜로운 스크루테이프도 이해하지 못하는 것이 있다. 18번 편지에서 "원수가 인간을 진심으로 사랑한다"고 말했다가 웜우드의 문제 제기를 받았던 모양이다. 그래서 19번 편지에서 그것이 '말도 안 되는 헛소리'라고, 부주의로 헛나간 말이었다고 정정한다. 있을 수 없는 일이라는 것이다. 지옥의 철학에 반대되는 주장이니까.

그럼 원수도 악마와 마찬가지로 뭔가 다른 속셈이 있다고 볼 수밖에 없다. 여기서 스크루테이프는 자신의 무지를 인정한다. "대체 원수는 인간들에게서 무얼 얻으려는 심산일까? 정말 알 수 없는 노릇이다." 우리가 사랑의 신비라 부르는 것을 악마는 도무지 인정할 수 없고 이해할 수도 없기에, '그 작자의 진짜 속셈'을 알아내 해결하려 부단히 연구하고 노력한다. 언젠가 성공할 날을 기대하며.

## 루이스의 통찰들이 담긴 보고

《스크루테이프의 편지》는 루이스의 이름을 세계적으로 알린 책이다. 1942년에 나온 이 책에는 이후에 루이스가 판타지, 변증, 에세이, SF소설 등 다양한 장르에서 훨씬 깊이 있게 발전시킨 착상들과 개념들, 또는 그 맹아들이 촘촘히 박혀 있다. 《스크루테이프의 편지》에서 이해가 잘 안 되는 대목들은

악마의 눈이 보여 주는 것

루이스가 다루는 내용이 생소해서 그럴 수도 있고 내용을 다루는 방식이 익숙하지 않아서일 수도 있고, 대단히 압축적으로 기록되어 있기 때문일 수도 있다. 그 착상과 개념을 제대로 풀어내자면 책 한 권이 필요한 경우도 있다. 그중에서 하나만 소개하고 이 글을 마치려 한다.

10번 편지는 교우 관계를 다룬다. (교우 관계의 문제는 루이스가 〈내부 패거리〉라는 에세이에서 깊이 다루었고, SF소설 《그 가공할 힘》에서도 비중 있게 다루는 주제다.) 스크루테이프는 환자(그리스도인)가 '바람직한' 친구들을 새로 사귄 것을 기뻐하며 어떻게 그들과의 관계를 유리하게 이끌어 갈 것인지 웜우드에게 조언한다. 그들은 환자가 무의식적으로 한편이 되고 싶어 하는 '인싸'들이지만, 환자의 신앙과 정면으로 배치되는 생각을 드러내는 말을 한다. 환자가 그 사실을 애써 외면하며 그들과의 관계를 길게 이어 갈수록 환자는 "자꾸 진심을 가장해야 하는 입장"에 처하게 될 것이다. 자신이 동조하지 않는 온갖 냉소적이고 회의적인 태도들을, 처음에는 "말을 해야 할 때는 침묵을 지키고, 침묵해야 할 때는 웃어 버리는" 식의 행동으로만 인정하다가, "결국에는 입으로도 인정하게 될 테고…그런 태도들은 아예 환자의 것이 되어 버릴 수도 있다." 그리고 이런 경향을 스크루테이프는 한마디로 정리해 준다. "인간은 자신이 가장했던 대로 변하는 법이니까. 이건 기본이야."

인간은 자신이 가장했던 대로 변한다. 나쁜 짓을 따라 하면 나쁜 사람이 될 것이다. 머리로도, 경험적으로 이해할 수 있다. 그러면 반대로 좋은 일은? 아니, 신앙의 문제에서도 그럴까?《스크루테이프의 편지》와 더불어 루이스의 대표작이라 할《순전한 기독교》에서 그는 과연 그렇다고 당당히 논증한다.《순전한 기독교》4부에서 그는 6장에 이르기까지 하나님이 어떤 분이시며 어떤 일을 하셨는지 설명한 다음, 7장부터 하나님의 생명을 누리고 살 수 있는 비결을 말한다. 그런데 그 7장의 제목이 바로 '가장(假裝)합시다'다. 주기도문의 첫 문장인 "하늘에 계신 우리 아버지"라고 기도하는 것 자체가 예수 그리스도로 가장하는 것이라는 지적을 시작으로, 올바르게 '가장하는' 것이 어떻게 그리스도의 생명을 누리고 새사람이 되는 길로 이어지는지 설명한다.

　여러 해 동안 이 책을 일 년에 한 번 정도는 다시 읽게 되는 것 같다. 읽을 때마다 이 책은 내 마음속 더께를 걷어 내고 무엇에 집중해야 할지 다시 떠올려 준다.《스크루테이프의 편지》는 현실이 가진 영적 성격에 눈을 뜨게 해 주고 인간과 하나님에 대해 알려 주는 책인 동시에 C. S. 루이스라는 걸출한 기독교 작가의 세계로 들어가는 좋은 출입문이기도 하다. 신세계로 오신 것을 환영한다.

악마의 눈이 보여 주는 것

# 《스크루테이프의 편지》

❶ 스크루테이프는 웜우드의 환자 안에 어떤 태도를 만들어 내려고 애씁니까?

❷ 스크루테이프가 환자에게 이끌어 내기 원하는 결정적인 죄는 무엇입니까?

❸ 스크루테이프는 웜우드의 어떤 보고들을 우려합니까? 그의 우려에는 공통점이 있습니까?

❹ 스크루테이프는 거대한 문제들에는 오히려 무관심하고 일견 사소해 보이는 문제들에 몰두하는 것 같습니다. 루이스가 《스크루테이프의 편지》에서 그렇게 악을 묘사한 것을 비판하는 이들도 있었다고 합니다. 큰 문제들을 간과하고 사소한 문제들에 집중하게 만든다는 것인데, 어떻게 생각하시나요?

❺ 스크루테이프가 당혹스럽게 여기고 이해하지 못한다고 털어놓는 '원수'의 특성은 무엇인가요? 그것에 대해 어떻게 생각하시는지 나누어 주시기 바랍니다.

악마의 눈이 보여 주는 것

❻ 스크루테이프를 애타게 만드는 '원수의 진짜 속셈'은 무엇일까요?

❼ 천국의 보상에 맞서 지옥은 어떤 보상을 제시합니까?

❽ 지옥의 철학, 지옥의 현실주의는 세상의 철학, 현실주의와 달라 보이지 않습니다. 그것을 지옥의 철학이라고 부르는 것에 공감이 되십니까? 그것의 대안인 '사랑'에 관해서 어떻게 생각하십니까? 그것이 실질적인 대안이 될까요?

❾ 22번 편지에서 스크루테이프는 "원수는 쾌락주의자"라고 불평합니다. 그의 불평에 공감이 됩니까? 그렇게 느껴 본 적이 있습니까? 그것을 깨닫는 것이 어떤 변화를 가져다줄 수 있을까요?

❿ 30번 편지에서 스크루테이프는 '세상의 실제 모습'이라는 말에서 실제(실재, real, reality)의 의미를 행복한 경험에서는 물질적 사실만 실재로, 그에 따라오는 기쁨과 영적 경험은 '주관적'인 것으로, 불행한 경험에서는 그에 따른 영적 경험을 '실재'로 생각하게 하라고 알려 주지요. 저는 한때 그런 식으로 생각하는 것을 현실적이고 냉철한 판단이라고 생각했고, 이 편지에서 큰 도움을 받았습니다. 혹시 그런 경험이 있다면

악마의 눈이 보여 주는 것

나눠 주십시오.

❶ 31번 글만큼 죽음 이후의 생명, 새로운 삶에 대해 아름답
게 그려 낸 글이 있을까 싶습니다. 적의 입장에서 보기, 뒤집
어 보기, 거꾸로 말하기라는《스크루테이프의 편지》의 접근
법이 더없이 빛을 발하는 대목이라고 생각합니다. 이렇게 거
꾸로 바라볼 때 더 잘 보이는, 더 설득력 있게 들리는 것이 또
있을까요? (책 안에서 가져오셔도 됩니다.)

악마의 눈이 보여 주는 것

"우리가 원하는 건 키워서 잡아먹을 가축이지만,
그 작자가 원하는 건 처음엔 종으로 불렀다가
결국 아들로 삼는 것이다."

랜던 길키_〈산둥 수용소〉

# 《산둥 수용소》가 말하는
# 종교의 자리

## 21

제2차 세계대전 당시 중국에 있던 연합군 측 국적의 시민들이 일본에 의해 모두 산둥 수용소로 집단 수용된다. 그곳은 전쟁 포로를 가두는 수용소가 아니다. 안네 프랑크 같은 이들의 목숨을 앗아간 아우슈비츠 같은 '죽음의 수용소'도 아니다. 강제 노동도 없다. 수용자들을 한 구역에 몰아넣고 최소한의 부식을 제공하고 대체로 알아서 살게 할 뿐이다.

사업가, 선교사, 교사, 의사 등 각종 직업의 사람들이 부실한 시설에서 일본 측에서 제공하는 부족한 물자를 가지고 자체 노동력과 기술만으로 살아남아야 한다. 만만한 일이 아니

《산둥 수용소》가 말하는 종교의 자리

다. 마치 문명을 새로 만들어 가는 것과도 같다. 이런 독특한 상황이기에 저자는 이것을 하나의 실험이라고 말한다. 그곳은 수용자들만의 작은 문명을 건설할 만큼 안전하고 편안했다. 그러나 생존의 경계를 오갈 정도로 엄청난 억압과 긴장을 견디며 살아야 했기에 '인간 사회의 근본적 구조'를 여실히 드러내는 곳이기도 했다.

이런 상황에서 당장 생존에 절실한 직업이나 일의 가치가 더없이 분명하게 드러난다. 의사, 간호사, 제빵사, 목수 등의 일이 그렇다. 당장의 생존과 직결된 '실제적인' 문제의 중요성과 의미가 실감 나게 와 닿는다. 이런 상황에서 저자인 랭던 길키는 종교가 현실적 삶을 위해 하는 역할에 의문을 품는다. "종교에 '세속적인' 기능이 있을까? 즉 인간이 공동생활을 하는 데 종교는 어떤 쓸모가 있을까? 기술과 용기, 이상주의를 수반하는 세속주의가 종교 없이도 인간의 모든 삶을 다 창출해 낼 수 있는 마당에, 종교는 무용지물이 아닐까?" 그러나 그는 여러 일을 겪으면서 생각이 달라진다. 그중 대표적인 한 사건을 살펴보자.

## 적십자사 구호물자

수용소에 들어온 초기만 해도 바깥에서 먹던 음식에 비해서 거칠기는 했지만 음식의 양은 충분했다. 그러나 날이 갈수록 배급은 부족해지고 나중에는 늘 배고픈 상태로 지내야 했다.

악마의 눈이 보여 주는 것

이런 힘겨운 시기에 미국 적십자사에서 미국인 수용자들에게 보낸 구호물자가 도착했다. 200명의 미국인들은 다들 자신들의 구호물자를 다른 나라 사람들과 기분 좋게 나누었다. 모두에게 행복한 시간이었다.

구호물자가 다 떨어지고 다시 배고픈 상태로 지내야 하던 어느 날, 1,450명의 수용소 인원 모두에게 하나씩 돌리고도 100개나 남는 엄청난 양의 미국 적십자사 구호물자가 새로 도착한다. 일본인 수용소 소장은 모두에게 구호물자를 하나씩 돌리고 남는 100개는 미국인들이 나눠 가지라고 지시한다. 수용소에는 기대와 설렘이 넘친다.

그러나 미국인들 중 일부가 수용소장을 찾아가 미국 적십자사가 보낸 구호 물품이니까 미국인들 소유라고 주장한다. 일단 구호 물품을 받은 다음에 나눠 줄지 말지는 자기들이 정할 테니까 자기들에게 달라고 요청한 것이다. 미국인들이 일곱 개 반씩 받겠다는 거였다.

수용소장은 당황해서 일본 정부에 문의하고, 엄청난 양의 구호물자는 며칠간 수용소 마당에 쌓여 있게 된다. 길키가 여러 미국인들에게 물어본 결과 대다수의 미국인들이 같은 생각이었다. 그로 인해 오랫동안 협력하며 지내던 수용소에 반목과 미움이 터져 나오는 것은 당연한 결과였다. 그 긴장과 갈등이 얼마나 컸던지 수용소를 지키는 일본인 경비들의 총을 수용자들이 다행스럽게 느낄 정도였다. 결국 일본 정부는

《산둥 수용소》가 말하는 종교의 자리

모두에게 하나씩 나눠 주고 남는 100개는 다른 수용소로 보내라는 지시를 내린다.

어째서 이런 일이 벌어진 것일까? 배급만으로도 어쨌든 살아왔는데, 엄청난 양의 구호물자가 도착하자 오히려 불안해진 것이다. 전쟁은 언제 끝날지 모르고 이 불확실한 상황을 대비하자면 아무리 많아도 부족하게 느껴졌다. 일곱 개 반을 독차지해도 부족할 게 뻔했다. 아무리 가져도 불안한, 오히려 가질수록 더 불안해하는 인간의 모습과 이기심을 그대로 보여 주는 사건이었다.

## 원죄 교리가 드러낸 딜레마

구호물자 분배를 둘러싼 갈등을 포함한 수많은 갈등 사례를 겪으며 길키는 이런 결론을 내린다. "우리 내면의 어떤 힘은 우리가 다른 사람의 이익보다는 우리 자신의 이익을 추구하도록 만드는 것 같았다.……우리는 자발적인 동시에 불가항력적으로 어쩔 수 없는 자기 사랑에 붙들려 있었다. 자신의 힘으로 거기서 벗어나는 것은 불가능해 보였다. 왜냐하면 우리의 의지 자체가 잘못되어 있었기 때문이다." 그리고 길키는 자신이 발견한 인간의 모습이 성경이 말하는 인간의 원죄에 대한 가르침과 일치한다는 사실을 깨닫는다.

인간의 이기심과 그것을 적나라하게 드러낸 원죄 교리를 재발견한 데 이어 길키는 공동체가 유지되려면 기술과 법뿐

악마의 눈이 보여 주는 것

만이 아니라 개인의 도덕성과 청렴함도 필요하다는 사실을 알게 된다. 뒤로 갈수록 물자가 부족해짐에 따라 연료나 음식 같은 공동 물품들을 훔쳐 가는 사례들이 늘어나면서 공동체 자체가 와해될 위기에 처한 것이다. 공동체가 유지되려면 사람들이 "자신의 안위뿐 아니라 이웃의 복지에도 관심을 가져야 한다. 하지만…인간은 이기심을 극복하고 이웃에 책임감을 느끼는 존재가 아니"었다.

이런 딜레마를 풀기 위해 길키는 "인간의 존재 방식과 성품이 변화"해야 한다는 결론을 내린다. "자아가 자신의 건강과 안전뿐 아니라 이웃과의 창조적인 관계도 세울 새로운 중심을 찾을 수 있다면" 이 딜레마의 해답도 따라올 거라고 본 것이다. 과연 인간은 이 새로운 중심을 찾을 수 있을까?

## 인간은 모두 종교적

길키가 찾은 답을 말하려면 종교의 가치와 유용성을 묻는 처음 질문으로 돌아가야 한다. 길키에 따르면 "인간의 도덕성 또는 비도덕성은 우리 생명의 가장 심오한 영적 중심에서 나온다." 그는 폴 틸리히를 인용해 이런 가장 깊은 중심을 '궁극적 관심'이라고 부른다. "모든 사람은 이 영적 중심을 통해 삶의 안전성과 의미를 얻고, 그것에다 궁극적 사랑과 헌신을 바친다." 이런 인간의 궁극적 관심과 경배는 곧 종교이고, 이런 의미에서 모든 인간은 종교적이다. 이런 넓은 의미에서 볼

《산둥 수용소》가 말하는 종교의 자리

때, "종교는 무용지물이 아닐까?", "어떤 실제적인 기능이 있을까?" 하는 질문은 인간이 가진 종교적 성격을 간과한 질문이 된다.

흔히 말하는 '종교'를 믿지 않는 사람이라도 나름의 방식으로 종교를 갖고 있다. 문제는 결국 의식적, 무의식적으로 어떤 '종교'를 따르는가다. "잘못된 대상(가족, 자신의 그룹, 민족 등)을 경배할 때 인간의 헌신은 수많은 불의와 교만, 이기심의 뿌리가 된다. 따라서 인간의 유일한 소망은 인간의 '종교성'이 우상이 아니라 하나님 안에서 진정한 중심을 발견하는 것이다." "우리는 하나님의 영원한 사랑 안에서 궁극적인 안정을, 하나님의 영원한 목적 안에서 보잘것없는 인생의 궁극적 목적을 발견할 수 있다. 그로 인해 인간은 비로소 이기심에 방해받지 않으면서 자신만의 복지를 잊고 이웃을 바라볼 수 있게 된다." 이런 진정한 신앙을 가진 사람에게는 하나님의 뜻과 이웃의 복지가 중요해진다. 이 신앙은 사랑으로 표현된다.

길키가 결론에 이른 과정을 건너뛰고 위의 결론에만 주목한다면 기독교의 우월성을 내세우는 '승리주의적' 선언이라는 인상을 받을 수 있다. 그에 대한 반례, 즉 길키가 말하는 모습과 전혀 다른 기독교인을 얼마든지 찾을 수 있기 때문이다. 아니, 자신의 모습에서 그런 이상적인 종교인과 다른 면모를 보지 못하는 사람이 얼마나 되겠는가. 그래서 길키는 오히려 이렇게 못 박는다. "누군가가 종교를 통해 자신에 대한 관심을 버리고 미덕을 얻었다고 너무 깊이 확신하게 된다면, 그가 자신의 안위를 하나님의 사랑이 아니라 자신의 거룩함에서 찾고 있다고 봐도 무방할 것이다. 그 시점부터 그의 인생은 기독교의 옷으로 갈아입고도 계속해서 자기 숭배의 죄를 재연하는 것에 불과하다."

## 이기심의 굴레를 벗을 수 있는 가능성

이 책의 진정한 가치와 미덕은 결론 자체보다도 결론을 도출하는 과정, 그 근거가 된 종교인들의 모습을 선명하게 드러내는 사례와 그에 대한 분석에 있는 것처럼 보인다. 길키는 공동체에 윤리적인 사람이 필요하고 삶에서 도덕적 측면이 중요하다는 사실을 깨달으면서, 인간의 이기심을 넘어설 길을 종교에서 찾고자 한다. 그것을 그는 이런 질문으로 표현했다. "정말로 기독교인은 선하고, 종교적 경건은 공동체의 미덕에 필수적이고, 이웃을 사랑하기 위해 하나님이 필요한가?" 그리고 여러 종교인들의 다양한 면모를 꼼꼼히 살펴본다.

　길키가 가장 많은 지면을 할애하는 종교인들은 개신교 선교사들이다. 그들에 대한 길키의 평가는 양면적이다. 보수주의 선교사들 사이에 가장 널리 퍼진 결점은 '율법주의'였다. 그가 말하는 율법주의는 "자신이나 다른 사람의 행동을 엄격하게 규정된 (대개는 사소한) '행동 규범'으로 판단하려는 태도"

다. 그들에게 "훌륭한 기독교인이 되는 일은 흡연, 도박, 음주, 욕설, 카드놀이, 춤추기, 영화 관람 같은 행위를 하지 않는 것"으로 이해되었다. 수용소에서도 "정직하고 열심히 일하고 자신을 희생할 줄 아는 사람을 '담배를 피우고 거친 말을 한다'는 이유로" 멀리하고 헐뜯는 교만에 빠졌다. 그들은 "현실 속 사람들의 진짜 삶을 벗어난 곳에서 구원을 추구하는 기독교를 구현"하고 있었다.

그러나 선교사들 중에서 교만이나 율법주의에 매이지 않는 이들도 많았다. 이들은 교파나 개인적인 신앙 규범은 달라도 하나같이 "이웃을 사랑하고 섬기는 것, 자신의 이익을 생각하지 않는 것이야말로 진짜 기독교인의 삶이라는 사실"을 알고 있었다. 경건한 율법주의자들과 달리, 이들은 "자신의 행동 규범을 타인의 삶에 들이대려 하지 않았으며, 도움을 필요로 하는 타인에게는 언제든지 도움을 제공하려 했다."

길키는 수용소에서 기독교 세계를 대변하는 사람들의 자랑스러운 모습과 실망스러운 모습을 동시에 본 것이다. 그렇다면 기독교에 귀의한다고 해서, 선교사처럼 자신의 삶을 바쳐 종교에 헌신한다 해도, 모든 문제가 저절로 해결되지 않는다는 점은 분명하다. 이런 분명한 사실 앞에서 길키가 내리는 결론은 현실을 냉정하게 바라보는 동시에 새로운 가능성을 기대하게 만드는 소망을 담고 있다.

악마의 눈이 보여 주는 것

종교는 인간의 이기심이 자동적으로 해결되는 장소가 아니다. 오히려 종교는 인간의 교만과 하나님의 은혜가 충돌하는 궁극적인 전투지다. 따라서 인간의 교만이 이기면 종교는 죄악의 도구가 될 수 있다. 그러나 전투 속에서 인간이 하나님을 만나고 그래서 자신에게 이익이 되는 것을 포기할 수 있다면, 종교는 모든 인간이 갖는 이기심의 굴레를 벗어날 가능성을 제공한다.

《산둥 수용소》가 말하는 종교의 자리

# 《산둥 수용소》

❶ 좁은 곳에서 2천 명이 지내는 상황에서 공간에 민감해지는 것은 당연합니다. 모르는 청소년을 위해 공간을 내어주는 이들이 특별하지요. 그들이 그럴 수 있었던 비결은 무엇이었을까요?

❷ 화장실 청소가 옛 신분을 떠올리게 해서 질색했던 러시아 여성들과 담담하게 화장실 청소를 했던 영국인 귀족 여성들의 대비는 어떤 일반적 원리를 보여 주는 그림이 아닐까요? 어떻게 생각하시나요?

❸ 이 책에서 가장 흥미로운 에피소드는 수용소로 의약품을 반입하는 스위스 영사의 활약이었습니다. 영웅적 행위와 가장 멀어 보이는 사람이 보여 준 용기 있는 모습은 무엇을 말해 줄까요?

❹ 자유롭고 너그러운 가톨릭 수도사들과 개신교 근본주의자들의 대비를 보노라면 생각이 복잡해집니다. 무엇이 이런 차이를 만들어 낸 것일까요?

악마의 눈이 보여 주는 것

❺ 공동체 전반을 위한 유익한 에너지가 될 수 있었을 근본주
의자들의 편협성과 한계에 대한 지적은 속이 쓰리면서도 공
감이 가는 부분입니다. 어떻게 생각하시나요?

❻ 미국 적십자에서 보내온 선물에 대한 일부 미국 수용자들
의 반응을 보고 어떤 생각이 들었나요? 그들의 논리가 이해
가 되시나요? 그런 생각은 수용소만이 아니라 인간 사회 전
반에서 볼 수 있지 않나요? 이 점에 대해서 어떻게 생각하시
나요?

❼ 적십자사 선물의 처분에 대한 일본 측의 공정한 판단은 전
반적으로 훌륭한 도덕적 기준을 갖지 못한 집단(개인)이라고
해도 특정 사안에 대처할 때는 훌륭할 수 있음을 보여 줍니
다. 이것은 현실에서 판단을 내릴 때 신중해야 한다는 점을
말해 주는 듯합니다. 혹시 이 부분에 관해 나누고 싶은 것이
있나요?

❽ 공동체를 유지하는 힘은 성실하고 정직한 개인이라는 지
적에 대해 어떻게 생각하시나요? 그런 사람들은 어떻게 만들
어지는 것일까요?

❾ 쓰고 남은 공동체 물품의 개인적 사용을 법으로 금지하다

《산둥 수용소》가 말하는 종교의 자리

오히려 문제가 복잡해진 에피소드는 법으로 명하거나 금지하는 것이 능사가 아니라는 점, 입법은 제한적 목표를 명확히 정하고 정밀하게 진행해야 하는 일이라는 점을 잘 보여 줍니다. 비슷한 경우를 떠올릴 수 있을까요?

❿ "종교는 인간의 이기심이 자동적으로 해결되는 장소가 아니다. 오히려 종교는 인간의 교만과 하나님의 은혜가 충돌하는 궁극적인 전투지다. 따라서 인간의 교만이 이기면 종교는 죄악의 도구가 될 수 있다. 그러나 전투 속에서 인간이 하나님을 만나고 그래서 자신에게 이익이 되는 것을 포기할 수 있다면, 종교는 모든 인간이 갖는 이기심의 굴레를 벗어날 가능성을 제공한다." 종교가 가진 한계와 가능성에 대한 저자의 이 지적에 대해 어떻게 생각하시나요? 그렇게 생각하시는 이유는 무엇인가요?

⓫ 저자는 책의 말미에 하나님의 섭리를 믿을 때 얻는 유익을 자신의 경험을 바탕으로 단언합니다. 하나님의 섭리에 대한 저자의 주장, 삶의 의미와 이웃 사랑과 관련해 그가 말하는 내용을 어떻게 생각하시는지요? 왜 그렇게 생각하는지도 나누어 주시기 바랍니다.

악마의 눈이 보여 주는 것

종교는 인간의 이기심이 자동적으로
해결되는 장소가 아니다.
오히려 종교는 인간의 교만과 하나님의 은혜가 충돌하는
궁극적인 전투지다. 따라서 인간의 교만이 이기면
종교는 죄악의 도구가 될 수 있다.
그러나 전투 속에서 인간이 하나님을 만나고
그래서 자신에게 이익이 되는 것을 포기할 수 있다면,
종교는 모든 인간이 갖는 이기심의 굴레를
벗어날 가능성을 제공한다.

C. S. 루이스_《나니아 연대기》

# 아슬란와 그를 아는 지식

## 22

"너희들이 이 세계에서 나를 알도록 허락받은 것은 너희
세계로 돌아갔을 때 나를 더 잘 알도록 하기 위함이니라."
—아슬란

영국 작가 C. S. 루이스의 판타지《나니아 연대기》의 첫 번째
이야기《사자와 마녀와 옷장》은 1950년 출간되었다. 1939년
9월, 런던에서 독일군의 공습을 피해 그의 집 킬른스로 와서
지내던 네 아이들을 보면서 떠올렸던 착상이 마침내 현실이
된 것이다. 이후 1956년《마지막 전투》에 이르기까지 매년

한 권꼴로 총 일곱 권의 《나니아 연대기》가 출간되었다. 루이스는 《나니아 연대기》가 상징이 아니라 '예수 그리스도가 동물이 말하며 사는 나라에 온다면 어떤 모습일까?' 하는 상상에서 출발했다고 말했다. 그는 《나니아 연대기》의 주인공이자 나니아의 창조자인 아슬란을 통해 '길들일 수 없는 사자'로서 두렵고도 착한 존재라는 신적 이중성을 탁월하게 그려냈다.

《나니아 연대기》는 어린이도 즐겁게 볼 수 있지만, 어른들도 그 속에서 루이스 사상의 깊이를 발견할 수 있는 걸작이다. 신앙인으로 모험과 전투와 여행과도 같은 인생길을 걸어가면서 평생 곁에 두고 힘과 격려를 얻을 수 있는 멋진 책이다. 나니아라는 세계의 창조부터 멸망에 이르는 장구한 이야기를 담아낸 이 시리즈로 여러 이야기를 할 수 있겠지만, 이글에서는 '아슬란에 대한 지식'에 집중해 보려 한다. 위에서인용한 아슬란의 말이 사실이라면, 나니아의 아슬란을 더 잘알수록 우리 세계에서 그리스도를 더 잘 아는 데 도움이 될것이다.

## 길들지 않는 사자, 아슬란

사자 아슬란은 나니아의 창조자다. 나니아 연대기 1권 《마법사의 조카》에서 아슬란이 다양한 분위기와 곡조의 노래로 나니아에 별들이 나타나게 하고, 태양이 떠오르게 하고, 언덕이 생겨나고 물이 흐르게 하고, 식물과 동물들이 생겨나게 하는 장면은 《나니아 연대기》 전체에서도 손에 꼽을 만한 명장면이다.

아슬란은 섭리적 주재자이기도 하다. 그의 통치 영역은 나니아에 그치지 않고 나니아의 인접국 아첸랜드, 대제국 칼로르멘까지 두루 뻗친다. 3권 《말과 소년》에서는 칼로르멘에 살던 어느 말과 소년의 삶을 아슬란이 어떻게 섭리적으로 이끌어 가는지가 그려지며, 그 과정 가운데 나니아 너머의 다른 나라들까지 다스리는 신적 주권자로서 아슬란의 면모가 드러난다.

아슬란의 별명은 '길들지 않는' 사자다. 아슬란의 야성을 강조하는 이 별명은 그가 가진 자유와 주권을 강조한다. 원할 때 원하는 방식으로 나타나 자신의 방식대로 일하고 자신의 때에 사라진다. 아슬란을 길들이거나 그와 협상하여 원하는 것을 얻어 내려는 것은 어리석은 일이다. 그런데 아슬란의 야성은 창조자로서도, 섭리자로서도 유감없이 드러나지만, 뭐니 뭐니 해도 구원자로서의 면모로 가장 잘 드러난다.

## 아슬란의 야성적 사랑

구원자 아슬란의 면모는 《나니아 연대기》 일곱 권 전체에서 줄곧 등장하지만, 그중에서도 2권 《사자와 마녀와 옷장》에 가장 선명하게 드러난다. 하얀 마녀의 마법으로 100년 동안 크

아슬란과 그를 아는 지식

리스마스가 없는 겨울이 이어지는 나니아에 아슬란이 돌아온다는 소문이 퍼진다. 페번시 가문의 4남매 중 피터, 수잔, 루시는 '길들지 않는' 사자 아슬란을 만나고 사랑하게 되지만, 셋째 에드먼드는 하얀 마녀를 먼저 만나 터키 젤리를 얻어먹은 후 배신자가 되고 만다.

아슬란이 나타나 에드먼드를 구출해 내지만, 하얀 마녀가 아슬란에게 찾아와 심오한 마법을 상기시킨다. 그 내용은 "모든 배신자는 하얀 마녀의 합법적 포로로서 마녀의 소유며, 죽일 권리도 마녀에게 있다"는 것이었다. 아슬란이 자신의 목숨을 대신 내놓기로 하자 마녀는 에드먼드에 대한 권리를 포기한다. 그날 밤, 마녀는 아슬란의 털을 모두 깎아 버리고 돌 탁자에 묶어 놓는다.

마녀는 칼을 내리치기 직전에 허리를 굽히고 떨리는 목소리로 말했다. "자, 누가 이겼지? 얼간이 같은 놈. 네가 이런다고 그 배신자 놈을 구할 수 있을 성싶으냐? 이제 나는 계약대로 그놈 대신 널 죽일 것이고, 그리하여 심오한 마법은 그대로 지켜질 것이다. 하지만 네가 죽으면, 내가 그놈을 죽이지 못할 것 같으냐? 그다음에는 누가 내 손아귀에서 그놈을 구해 내겠느냐? 넌 내게 나니아를 영원히 넘겼다는 사실을 알아야 돼. 너는 네 목숨은 물론 그놈의 목숨도 구하지 못하게 된 거야. 그런 줄이나 알고 절망하면

악마의 눈이 보여 주는 것

서 죽어라!"

마녀는 아슬란의 행동을 도저히 이해할 수 없었다. 자신의 이익을 위해서만 살아가도록 철저히 '이기심에 길든' 마녀로서는 자기 몸을 아낌없이 내던지는 아슬란의 '야성적 사랑'은 상상도 할 수 없는 것이었다. 길들지 않는 사자 아슬란은 자신이 창조한 나니아를 위해, 배신자 에드먼드를 위해 고통과 죽음의 길을 선택한다. 그러나 마녀는 거기에 '태초 이전의 더욱 심오한 마법'이 있음을 알지 못했다. '결백한 자가 반역자의 죄를 대신해 스스로 목숨을 바치면 돌 탁자는 깨지고 죽음 그 자체가 다시 원상태로 돌아간다는 것'이다. 그리하여 아슬란은 부활하고 강력한 힘으로 마녀를 무찌르고 나니아를 구원한다. 구원자 아슬란의 이 희생적 사랑, 야성적 사랑은 이후 '길들지 않는' 사자 아슬란에 대한 지식의 원형이 된다. 나니아의 말하는 동물들이 아슬란을 사랑하고 신뢰하고 섬기고 그에 대한 믿음과 충성을 지킬 수 있는 초석이 된다.

**돌아온 아슬란의 소문과 함께 찾아온 시험**
'길들지 않는' 사자 아슬란은 창조주, 구원자, 주권적 섭리자로서 자신의 모습을 드러내기도 하고 숨기기도 한다. 직접 나타나 캐릭터들을 구원하고 그들에게 사명을 맡기고 잘못을 지적해 회개하게 하고 칭찬하고 격려하기도 하지만, 사건의 배후에서 활동하며 일을 캐릭터들에게 맡기고 내버려 두는 경우가 더 많다. 캐릭터들이 아슬란의 존재 여부를 의심할 정도로 오랫동안 모습을 감추기도 한다.

그 오랜 부재의 기간에 캐릭터들은 아슬란이 나타났을 때 보여 준 능력과 성품에 대한 지식을 바탕으로 그의 뜻에 따라 믿음으로 살아야 한다. 여러 캐릭터들이 각종 위기 가운데 믿음의 싸움을 해야 하지만, 그중에서도 가장 심각한 위기가 펼쳐지는 책은 7권 《마지막 전투》다. 그런데 그 절체절명의 위기는 오히려 아슬란이 돌아왔다는 소식과 함께 찾아온다.

잠시 우리가 나니아의 말하는 동물이라고 상상해 보자. 유모에게 들은 이야기, 역사책, 옛날이야기 속에서 접하고 아슬란을 알고 사랑하고 섬기게 되었다. 그는 노래로 나니아를 창조했고 자기희생을 통해 배신자와 나니아를 구원했으며, 착하면서도 무서운 신적 존재이자 길들지 않는 사자이다. 하지만 아슬란이 직접 나타난 지는 아주 오래되었다. 그런데 어느 날, 아슬란이 돌아왔다는 소문이 돈다. 나니아의 창조자요 구원자 아슬란을 직접 볼 수 있다니 얼마나 가슴 벅찬 일이겠는가.

그런데 아슬란이 오고 나서 세상이 더 안 좋아지는 느낌이다. 예전에는 아슬란이 말하는 동물들에게 스스럼없이 다가왔다고 들었는데, 이번에 오신 아슬란은 시프트라는 원숭이를 선지자로 세우고 그를 통해서만 말씀하신다. 어두울 때 멀찍이서 잠깐 모습을 드러내기는 하지만 아무 말씀도 해 주시지 않는다. 무엇보다 충격적인 것은 시프트가 전하는 아슬란의 명령이다. 동물들을 칼로르멘 사람들의 노예로 넘기는 것이다. 나니아의 초대 왕에게 "누구도 다른 이들을 지배하거나 모질게 다루지 않도록 하겠느냐?"라고 다짐을 받았던 아슬란은 어디 가고, 이제 나니아의 말하는 동물들에게 강제 노역을 명령하는 아슬란이라니. 사랑하고 생각하고 말하고 자유롭게 살라고 했다는 아슬란의 뜻은 어디로 갔는가?

## 계몽된 자들과 환멸에 빠진 자들

여기에서 시프트는 아슬란이 '길들지 않는' 사자라는 사실을 꺼내 든다. 그분이 어떻게 행하실지 너희가 어떻게 아느냐고 되물으며, 길들일 수 없다는 말을 선악의 경계마저 넘나드는 도무지 짐작할 수 없는 폭군이라는 의미로 곡해한다. 여기에 가장 충격적인 선언을 덧붙인다. 칼로르멘 사람들이 믿는 신 타슈, 팔이 네 개에 머리는 독수리 모양이고 신전에서 인간 제물을 요구하는 타슈 신과 나니아인들이 섬기는 아슬란이 같은 존재라는 것이다. 급기야 '타슐란'이라는 이름까지 등장한다. 이 엄청난 소식에 말하는 동물들은 완전히 풀이 죽고 만다. 그러나 딱 한 마리만은 달랐다. 진저라는 고양이는 그것을 엄청난 해방의 선언으로 받아들였다.

진저는 시프트와 칼로르멘 장교가 종교를 빙자해 벌이는 사기 행각의 실체를 알게 되자, 자기도 '속이는 자'들의 무리에 끼어들려고 한다. 그러나 사기꾼이 있다고 해서 모든 상거래가 속임수라는 뜻은 아니듯, 시프트와 칼로르멘 장교처럼 아슬란 신앙을 이용해 자기들 뜻을 관철하는 자들이 있다고 해서 아슬란 신앙이 통째로 거짓이라는 결론이 따라오지는 않는다. 그리고 나중에 진저와 칼로르멘 장교는 자신들이 제대로 알지도 못한 채로 자신들의 탐욕과 성정에 맞추어 무턱대고 부정했던 초자연적 세계의 실체를 만나고 기겁을 하게 된다.

그런가 하면, 환멸에 빠져 다시는 아무도 안 믿겠다고, 자기와 자기 집단만 믿고 자기 집단의 이익에만 충실하겠다고 나서는 이들도 있었다. 아슬란으로 선전되던 것이 실은 사자 가죽을 뒤집어쓴 당나귀라는 사실을 (나니아의 마지막 왕) 티리언왕을 중심으로 하는 주인공들이 폭로하자 난쟁이들이 바로 그런 선택을 한다. 아슬란이니 뭐니 하는 건 다 속임수라고, 더 이상 그런 사기극에 놀아나지 않겠다고 선언하는 것이다. 속지 않으려고 누구도 믿지 않겠다는 전략은 안전해 보이지만, 결국 그것 자체가 하나의 올무가 되어 버린다. 결국 진짜 아슬란이 나타났을 때, 난쟁이들은 아슬란의 모습도 보지 못하고 그의 우렁찬 포효도 듣지 못하고, 아슬란이 차려 주는 진수성찬도 제대로 감상하지 못하는 존재들이 되어 버린다. 스스로 만든 감옥에 갇혀 버린 것이다.

악마의 눈이 보여 주는 것

## 심약한 자들과 지식이 있는 자들

심약한 자들도 있다. 우유부단한 자들이다. 믿었다가 속고 나니, 이제 믿는 것 자체가 무서워진 자들이다. 이 말도 의심스럽고 저 말도 진짜인가 싶다. 그래서 믿지도 안 믿지도 못하고 주저앉아 버린다. 하지만 선택을 해야 하는 때가 온다. 주저앉는 것 자체가 하나의 선택이고, 그야말로 맥 빠지는 선택이기 때문이다. 이런 자들에게 티리언왕이 외친다. "여기, 나니아의 왕 티리언이 왔다. 아슬란 님의 이름과 내 목을 걸고 맹세하노라. 타슈는 사악한 악마이고, 원숭이는 반역자이며, 이 칼로르멘 병사들은 죽어 마땅한 자들이다. 진실한 나니아 국민들은 내 편에 서라. 새로운 지배자가 너희들을 하나씩 다 죽일 때까지 가만히 앉아서 기다릴 텐가?"

티리언왕의 이 부름에 여러 동물들이 호응하고 달려오지만, 꼼짝도 하지 않는 동물들이 훨씬 많았다. 티리언왕이 그들에게 겁쟁이가 되었느냐고 묻자, 그들은 타슈란 님으로부터 자기들을 보호해 달라고 호소한다. 아, 그러나 타슈란이라는 사악한 혼합주의 종교에서 벗어날 길, 그 거짓 가르침으로부터 보호받을 길은 이미 티리언왕이 선포했으니, 티리언왕과 함께 진실의 편, 아슬란 신앙의 편에서 싸우는 것이었다. 그런데 그들은 그 길을 따를 마음이 없었다.

마지막으로, 티리언왕에게 달려간 소수의 말하는 동물들을 생각해 보자. 그들도 한때 가짜 아슬란을 동원해 아슬란에 대한 거짓 지식을 퍼뜨리는 시프트와 칼로르멘 군인들에게 휘둘렸다. 누군가 아슬란 행세를 한다거나 가짜 아슬란을 이용해 자신의 이익을 챙긴다는 것은 상상도 할 수 없는 일이었기 때문이다. 하지만 이렇게 엄청난 사기극을 겪고도 아슬란에 대한 그들의 신앙 자체는 흔들림이 없었고, 티리언왕의 호소에 부응해 티리언왕의 편에 선뜻 나섰다. 이들은 무엇이 달랐을까?

티리언왕은 성급한 판단으로 칼로르멘 군인들의 포로가 된 후, 나니아의 말하는 동물들이 타슈와 아슬란이 하나라는 시프트의 말을 곧이곧대로 믿고 절망에 빠지는 모습을 보면서 그 말이 거짓이라고 외친다. 그리고 곧이어 이렇게 말하려 한다. "자기 백성의 피를 먹고 사는 그 무시무시한 타슈 신이, 어떻게 모든 나니아 백성들을 자신의 피로 구한 선량한 사자와 같을 수 있느냐?" 만약 티리언왕이 그 말을 끝까지 할 수 있었다면 모든 것이 달라졌을지도 모른다. 티리언왕이 명심하고 있었고, 말하는 동물들 대다수는 망각하고 있었던 아슬란에 대한 이 지식을 붙잡는 것이 관건이었다. 아슬란에 대한 참 지식, 이 소수의 동물들에게는 그 지식이 있었다. 그리고 자기편에 서라는 티리언왕의 부름에서 그 지식의 메아리를, 그 지식을 환기하는 진실의 호소를 들었다.

악마의 눈이 보여 주는 것

## "내가 믿나이다. 나의 믿음 없는 것을 도와주소서"

배신자 에드먼드를 위한 희생적 죽음. 자기 목숨을 버려 한 사람뿐 아니라 나니아를 구원한 아슬란의 야성적 사랑. 이 역사적 사건은 아슬란에 대한 믿음을 유지할 수 있는 반석과도 같았다. 그 사건이 알려 주는 아슬란에 대한 지식을 붙드는 것이 가짜 아슬란, '적(適)아슬란'이 등장하는 묵시록적 세상에서 아슬란에 대한 믿음을 지키는 핵심 요소였다.

이번 글을 쓰기 위해 아슬란에 대한 지식을 깊이 생각할수록, 그리스도에 대한 지식이 이와 동일하다는 생각이 자꾸만 들었다. 그리스도의 십자가 죽음과 부활을 역사적 사실로 아는 데 그치지 않고, 거기 담긴 의미를 제대로 알고 내 삶에, 역사와 세상에 적용할 수 있다면 내 삶은 사뭇 달라지겠구나, 하는 새삼스러운 깨달음이었다. 세상이 감당치 못할 믿음의 삶을 살아가는 신자들은 그런 사람들이었겠구나, 하는 인식이었다.

그것과 너무도 다른 내 모습을 보며, 복음서에서 귀신 들린 아들을 데려와 제자들의 무력함만 확인한 어느 아버지의 이야기(막 9:14-29)가 떠올랐다. 그는 예수님께 아들을 가리키며 "무엇을 하실 수 있거든 우리를 불쌍히 여기사 도와주옵소서!"라고 말했다. 예수님은 그 요청에 다음과 같이 대답하신다. "'할 수 있거든'이 무슨 말이냐? 믿는 자에게는 능히 하지 못할 일이 없느니라." 그분의 말투는 퉁명스러웠을까? 아마도 담담했으리라. 그분은 너무도 당연한 '사실'을 진술하시는 것이었을 테니.

여기서 아버지는 딜레마에 놓인다. 도무지 자기가 어쩔 수 없는 벽 앞에 선 것을 뼈저리게 느끼면서 마지막 희망을 걸고 찾아온 분이 '믿음'을 요구하신다. 믿으면 아들을 살릴 수 있다니 믿기는 믿어야 하겠는데, 어떻게든 믿고 싶은데, 자신에게 믿음이 없다는 것을 본인이 가장 잘 안다. 믿음만 있으면 된다지만 믿음은 지어낼 수 있는 것도, 우긴다고 될 것도 아니다. 그리하여 아버지의 기막힌 요청이 나온다. "내가 믿나이다! 나의 믿음 없는 것을 도와주소서!"

다시 한번 나니아 이야기를 덮는 지금, 나도 같은 기도를 드릴 수밖에 없다. 수십 년 전 그랬던 것처럼. "내가 믿나이다. 나의 믿음 없는 것을 도와주소서."

# 《나니아 연대기》

❶ 아슬란은 뭔가 잘못한 사람을 만나면 제일 먼저 잘못을 인정하게 만듭니다. 변명이나 핑계가 아니라 있는 그대로의 인정을 요구합니다. 왜 그렇게 하는 것일까요?

❷ 아슬란은 누군가 다른 사람이 어떻게 되느냐고 물을 때는 대답해 주지 않습니다. "나는 본인의 이야기만 해 주지"라고 말합니다. 이것은 늘 다른 사람의 일에 관심을 갖고 경쟁과 시기심, 피해 의식과 우월감에 시달리는 우리에게 무엇을 말해 주는 것일까요?

❸ 착하면서도 두려운 존재라는 아슬란의 특성을 다른 대상에게서 발견한 적이 있나요? 그 이야기를 나누어 주실 수 있을까요?

❹ '길들지 않은 사자'라는 아슬란의 별명은 무엇을 말하는 것일까요? 누구를 상대로든 그런 느낌을 받아 본 적이 있나요?

❺ 이 세상의 아이들이 나니아에 들어가는 방법은 다 다릅니

다. 이것이 의미하는 바는 무엇일까요? 나니아에 들어가는 가장 맘에 드는 방식은 무엇이었나요? 어떤 면에서 그 방법이 맘에 들었나요?

❻《나니아 연대기》에서 가장 맘에 드는 캐릭터가 있나요? 그 이유를 이야기해 줄 수 있으신가요? (예:《은의자》의 퍼들글럼)

❼ 수잔은 왜 나니아와 멀어지게 되었나요? 그 이유가 무엇이었는지 기억하시나요? 그것이 나니아에 대해 말해 주는 바는 무엇일까요?

❽《나니아 연대기》의 각 권의 주제를 이야기해 볼까요? 우리 인생의, 신앙에 대해서 중점적으로 말해 주는 면이 있나요?

❾ 아슬란은 나니아에 직접 등장해 문제를 해결하는 경우도 있지만, 더 많은 경우 모습을 드러내지 않습니다. 평시에는 나니아의 백성들이 스스로 문제를 해결하게 하고, 비상시에는 인간들을 불러들여 문제를 해결하게 합니다. 그렇게 하는 이유가 무엇일까요? 그것이 우리에게 어떤 교훈을 말해 주는 걸까요?

❿《나니아 연대기》의 주인공들은 여러 권에 걸쳐 아슬란을

악마의 눈이 보여 주는 것

알아 가면서 늘 기존에 알던 아슬란과 다른 면모, 이전보다 더 크고 복합적인 면모를 발견하게 됩니다. 혹시 하나님에 대해서든 누군가에 대해서든 그런 경험을 한 적이 있나요?

표도르 도스토옙스키_《백치》

# 《백치》, 그의 선택

## 23

그래서 명작이라고 하나 보다. 읽고 나서 이렇게 계속 생각하게 만들고, 내 생각이 돌아가는 방식과 전제와 한계를 들여다보게 만든다. 이상과 현실을 모두 부여잡고 그에 따른 긴장과 무게와 부담과 좌절과 고통과 막막함을 그대로 껴안고 그려내기 때문에 이 작품이 고전으로 남았을 것이고, 도스토옙스키는 불멸의 작가로 불리게 되었을 것이다. 그리고 독자는 다음과 같은 여러 질문 앞에 서게 된다. 나는 백치에게 어떻게 반응하는 사람일까? 나는 과연 어떻게 살아야 할까? 어떤 자세로 사람을 대해야 할까? 나는 어떤 사람이 되어야 할까?

백치는 소설의 주인공인 미쉬낀 공작을 부르는 별칭이다. 모두에게 순수하고 솔직하게 다가가는 사람. 겉과 속이 다르지 않고, 선의로 똘똘 뭉친 사람. 다른 사람이 해코지하려 하거나 무례하게 대해도 원한을 품거나 미워하지 않고 흔쾌히 용서한다. 어떻게든 용서할 구실을 찾는다고나 할까.

그가 어떤 사람인지를 가장 잘 보여 주는 사건을 소개하고 시작하자. 그가 요양차 스위스에 머물 때 있었던 일이다.

## 스위스의 마리

노쇠한 어머니와 함께 살던 처녀 마리. 폐병 환자였지만 가난한 집안 형편 때문에 온 동네 허드렛일을 다 하면서 어머니를 봉양했다. 그런데 어느 날 떠돌이 프랑스 상인의 유혹에 넘어가 그를 따라 집을 떠났다가 일주일 만에 버림받고 비참한 모습으로 돌아온다. 동네 사람들은 다 그녀를 멀리하고 어머니조차 딸을 수치스럽게 여긴다. 딸의 보살핌은 받지만, 결코 그녀를 용서하지 않고 매몰차게 대한다. 동네 아이들도 그녀가 나타나면 쫓아다니며 놀리고 돌을 던진다. 그런 그녀에게 따뜻하게 다가가는 단 한 사람이 미쉬낀이었다. 그는 다른 사람들의 시선이나 평판 따위는 전혀 개의치 않고 그녀를 따뜻하게 대하고 먹을 것도 챙겨 준다. 그 결과 미쉬낀은 그녀와 한 부류로 취급되고 무시당한다.

그러나 점차 아이들은 미쉬낀에게 감화를 받아 그녀를 돌보게 된다. 그리고 마리가 죽는 날까지 아이들은 마리 곁을 지키고 마리의 무덤은 아이들에게 특별한 곳이 된다.

남들이야 어떻게 생각하든 아랑곳없이 어려움에 처한 사람에게 다가가 손을 내밀고 돕는 모습. 그로 인해 아이들을 감화시키고, 불행한 한 사람이 외롭지 않게, 존엄하게 세상을 떠날 수 있게 해 주는 모습은 그저 아름다울 뿐이다.

그런데 그런 미쉬낀의 행적은 과거의 일로 소개된다. 과연 그가 4년 만에 돌아온 러시아에서 새롭게 만나는 사람들에게도 그런 선의와 순수함이 아름다운 결과로 나타날까? 그런 선의와 박애적 태도로 다가가면 모든 일이 순탄하게 풀릴까? 세상이 아름다워질까? 그렇다고 주장하고 이야기가 펼쳐진다면, 이 소설은 희극 작품이랄까 도덕 팸플릿이랄까, 선전물 같은 것이 되었을지도 모른다. 그러나 도스토옙스키는 그런 결말을 허락하지 않는다.

이 작품의 전체적 구도를 이런 식으로 생각하면 어떨까 싶다. 먼저 선의와 긍휼로 똘똘 뭉친 아름다운 백치를 구상한다. 미쉬낀이다. 스위스 휴양지에서 그는 더할 나위 없는 선의와 천진함으로 아름다운 결과를 이루어 낸 경력이 있다. 이제 그를 열정과 허례, 질투와 위선, 죄악과 원망이 넘실대는 러시아로 데려온다. 그리고 나스따시야라는 불꽃같은 여성을 중심으로 여러 사람이 만들어 내는 사랑과 열정, 질투와 죄의식, 오만과 두려움의 도가니 속에 백치를 던져 넣는다. 그리고 그가 그 현장 속에서 어떻게 반응하고, 그의 반응이 다른 인물들과 어떻게 작용해 어떤 화학반응을 만들어 내고, 또 다른 연쇄 작용으로 이어지는지 그려 나간다. 거기서 과연 어떤 일이 벌어질지, 이야기가 어떻게 펼쳐질지, 작가도 글을 써 나가면서 알아 나간다고 표현할 수 있다. 그 과정에서 작가도 때로는 당황하고 놀라지 않았을까.

### 러시아의 나스따시야

마음의 병으로 4년간 스위스에서 요양을 마치고 돌아온 미쉬낀은 열차에서 막 갑부가 된 로고진이라는 사람을 알게 되고, 그가 열렬히 사모하는 여인 나스따시야에 대해서도 듣는다. 로고진은 금세 미쉬낀에게 호감을 보이고 자기 집에 찾아오라고 한다. 로고진과 헤어진 미쉬낀은 하나뿐인 먼 친척 예빤친 부인 집을 찾아가서 자신을 소개하고, 그녀와 그녀의 세 딸에게 자신을 소개하고 스위스에서 있었던 일도 들려준다. 그런데 예빤친 장군의 비서로 그 집에 출근하던 가브릴라는 나스따시야의 지참금을 노리고 그녀와의 결혼을 꿈꾸고 있었다. 가브릴라의 속셈을 알게 된 미쉬낀은 그 사실을 나스따시야에게 알려 줘야 한다는 부담을 느낀다.

나스따시야는 어린 시절에 부모를 잃고 자신을 거둬 준 지인 지주의 시골집에서 자라다가 그의 눈에 들어 결국 지주의 정부가 되었던 여인이다. 그러나 나스따시야는 대단한 미인이자 지주가 감당할 수 없는 여인으로 성장한 터였다. 결국 지주는 그녀에게 지참금을 주어서 다른 사람에게 시집보내기로 한다. 가브릴라는 그 지참금을 노리고 있었지만, 가브릴라의 가족들은 두 사람의 결혼을 달가워하지 않는다. 미쉬낀이 하숙하게 된 가브릴라의 집으로 찾아온 나스따시야는 뻔뻔하고 도도한 모습으로 그 집안을 휘젓지만 미쉬낀은 그녀의 원래 모습을 꿰뚫어 보고 이렇게 말한다. "당신은 부끄럽지도 않나요? 당신은 정말 그런 사람이에요? 아니에요. 절대로 그럴 리가 없어요!" 이 말에 그녀는 자신이 원래 그런 사람이 아니라고 인정하고 급히 집을 빠져나간다. 순수하고 여린 나스따시야의 실제 모습이 잠깐 드러나는 장면이다.

1부의 뒷부분에서 나스따시야는 가브릴라와 결혼해야 할지에 대해서 미쉬낀에게 묻는다. 미쉬낀은 결혼하지 말라고 답하고는 그녀에게 청혼한다. 도도하고 성질이 불같은 나스따시야 안에 있는 여린 마음을, 아픔을, 불행을 알아보고 불쌍히 여겼기에 내린 결정이다. 그리고 미쉬낀이 먼 친척 공작의 작위와 재산을 물려받게 된다는 사실이 드러난다. 나스따시야는 지주의 시골집에 있을 때 그런 공상을 한 적이 있었다. "정직하고 착하고 어리석어 보이는 사람이 문득 나타나 '당신은 죄가 없어요. 나는 당신을 존경해요!'라고 말하는" 공

《백치》, 그의 선택

상이었다. 그런데 그 공상이 별안간 현실이 된 것이다. 하지만 그녀는 깊은 상처와 아픔에서 헤어날 수 없었다. 그래서 자기와 결혼하면 공작마저 자기를 멸시하게 될 테고, 결국 순수하고 착한 공작마저 불행해질 것이라 확신한다. 그래서 공작의 제안을 거부하고는 로고진을 택한다. 로고진은 환희에 차서 나스따시야와 함께 떠난다.

그러나 2부로 들어가 보면 나스따시야는 로고진에게 정착하지 못하고 걸핏하면 달아났다가 다시 붙잡혀 가는 상황이 반복되고 있다. 그녀는 로고진을 사랑하지 않고, 함께 있으면 행복하지도 않았다. 그러다 한번은 공작을 찾아와 한 달 동안 그와 함께 지내기도 한다. 그러나 그때도 나스따시야는 행복하지 않았다. 그녀는 자신을  타락한 여인이라 여기고 그 자괴감을 떨치지 못한다. 마치 행복해지는 상황은 자신에게 일어날 수 없는 일이라고 생각하는 것처럼 보인다. 결국 그녀는 로고진에게 돌아간다. 자기를 무조건 받아 주고 열렬히 사모하는 로고진에게로.

## 공작의 사랑

정리해 보자. 공작은 나스따시야를 불쌍히 여겼다. 그녀를 구해 주고 싶었다. 처음에는 가브릴라의 손아귀에서, 나중에는 그녀 자신으로부터도. 나스따시야는 어떤가? 그녀는 공작의 호의가 너무 고마웠다. 한때 자신이 꿈꾸던 상황이다. 그녀는 공작을 사랑했다. 하지만 자신이 타락한 더러운 여인이라는 자의식에서 벗어날 수가 없었다. 그래서 급기야 공작을 다른 좋은 여자(아글라야)와 이어 주기로 결심하고 아글라야에게 간곡한 편지를 쓰는 등 자존심도 꺾고 열심히 노력한다.

아글라야는 공작의 고결함과 순수성, 신뢰성 때문에 그를 사랑하게 되었다. 그것은 그녀에게 너무나 큰 자부심을 안겨 주는 귀한 감정이었다. 그런데 이미 공작을 버리고 달아난 나스따시야가 자신과 공작 사이의 감정 문제까지 간섭하려 들고, 거기다 편지에다 공작을 사랑한다고 공공연히 밝히는 상황에 대단히 분개하게 된다. 그리하여 그녀는 자신과 공작 사이에서 나스따시야를 완전히 몰아내리라 마음먹고 나스따시야를 찾아간다. 그러나 그 방문은 두 사람 중에서 공작이 누구를 더 사랑하는지 분명히 확인하려는 목적이기도 했다. 아글라야의 매서운 도발 끝에 그녀의 목적을 확인하게 된 나스따시야도 마침내 발끈하고 만다. 서로 자기를 선택하라고 요구하는 두 여자 앞에서 공작은 "몹시 불행한 여자"를 택하고 만다. 아글라야는 수치와 분노에 떨며 떠나가고, 잠시 정신을 잃었던 나스따시야는 이렇게 외친다. "당신은 내 거야. 내 거!…내가 그년에게 당신을 내주려고 했다니! 왜? 무얼 하려고? 미쳤지!" 그리고 나스따시야의 뜻에 따라 두 사람은 결혼식을 올리기로 한다.

졸지에, 세상이 볼 때 공작은 순결한 처녀를 농락한 뒤 내

《백치》, 그의 선택

버리고 창부와 결혼하는 불한당이 되고, 공작과 나스따시야는 천하의 악당 커플이라는 악평을 얻는다. 그러나 공작은 평판 따위는 개의치 않고, 사랑하는 여인 아글라야와의 행복한 결합도 포기하고, 불행한 여인 나스따시야를 품고 살려 보려고 한다. 공작은 스위스에서 마리를 대한 것과 기본적으로 동일한 태도로 불쌍한 나스따시야를 대했다. 그녀를 향한 공작의 태도를 가장 잘 보여 주는 장면이 있다. 아글라야를 버리고 나스따시야와의 결혼을 선택한 것에 대해 의문을 제기하는 지인에게 공작은 이렇게 대답한다.

"내가 결혼을 하든 안 하든 매한가지예요. 결혼은 아무것도 아니라고요."

"어떻게 매한가지고 아무것도 아니라는 거요? 그게 하찮은 일이오? 당신은 사랑하는 여자의 행복을 채워 주기 위해 그 여자[나스따시야]와 결혼하는 거요. 아글라야는 그걸 자기 눈으로 보고 확인했어요! 그런데 어떻게 아무것도 아니라는 거요?"

"행복이라니오? 그건 아니에요. 나는 그저 결혼하는 거라고요. 나스따시야가 원하니까요. 내 결혼이 무슨 의미가 있지요? 나는, 그래요. 결혼은 아무것도 아니에요! 내가 다르게 행동했다면 나스따시야는 반드시 죽었을 겁니다. 이제 알게 되었지만, 로고진에게 시집간다는 것은 미친 짓이

악마의 눈이 보여 주는 것

었어요.…그때 두 여자가 서로 마주 보고 서 있었을 때, 나는 차마 나스따시야의 얼굴을 똑바로 볼 수가 없었어요.…나스따시야의 얼굴은 견딜 수가 없어요.…나는 이미 그날 아침 [공작이 예쁜친 장군 집을 처음 찾아갔던 날, 가브릴라가 나스따시야에게서 받아 온 그녀의] 사진에서 그 여자의 얼굴을 보고 견딜 수가 없었어요."

그는 나스따시야의 사진을 보고, 그녀의 얼굴을 보고 견딜 수가 없었다. 그는 그녀의 얼굴이 "두렵다"고 말한다. 그리고 나스따시야는 미쳤다고 말한다. 그 말에 대화 상대가 묻는다.

"당신은 두려움 때문에 결혼한다는 말이오?…사랑하지도 않으면서, 그게 가능한 일이오?"

그러나 그 말을 공작은 부인한다.

"아니에요. 나는 진정으로 그 여자를 사랑합니다. 알다시피, 그녀는…어린애니까요. 지금 그 여자는 어린애예요. 완전한 어린애! 오, 당신은 아무것도 모르고 있군요!"
    "그러면서 아글라야에게도 사랑을 고백했소?"
    "아, 예, 그랬어요!"
    "뭐요? 그러니까 두 여자를 다 사랑하길 원하는 거요?"

《백치》, 그의 선택

"아, 예, 그래요!"

이 대화를 공작이 바람둥이라는 식으로 이해하면 곤란하다. 여기서 공작은 사랑이라는 한 단어로 사실은 두 가지 '다른 사랑'을 말하고 있기 때문이다. 공작이 남자로서 사랑하는 여인 아글라야가 있고, 그가 도무지 외면할 수 없는 측은한 동정심으로, 스위스의 마리처럼 돌봐 줘야 할 연민의 대상으로서 사랑하는 나스따시야가 있다. 그런데 아글라야는 그 차이를 알지 못하고 둘 사이에서 선택을 요구한 것이다. 자기가 더 사랑받는, 아니 유일하게 사랑받는 여인임을 나스따시야 앞에서 보란 듯이 입증하고자 했던 것이다. 그리고 이러한 도발은 커다란 비극으로 이어졌다.

## 그의 선택, 그녀의 선택

자신이 유일한 연인임을 보여 달라는 아글라야의 촉구 앞에서 공작은 난감해했다. 그러나 그는 그저 더 약한 사람, 불쌍한 사람을 선택할 수밖에 없었다. 상황을 오판한 (충분히 그럴 만도 하다) 아글라야의 압박 앞에서 공작은 겉으로 볼 때 너무나 통념에 맞지 않고, 어른답지 않고, 대책 없는 선택이자 부도덕해 보이고, 그래서 수많은 이들의 오해와 비난과 공격을 초래하는 선택을 내렸다. 그러나 그로서는 달리 어떻게 할 수가 없었다. 백치가 어떤 사람인지 드러내는 이전의 수많은 대화와 사건들과 만남들은, 백치가 여기서 내리는 선택이 오해되지 않도록, 어떤 면에서 백치로서는 필연적인 선택이었음을 설득하기 위한 기나긴 준비 작업이었다.

그리고 나스따시야는 공작이 어떤 사람이고 그의 선택이 어떤 것인지 알았던 것 같다. 그래서 그의 그런 선택을 어떻게든 피하고자 애써 온 터였다. 아글라야의 도발에 발끈해 공작을 차지하기로 마음먹었지만 마음이 편할 리 없다. 그리고 결혼식을 하루 앞둔 날, 그녀는 히스테리를 부리며 울부짖는다. 사람들이 문 앞으로 몰려오지만 그녀는 아무도 들여보내지 않고 공작만 자기 방으로 들어오게 한 후, 그 앞에 무릎을 꿇고 이렇게 말한다.

"내가 무슨 짓을 하고 있지? 내가 무얼 하고 있냔 말이야? 당신을 어떻게 하자는 거지?"

공작의 다정하고 따스한 위로로 다시금 마음을 다잡아 보지만 결국 나스따시야는 마지막 순간까지도 마음을 추스르지 못한다. 그리고 결혼식 당일, 결혼식장으로 향하기 위해 집을 나섰던 그녀는 집을 둘러싼 수많은 인파 사이에서 로고진을 발견한다. 공작과 결혼하기로 한 후, 그녀는 자신이 매몰차게 내쫓았던 로고진이 나타나 해코지를 할까 봐 두려워 떨었었다. 그러나 이제 그녀는 로고진에게 달려간다. 그리고 그의

《백치》, 그의 선택

손을 꼭 잡고 이렇게 외친다.

"살려 줘! 날 데려가! 어디든 원하는 대로, 지금 당장!"

그리고 로고진은 그녀를 마차에 태우고 떠나간다. 자기를 해칠까 봐 두려워하던 로고진이 그녀의 눈에 들어온 마지막 탈출구였다. 로고진은 나스따시야가 공작으로부터 자신을 잘라내기 위해 선택한 날카로운 칼이었다고 말할 수 있다. 그러나 그 칼은 나스따시야라는 거친 숫돌로 숱하게 갈려 이미 돌이킬 수 없이 날이 선 칼이기도 했다.

《백치》에서 어떤 현명한 실용적 선택의 지침, 지혜로운 삶의 길을 발견하려 한다면 오산이다. 백치 공작도, 나스따시야도, 로고진도 그런 면에서 보자면 빵점짜리들이요, 그들로부터 배울 수 있는 것은 별로 없을 것 같다. 우리가 이 소설에서 볼 수 있는 것은 전혀 다른 그림이다. 불행한 얼굴을 가진 이를 향한 주체할 수 없는 연민에 사로잡혀 그를 위해 자신의 평판이나 안정, 심지어 행복까지도 내던지는, 정말 백치 같은 순결한 영혼의 소유자를 보게 된다.

그가 앞뒤 재지 않고 가엾은 이를 위해 자신을 내어준 결과, 스위스에서와 달리 모든 주요 인물은 처참한 비극을 맞이하고 만다. 그러나 그렇다고 해도, 아니 오히려 그렇게 뜨겁게 타오르고 장렬하게 산화함으로써, 백치 공작이 가진 선의와 사랑과 긍휼이 오롯이 드러나는 것 같다. 마치 작가는 이렇게 묻는 것 같다. 이런 돌이킬 수 없는 파국으로 귀결된다 해도, 공작의 영혼에 드리운 고귀함과 선의의 아름다움은 여전하지 않은가? 그 가치는 설령 성공과 결과로 뒷받침되지 않는다고 해도 그 자체로 충분히 빛나지 않는가?

## 한스 홀바인의 〈무덤 속 그리스도의 주검〉

그러나 지금까지의 내용을 읽고 허탈함을 느끼는 사람도 있을 것 같다. 그 자체로 아름다운 선의, 긍휼, 사랑이 상대와 상황에 따라 아름다운 열매를 맺을 수도 있고 최악의 파국으로 끝날 수도 있다면, 그 어느 쪽으로 귀결되더라도 그 자체로 충분히 가치가 있는 일이라는 말은 어떻게 보면 참 난감한 말이기 때문이다. 막막한 현실 앞에서 찬란히 산화하자는 말인가. 그것이 과연 현실성이 있는가. 이런 서늘한 결론이라면 선의와 사랑, 긍휼에 대해 갖고 있던 일말의 믿음, 각오까지 다 사라지고 말 것 같지 않은가?

바로 이런 현실을 다른 각도에서 보여 주는 그림이 《백치》에 등장한다. 로고진의 집에 걸려 있는 한스 홀바인의 그림 〈무덤 속 그리스도의 주검〉 모조품이다.

이 그림은 무덤 속에 들어간 그리스도의 시체를 보여 준다. 인류라는 나스따시야를 위해 그야말로 자신의 모든 것을 내던지고 죽음의 길로 들어선 진정한 백치가 여기 누워 있다.

《백치》, 그의 선택

339

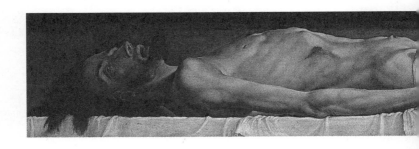

까맣게 타 들어가는 듯한, 생명이라곤 흔적도 찾을 수 없는, 죽음에 정복당한 그리스도의 모습이 여기 있다. 로고진이 보여 주는 이 그림을 보고 공작은 "있던 신앙도 다 없어지겠네"라고 말한다.

작품 속 또 다른 인물 이뽈리뜨도 죽음이 얼마 남지 않은 상태로 쓴 글에서 로고진의 집에서 본 이 그림을 거론한다. 그는 소망이 전혀 없어 보이는 이 그림에서 자연의 어마어마한 힘을 본다. 이 모습을 예수의 제자들이 봤다면 아무런 희망도 못 가졌을 거라고 말한다.

과연 그런 것 같다. 그러나 저 그림 속에서 어떤 희망도 볼 수 없다는 사실. 그것이 우리가 직시해야 할 바라고 도스토옙스키는 말하고 싶었던 것이 아닐까. 십자가 처형을 겪어 낸 그리스도의 주검은 사실 한스 홀바인이 그려 낸 저 처참한 모습보다 훨씬 더 심한 상태였을 테다. 부활은 그런 참혹한 상태를 이겨 내고 이루어진 기적일 테니 말이다. 무덤 속에 있

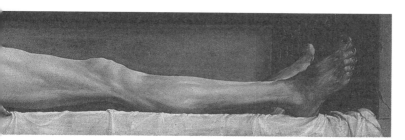

는 그리스도의 주검, 그 회생 불가능을 철저히 직시함으로써,
이것이 인간의 힘으로 극복할 수 있는 상태가 아님을 철저히
인식함으로써, 그것을 극복해 내신 하나님의 능력을 제대로
인식하게 된다. 그때 비로소 새로운 소망과 부활의 기대가 싹
틀 수 있다고 이 그림은 말하는 것 같다.《백치》는 이 그림과
함께 되새길 때, 이 그림이 보여 주는 백치 그리스도의 주검
과 그 결말을 같이 묵상할 때, 비로소 희망의 메시지로 들을
수 있다.

《백치》, 그의 선택

# 《백치》

**❶** 나스따시야는 왜 꿈에 그리던 구혼자인 공작 대신 로고 진을 선택했을까요? 마지막 순간에도 나스따시야는 다시 한번 같은 선택을 내립니다. 로고진은 그녀에게 어떤 존재 였을까요?

**❷** 공작은 왜 그렇게 나스따시야에게 연연하는 것일까요? 그 것은 일반적인 호감이나 사랑에 빠진 것과는 다른 관심 같은 데 어떻게 생각하시나요?

**❸** 공작의 발작은 그의 캐릭터에서 어떤 의미가 있을까요?

**❹** 아글라야는 왜 나스따시야를 찾아갔을까요? 그녀는 나스 따시야와의 담판으로 무엇을 얻고 싶었을까요?

**❺** 공작은 왜 아글라야 대신에 나스따시야를 선택했을까요? 아글라야도 사랑하고 나스따시야도 사랑한다는 공작의 주장 을 이해할 수 있나요? 그것은 어떤 의미가 있을까요?

악마의 눈이 보여 주는 것

❻ 로고진은 왜 마지막 순간까지 나스따시야의 집 앞에서 기다리고 있었으며, 자기를 데리고 가 달라는 그녀를 태우고 갔을까요? 왜 그런 극단적 행동을 했을까요? 그에게 나스따시야는 어떤 의미가 있었을까요?

❼ 책에서 소개된 그리스도의 그림을 보고 어떤 느낌이 드셨나요? 이 절망적인 그림이 도스토옙스키에게 깊은 감명을 준 이유는 무엇일까요?

❽ 작가는 공작이라는 인물을 통해 무엇을 말하고 싶었던 것일까요? 작가는 왜 그의 선의와 희생을 그렇게 파국으로 몰아갔을까요? 작가의 그 선택이 그가 말하고 싶었던 바를 잘 드러내 준다고 생각하시나요? 그 이유는 무엇인가요?

《백치》, 그의 선택

메릴린 로빈슨_《길리아드》

# 남은 자에게 찾아온 축복

**24**

메릴린 로빈슨의 소설 《길리아드》의 무대는 미국 아이오와주의 길리아드다. 일흔여섯 살의 존 에임스 목사는 심장이 좋지 않다. 늘그막에 결혼해 얻은 일곱 살짜리 아들이 크는 모습을 오래 지켜볼 수 없는 것이 분명해 보인다. 그래서 그는 아들이 컸을 때 읽으라는 뜻으로 긴 편지를 쓴다. 과거와 현재를 오가며 자신의 삶을 이야기한다. 아들이 알았으면 하지만 당장에는 말해도 알아듣지 못할 수많은 기억과 사건과 개념들에 관해 말한다. 편지에는 그가 아끼고 사랑했던 많은 사람들이 등장한다. 그중에서 그의 형 에드워드와 아버지 이야기로 글을 시작해 보자.

## 형과 아버지

형 에드워드는 존 에임스 목사보다 열 살가량 많다. 부모는 하나님이 그들에게 "어린 사무엘"을 주셨다고 믿으며 그를 키웠고, 그가 훌륭한 목사가 될 것으로 기대한 성도들은 돈을 모아 그를 독일로 유학 보냈다.

몇 년 만에 미국으로 돌아온 첫날 저녁 식사 시간에 아버지가 식사 기도를 하라고 했을 때, 형은 "양심상 그럴 수 없을 것 같습니다"라고 대답한다. 아버지가 가장의 권위로 누르려고 하자 그는 성경 고린도전서 13장 말씀으로 대답한다. "내가 어렸을 때는 생각하는 것이 어린아이와 같다가 장성한 사람이 되어서는 어린아이의 일을 버렸노라." 그는 '유치한' 신앙을 버린 '장성한' 무신론자였던 것이다.

에드워드는 충격에 빠진 부모를 두고 집 밖으로 따라 나온 동생에게 말한다. "존, 너도 언젠가는 배우게 될 사실이니까 지금 아는 게 나을 것 같다. 이건 침체야. 너도 벌써 인식하고 있을 테지만, 이곳을 떠나는 것은 미몽에서 깨어나는 것과 같아."

에드워드는 동생의 "비판력 없는 신앙심에 충격을 줄 요량"으로 포이어바흐의 《기독교의 본질》을 선물한다. 그러나 형이 기대했던 결과는 나오지 않았고, 오히려 존 에임스는 목사가 되었고, 그러면서도 포이어바흐의 책을 좋게 보고 어린 아들을 위해 남겨 두겠다고 한다. 언젠가는 읽으면 좋겠다며. 놀랄 내용도 없다면서. 그리고 존 에임스 목사는 아들에게 이렇게 쓴다. "하지만 난 여기서 형이 말렸던 삶을 끝까지 살아 왔고, 전반적으로 볼 때 아주 만족스럽단다."

형과 충돌했던 아버지는 어떻게 되었을까? 큰아들 에드워드가 관절염이 심한 어머니를 위해 해안 동네에 땅을 사서 부모와 함께 살 집을 지었다. 원래 존의 부모는 일 년간 그곳에서 지낸 후 길리아드로 돌아와서 살다가, 날씨가 나쁜 겨울에만 그곳에서 보낼 계획이었다. 그렇게 해서 존 에임스 목사가 첫해에 설교를 맡기로 한 것이다. 그러나 존의 부모는 돌아오지 않았다. 이후 두 번 방문한 것이 전부였다. 존이 첫 아내를 잃었을 때 한 번, 거기를 떠나자고 존을 설득하기 위해 또 한 번. 두 번째 왔을 때 존은 아버지에게 설교를 부탁했지만, 아버지는 거절한다. 설교자는 설교할 기회를 마다하지 않는 법이니, 아버지의 신앙에 큰 변화가 있었음을 짐작하게 한다.

아버지 목회의 대타로 잠시 머물 생각이었던 존 에임스 목사는, 형이 마련한 집에 아버지가 주저앉으면서 길리아드에 '발이 묶인' 셈이었다. 적어도 아버지는 그렇게 생각했다. 그래서 아버지는 존에게 그를 "이곳에 묶여 있게 만들 뜻이 없었"다고 굳이 말한다. 놀랍게도 여기서부터 아버지와 형은 한 목소리를 낸다. 큰 세상에 나가 "더 넓은 경험"을 하고 그것을 잘 활용하여 더 "큰 인생"을 살아가라는 것이었다.

에드워드처럼 아버지도 "넓은 세상의 경이로움"을 말한다. 아버지가 볼 때 길리아드는 "시대에 뒤떨어진 곳", 좁고 편협한 곳이다. 아버지는 존 에임스 목사를 그런 길리아드에서 벗어나게 해 주고 싶어 한다. 그는 자신이 믿고 설교했던 신앙이 "낡고 지방색이 강한 편협한 것"이었음을 알게 되었다며, 존에게는 그런 신앙을 붙들고 있을 필요가 없다고 말한다.

그러나 존 에임스 목사의 생각은 달랐다. 그는 아버지 때문에 거기 남은 것이 아니었다. 그는 아버지 때문에 발이 묶인 것이 아니라 자신의 지식과 신앙과 마음에 충실하게 주님과 성도를 섬기고자 거기 있었다. 따라서 자신이 무지해서 길리아드에 머물러 있다는 아버지의 판단에 분개한다. "난 에드워드는 아니었지만 바보도 아니었지. 하마터면 그 말을 입 밖에 뱉을 뻔했다."

아버지의 말을 듣고 존 에임스 목사는 "떠난 적도 없는 곳에 대한 향수를 느끼게" 되었다. "내가 충실하려는 대상을 판단할 능력도 안 되는 사람인 듯이 말하"는 아버지에게 그는 큰 상처를 받았던 것이다. 그로부터 일주일 후 아버지의 편지를 받았을 때, 그는 "처음 경험하는 지독한 한파가 밀어닥친 것 같았고, 그 바람은 여러 해 동안 불어 댔"다. 그것은 그가 철저히 자신을 돌아보고, 자신이 의지하고 전하는 하나님께 더욱 나아가는 계기가 되었던 것 같다. 그가 이렇게 말하

악마의 눈이 보여 주는 것

고 있어서다. "아버지는 나를 나 자신에게, 주님에게로 떠밀었어. 그러니 아쉬울 것도 없단다. 큰 슬픔을 느껴야 했지만, 거기서 배운 게 있으니까."

## 설교와 목회

길리아드에서 존 에임스 목사가 보낸 충실한 삶의 가시적 증거가 그의 집 다락에 보관되어 있다. 45년간 1년에 55회씩 했던 2,250편의 설교문들이다. 설교문 한 편이 평균 30쪽이라면 67,500쪽. 책 한 권이 300쪽이라면 225권. 설교 횟수보다도 설교에 대한 본인의 평가가 많은 것을 말해 준다. "깊은 소망과 믿음 속에서 모든 글을 썼고, 진실한 것을 말하려 애썼다. 멋진 일이었단다."

전시에도 평시에도 한결같이 성도들의 아픔과 기쁨을 함께 나누고 위로했고, 형편이 어려운 이들에게 자신의 것을 아낌없이 나누었으며, 많은 이들의 결혼 주례를 맡고 수많은 이들의 임종을 지켰다. 그는 목사가 감당해야 할 일을 성실히 감당했고, 그 결과로 교인들의 큰 존경과 깊은 사랑을 함께 받게 된다. 그것은 형과 아버지의 뜻과 달리 그가 길리아드에 남아 감당한 목회 사역이 안겨다 준 보람이기도 했다.

그러나 그런 뜻깊은 사역에도 불구하고 그는 외로웠다. 출산 과정에서 젊은 아내와 아이를 한꺼번에 잃고 홀로 되어 목회한 수십 년은, 그에게 목회에 충실했던 기간인 동시에 가정적으로는 "어두운 시기"이기도 했다. 겨울이든 봄이든 매양 같은 겨울, 같은 봄 같았던 시절. 야구와 함께했던 시절. 라디오 중계로 듣다 수신에 문제가 생겨 잡음만 들려올 때면 경기 상황을 상상하며 보내던 숱한 시간. 그렇게 오랫동안 자기 자리를 지킨 존 에임스 목사의 노년에 그를 찾아온 이들이 있었다. 이제 그들 이야기를 해 보자.

## 아내와 아들

존 에임스 목사가 노인이 된 지 오랜 시간이 지난 어느 주일, 예배 시간에 기도하는 중 '그녀'가 쏟아지는 비를 피해 교회로 들어온다. 설교하는 존 목사가 당혹스러운 느낌이 들 정도로 그녀는 너무나 진지한 눈으로 그를 바라보았다. 그 주 내내 그는 그녀가 다시 예배에 참석하기를 기대했고, 교회 문을 나설 때 이름을 물어보지 않은 것을 자책했다. 그녀는 다음 주에 교회에 나왔고, 이후로도 계속 나왔다. 그리고 6개월 후 그에게 세례를 받았다. 다른 부인들과 함께 목사관을 찾아와 봉사하다가 혼자 와서 정원을 손보기 시작하더니 정원을 멋지고 풍요롭게 바꿔 놓았다. 어느 저녁, 정원의 장미꽃 옆에 선 그녀를 보고 그는 말했다. "이 신세를 어떻게 갚을까요?" 그러자 그녀가 대답했다. "저랑 결혼하시면 돼요."

그녀가 그런 말을 하자 어찌나 놀랐던지 1분쯤 대답할 말을 찾지 못했단다. 그녀가 가 버렸고, 나는 큰길로 쫓아 나가야 했지. 그녀의 옷소매를 잡을 용기는 없었지만 "당신 말이 맞소. 그러겠소"라고 대답했지. 그러자 그녀는 "그럼 내일 만나요"라고 말하더니 그대로 가 버렸지. 평생 그렇게 스릴 넘치는 순간은 처음이었어.

소설 전체에서도 가장 낭만적인 대목이다. 그리고 그는 늘 그막에 찾아온 이 뜻밖의 선물, 꿈같은 선물을 떠올리며 이렇게 고백한다.

내가 아직 젊었을 때 재혼할 수도 있었겠지. 성도들은 목사가 기혼자이기를 바라고, 나도 인근 100마일 안에 사는 온갖 집안 처자들을 소개받았지. 되돌아보면 뭐가 걸려서 그랬는지 그때 결혼하지 않고 네 어머니가 올 때까지 독신으로 지낸 것이 얼마나 고마운지. 돌이켜 볼 때, 깊은 어둠 속에서 기적이 준비되고 있었던 것 같아. 그러니 그 기간을 축복의 시간으로, 나는 믿음 속에서 기다리고 있었다고 기억할 만도 하지. 뭘 기다리지는 나도 몰랐다만.

그가 길리아드를 떠났더라면, 그리고 그때까지 홀로 있지 않았더라면 지금의 사랑스러운 아내는 만나지 못했을 것이다. 그래서 그는 그 오랜 시간, 깊은 어둠의 시간을 견뎌 낸

남은 자에게 찾아온 축복

351

과거의 자신이 고맙다. 그리고 그녀와의 사이에서 아들도 얻게 된다. 아들은 그에게 "하나님의 은총이자 기적, 아니 기적 이상의 존재"였다.

한 대목에서 그는 햇빛을 받아 빛나는 아이의 머리칼을 묘사한다. 짙은 갈색 직모. 하얀 살결. 보기 좋은 얼굴에 가냘프고 깔끔하고 행동이 바른 아이. 그러나 그런 것들은 아이의 속성일 뿐이다. 그런 것들 때문에 아들을 사랑하는 것이 아니다. 그가 사랑하는 것은 그런 속성들을 가진 실체, 아들 자체다.

다 좋지만, 내가 가장 사랑하는 것은 네 존재야. 내게 있어 '존재'란 상상할 수 있는 것 중에서 가장 비범한 것이란다.

그러나 길리아드를 지킨 존 에임스 목사에게 찾아온 것은 사랑하는 아내와 아들만이 아니었다. 속을 알 수 없는 의문의 사나이가 나타나 존 목사의 잔잔한 노년을 흔들어 놓는다. 그 덕분에 이 소설은 노인의 느긋하고 나른한 회상이 아니라 현재 삶의 기록이자 고백이 된다.

## 존 에임스 보턴

존 에임스 보턴이라는 이름은 소설이 시작된 지 얼마 안 되어서부터 거듭거듭 등장한다. 존 보턴은 존 에임스 목사의 오랜 친구인 보턴 목사의 아픈 손가락과 같은 아들이다. 보턴 목사가 친구의 이름을 아들에게 붙여 준 것이다.

　존 에임스 목사가 기억하는 존 보턴은 어딘가 늘 미심쩍은 사람이었다. 어릴 때부터 저질렀던 숱한 장난들도 그랬지만, 특히 그가 길리아드를 떠나기 전에 저지른 일은 존 목사로서는 결코 용인할 수 없는 행동이었다. 사랑하는 아들의 귀향을 간절히 기다리던 보턴 목사는 아들이 돌아오자 그저 기뻐할 뿐이지만, 존 에임스 목사는 존 보턴의 귀향이 어딘지 모르게 불편하다. 그런데 존 보턴은 자꾸만 에임스 목사의 집으로 찾아온다. 그리고 그의 아들에게 살갑게 다가가 야구를 가르치고 아내의 호의를 얻는다.

　존 에임스 목사는 자신을 괴롭히는 막연한 불편함의 정체가 두려움이라는 것을 깨닫는다. 비열해 보이고 속을 알 수 없는 존 보턴은 과연 무슨 속셈으로 집으로 돌아온 것일까? 그리고 무슨 꿍꿍이로 자꾸만 이렇게 다가오는 걸까? 왜 우리 가족에게 접근하는 걸까? 너무 늦기 전에 아내에게 경고해 줘야 하는 건 아닐까?

　존 보턴은 몇 번이나 존 에임스 목사를 찾아와 대화를 시도한다. 그중 한번은 예정론에 대해 질문한다. "목사님, 예정론에 대해 듣고 싶은데요." 그 질문을 받고 존 목사에게 떠오른 생각은 '그래, 예정론 따위를 꺼낼 줄 알았지'였다. 그리고 목사가 복잡한 이슈라고 답변을 회피하자 존 보턴은 이렇게 바꿔 묻는다. "어떤 사람들은 구제할 길 없이 지옥에 가게 되

남은 자에게 찾아온 축복

어 있다고 생각하십니까?"

존 에임스 목사는 이 질문이 자기를 골리기 위한 거라고 생각하고 화제를 바꾸고 싶어 한다. 그러나 이것은 '인간의 변화 가능성'에 대한 질문이었다. 존 보턴의 동기를 의심하고 어떻게든 이 주제에서 벗어나고 싶어 하는 존 에임스 목사와 달리, 목사의 아내는 동일한 문제의식이 담긴 질문으로 대화에 끼어 든다. "구원받는 것은 어떤가요? 사람이 변할 수 없다면, 구원에는 큰 목적이 있을 것 같지 않네요."

사변적이고 신학적인 트집 잡기로 보였던 이 질문이 인생이 꼬이고 막혀 버린 '존 보턴이라는 인간의 변화 가능성'을 묻는 질문이었다는 사실이 드러난다. 그는 이 질문을 통로로 삼아 존 에임스 목사에게 손을 내밀고 새로운 가능성을 모색하고 있었다. 그러나 두 사람의 대화는 번번이 겉돌다가 실패로 돌아간다. 그러기를 몇 번이나 거듭한 끝에 마침내 존 보턴은 자신의 가장 깊은 사정을 털어놓는다.

에임스 목사는 존 보턴을 이해하고 공감하게 되지만, 당장 내일도 장담할 수 없는 그로서는 딱히 해 줄 수 있는 일이 없었다. 결국 존 보턴은 길리아드를 떠나기로 하는데, 에임스 목사는 정류장으로 가는 그를 따라가 축복해 주고 싶다고 말한다. 존 에임스 보턴은 모자를 벗어 무릎에 놓더니, 눈을 감고 고개를 숙인다. 목사는 민수기 6장 25-26절의 말씀으로 전심으로 그를 축복한다. 그리고 상대가 "눈을 뜨지도 고개를 들지도 않자" 이렇게 덧붙여 축복한다. "주님, 이 사랑받는 아들이자 형제요 남편이며 아버지인 존 에임스 보턴을 축복하소서."

그러자 존 보턴은 꿈에서 깨어나는 사람처럼 존 목사를 쳐다보고는 말한다. "감사합니다, 목사님." 그런데 그 말을 하는 존 보턴의 말투에서 목사는 이런 걱정을 하게 된다. '내가 그를 더 이상 사랑받는 아들, 형제, 남편, 아버지로 여기지 않아서 그런 축복을 한 것처럼 보일 수 있겠구나.' 그러나 그는 그럴 뜻이 전혀 없었다. 그 말뜻 그대로 진심을 담아 축복한 것이었다. 그는 존에게 그를 축복할 수 있어서 영광이라고 말했다. 그다음 그는 아들에게 의미심장한 말을 남긴다. "사실 그 한순간을 위해 신학교에서 공부한 것이고 목회자의 길을 걸어온 셈이지."

사람마다 인생의 절정으로 기억하는 순간이 있을 것이다. 바로 이 일을 위해, 이 순간을 준비하기 위해 내 인생에 그 많은 일들이 있었구나 싶은 때 말이다. 존 에임스 목사는 큰 어려움과 낙심 가운데 있는 존 보턴을 축복하는 바로 그 순간을 위해 자신이 신학교를 다니고 그 오랜 세월 목회자로 살아온 것이었다고 말한다. 대단한 일을 이룬 것 같은 다른 사람과 비교해서 어떻게 보일지 몰라도, 그렇게 한 사람을 위로하고 축복하는 것은 그 가치를 이루 헤아릴 수 없는 일이라고, 이 노목사는 아들 앞에서 진심으로 고백하고 있다.

남은 자에게 찾아온 축복

## 나의 길리아드, 나의 분깃

길리아드를 떠나 더 넓은 세상으로 나가야 할 사람도 있다. 그리고 더 많은 일을 해야 할 사람들도 있다. 존 에임스 목사도 아들이 장성해 그곳을 떠날 것을 당연하게 여긴다. 그러나 정작 본인은 길리아드가 자신이 있어야 할 자리임을 확신했고, 큰 슬픔과 깊은 외로움 가운데도 그 자리를 신실하게 지켰다. 그리고 그 결과로 교인들을 섬기고 그들의 사랑과 존경을 받았을 뿐만 아니라, 전혀 생각하지 못했던 축복까지 덤으로 누렸고, 꼭 필요한 사람에게 축복도 해 줄 수 있었다.

누구에게나 자신만의 길리아드가 있을 것이다. 남이 볼 때 그것이 시시해 보이고 좁아 보일 수도 있다. 물론 우물 안 개구리고 편협하고 독선적인 사람이라 길리아드가 전부인 줄 알고 버티는 사람도 있겠다. 하지만 존 에임스 목사처럼 알 만한 것은 다 알면서도 그것이 자신의 자리라는 확신으로 그 자리를 지킨다면, 당연히 존중받아야 할 귀한 일일 것이다. 그렇게 자기 자리를 지키는 사람에게 주어지는 보람과 덤으로 주어지는 뜻밖의 축복을 《길리아드》는 아름답게 그려 낸다. 올해 나는 내가 이미 나름의 길리아드에 있으며, 그것을 성경에서는 '분깃'이라고 표현하고 있음을 어느 분의 도움으로 되새기게 되었다. 우리의 길리아드, 우리의 분깃이 우리에게도 누군가에게도 축복이 되기를.

# 《길리아드》

❶ 에임스 목사의 할아버지는 가진 것을 (남의 것까지 훔쳐서라도) 이웃에게 나눠 주는 사람이었지만, 그와 동시에 인종차별의 철폐를 위해 무기 사용도, 살인도 마다하지 않습니다. 이 두 가지 이질적 모습의 결합을 어떻게 생각하시는지요? 선한 모습이 악한 모습을 덮을 수 없다는 점은 알겠습니다만, 그렇다면 누군가의 악행은 그가 했던 다른 선행도 무의미하게 만드는 것일까요?

❷ 에임스 목사가 평생 가장 공들였던 일이 설교를 준비하고 설교를 하는 것이었지요. 그러나 책의 끝부분에 가서는 설교 원고들을 정리하라고 말합니다. 그것은 어떤 의미가 있을까요?

❸ 길리아드에 남기로 한 에임스 목사의 선택을 어떻게 생각하시나요? 안일하고 보수적인 선택에 불과했을까요, 아니면 자신이 부름받은 자리라는 확신이 있었을까요? 어느 쪽으로 생각하시든, 그렇게 생각하게 된 이유를 말씀해 주실 수 있을까요?

남은 자에게 찾아온 축복

❹ 존 보턴이 집으로 돌아온 후 존 에임스 목사의 가족에게 다가오자 목사는 경계합니다. 그의 경계는 정당한 것이었을까요? 아니면 과민 반응이었을까요? 왜 그렇게 생각하십니까?

❺ 존 보턴의 과거 행적으로 존 보턴을 규정해서는 안 되겠지만, 과거 행적이 아니면 그에 대해 어떻게 판단할 수 있을까요? 다른 사람을 믿어 주고 기회를 줘야 하는 것도 사실이고, 이미 아는 사람이라면 그에 대해 자신이 아는 바에 따라 정당한 조심과 경계를 하는 것도 합당해 보입니다. 이 둘 사이에서 어떻게 균형을 잡을 수 있을까요?

❻ 에임스 목사가 존 보턴에게 축복하는 대목은 이 소설의 클라이맥스입니다. 그가 축복하는 내용과 그 축복에 부여하는 의미를 어떻게 생각하시는지요? 자신이 이 순간을 위해 그 모든 일을 겪었고, 그 모든 준비를 했었구나, 생각하게 되는 일이 있었나요? 본인이 아니라면 주위에서 그런 경우를 목격하신 적이 있나요?

❼ 책의 거의 막바지에서 에임스 목사는 오순절 설교를 추억합니다. 그리고 불이 내렸던 순간을 이야기하지요. 혹시 자신에게 그와 비슷한 순간이 있었나요? 자신의 것이라 할 수 없는 은혜와 불을 받고 일했던 순간 말입니다.

❽ 에임스 목사는 오순절 설교에서 생각을 확장합니다. 하나님은 그렇게 인색한 분이 아니고 실제로는 온 세상이 불붙은 곳이라고. 그것을 볼 용기만 있다면 눈에 들어올 거라고 합니다. 그러면서 "선행적 용기"를 말합니다. 감리교에서 말하는 '선행적 은혜'에서 빌려 온 표현이지요. 그리고 그런 용기를 소망과 연결합니다. 이런 이야기들은 그가 길리아드에 머문 것과 다른 곳에서 살아갈 아들에게 주는 마지막 교훈으로서 어떤 의미가 있을까요?

남은 자에게 찾아온 축복

이디스 워튼_《이선 프롬》

# 두 번째 기회

## 25

모두가 원하는 것을 얻게 된다만,

얻은 것을 늘 맘에 들어하지는 않지.

—아슬란, 《마법사의 조카》에서

《이선 프롬》은 《소설 읽는 신자에게 생기는 일》(무근검)에서 소개한 작품이다. 그 책의 번역을 준비하는 차원에서 처음에는 숙제하듯 읽었는데, 결정적인 대목에서 완전히 코가 꿰였다. 며칠 동안 이 책이 주는 파장에서 헤어나지 못했다. 얇은 책이지만 그만큼 만만치 않은 이야기를 담고 있다는 뜻이다. 이 책에 등장하는 세 명의 주인공이 엮어 내는 사연을 따라가며, 그들의 선택이 오늘 우리에게 의미하는 바를 생각해 볼까 한다.

줄거리의 핵심적인 부분을 이야기하지 않고는 (내 재주로는) 어떤 의미 있는 이야기도 하기 어렵다. 내용을 전부 소개하다시피 하는 것에 양해를 구한다. 혹시 따로 읽어 보고 싶어서 스포일러를 원하지 않는 분은 여기에서 멈추셔도 좋다. 물론 책을 읽고 와서 이 글을 보시면 더 좋다.

## 어떤 부부와 그 집에 들어온 처녀

이선 프롬. 주인공의 이름이기도 하다. 그와 아내 지나는 찢어지게 가난한 부부다. 병든 이선의 어머니를 간호하러 왔다가 어머니가 돌아가시고 떠나려는 지나를 이선이 붙잡아 부부의 연을 맺게 되었다. 이선은 혼자 남겨지는 신세가 두려웠던 것이다. 그런데 살아 보니 지나도 몸이 좋지 못했다. 이선은 아버지와 어머니에 이어 다시 병자 아내와 함께 살아가야 한다. 집안 형편 때문에 공대 생활을 1년 만에 접어야 했던 감수성 풍부한 청년 이선의 젊음은 힘든 노동으로 가까스로 집안을 꾸려 가는 데 다 소모된다. 그렇게 7년이 흘러간다.

그런데 이선 부부의 집에 지나의 친척인 고아 처녀 매티가 들어온다. 몸이 좋지 않은 지나는 이선에게는 늘 신경질적인 아내이고, 매티에게는 구박하는 여주인 비슷한 존재다. 이런 상황에서 감수성이 예민한 이선과 기댈 데 없는 풋풋한 매티는 서로에게 호감을 갖는다. 그것은 어쩌면 자연스러운 일일 수도 있다(바람직하다거나, 그럴 수밖에 없다는 말이 아니라, 그런 방향으로 흘러가기 십상이라는 뜻에서).

지나가 의사의 진찰을 받기 위해 하룻밤 집을 비운 날, 이선과 매티는 설레고 애틋한 마음을 교환하지만 지나가 애지중지 아끼는 그릇이 깨어지는 사고가 벌어진다. 두 남녀는 긴장하고 분위기는 어색하게 식어 버린다. 그날 저녁 두 사람은 손도 잡지 않고 각자 방으로 돌아가 잠자리에 든다.

돌아온 지나는 새로 하녀를 받기로 했다고, 매티에게 다음 날 떠나라고 통보한다. 이선은 분노하고 안타까워하지만 어쩔 수가 없다. 그날 밤, 그는 매티와 함께 달아날 궁리를 하고, 아내에게 남길 편지까지 쓴다.

"지나, 당신을 위해 최선을 다했지만 아무 소용없었던 것 같소. 당신을 원망하고 싶지 않소. 내 잘못도 아닌 것 같고. 우리는 헤어져서 사는 게 나을지도 모른다는 생각이 들었소. 난 서부로 갈 생각이오. 농장과 목재소를 처분해서 쓰도록 하오."

그러나 자기가 떠나면 지나의 생계가 막막하다는 생각이 떠오른다. 더구나 자신에게 당장 매티를 데리고 떠날 차비도 없다는 사실을 깨닫는다. 무기력한 상황에 맥이 풀린 이선. 그렇게 밤이 흘러간다.

## 썰매 타기

다음 날, 이선은 굳이 매티를 기차역에 태워다 주겠다며 마차를 몬다. 그 마차가 돌아올 때는 새로운 하녀를 태우게 될 터였다. 그러나 이선은 매티를 보내고 싶지가 않고, 갈 곳이 막막한 매티도 떠나고 싶지 않다. 그러다 전날 밤에 이선이 아내에게 썼던 편지를 매티가 발견해 갖고 있음이 드러나고, 그것을 계기로 두 사람은 그간 서로에게 품었던 마음을 확인한다.

그리고 이선은 기차역으로 가지 않고, 전날 약속했던 대로 매티와 썰매를 타러 간다. 그리고 야산에서 신나게 썰매를 타는 과정에서 매티는 이선과 헤어지지 않을 수 있는 길을 발견한다. 그리고 이선에게 다시 썰매 타러 가자고 말한다. "다시 못 올라오게 똑바로" 큰 느릅나무를 향해 들이받자는 것이었다. 이선은 기겁을 한다.

"뭐라고, 무슨 말을 하는 거야? 정신 나간 소리!"

그리고 매티의 결정적 대사가 나온다.

"정신 나간 거 아녜요. 하지만 이선을 떠나야 한다면 정말 미칠 거예요."

그리고 호소가 이어진다. "이선, 이선을 떠나면 제가 어딜 가겠어요? 저는 혼자 살아갈 수 없어요. 방금 그렇게 말씀하셨죠. 이선 말고는 저를 아껴 준 사람이 하나도 없어요."

이 장면에 이르기 전까지 이선의 대응은 철저히 소극적인

악마의 눈이 보여 주는 것

반항의 수준에 머문다. 마차를 타고 어떤 과감한 행보에 나서는 것이 아니라, 그저 가야 할 기차역으로 가지 않고 마치 반항하는 아이처럼 썰매를 타고 있다. 그가 보여 주는 모습은 사실 청소년의 반항이다. 이런 이선을 상대로 방침을 정하고 상황을 이끄는 것은 매티다. 이선의 행동은 철저히 매티에게 종속되어 있다.

그리고 두 사람의 최후의 썰매 타기가 시작된다. 이 과정에서 매티는 적극적으로 나서고, 이선은 철저히 수동적으로 끌려간다. 매티가 앞장서서 이선에게 진로를 제시하고, 이선은 홀린 듯 그녀를 따라간다. 매티와 헤어지고 싶지 않았던 이선은 마침내 동반 자살로 마지막을 함께하기로 마음먹는다.

## 이선, 원하는 것을 얻고 절망하다

이선은 성실한 사람이었다. 없는 형편에 낡은 목재소로 어쨌든 생계라도 꾸려 가는 것은 오롯이 그의 성실한 노동 덕분이었다. 아내를 두고 떠날 생각을 하면서도 자신이 떠나면 살길이 막막한 아내 걱정이 발목을 잡는다. 그는 소심한 사람이었다. 아내에게 큰소리 한번 내지 못하고, 아내의 뜻에 제대로 맞서 보지도 못한다. 그는 가난한 사람이었다. 매티를 데리고 서부로 달아날까 하는 생각도 순간 해 봤지만, 그녀를 데려가서 거처와 음식을 제공할 돈이 없음은 물론이고 당장 거기까지 갈 차비도 없었다. 그는 양심적인 사람이었다. 병든 아내를 돌보는 자신의 처지에 동정을 보이는 사람에게 돈을 빌려 차비로 쓸까 하는 생각을 하지만, 자신에 대한 호의를 차마 그렇게 이용할 수 없었다.

이렇게 성실함과 소심함과 가난과 양심에 붙들려 옴짝달싹 못 하는 이선이었지만 한 가지만은 분명했다. 매티를 보내고 싶지 않았고, 매티와 헤어지고 싶지 않았다. 그러면서도 한편으로는 끝까지 아내에 대한 부담을 떨치지 못한다. 말하자면 이선은 나름의 대단히 소극적인 방식으로 모든 것을 다 가지려 했던 욕심쟁이였던 셈이다.

그리고 나무를 표적으로 삼고 매티와 최후의 썰매 타기에 나선 이선은 끝까지 아내에 대한 부담을 느낀다. 그래서 마지막 순간에 썰매의 방향을 본능적으로 약간 튼다. 그러나 그것도 잠깐, 그는 곧장 "다시 썰매를 돌려 시커멓게 튀어나온 나무를 향해 돌진"한다. 그 무모한 돌진은 전혀 뜻밖의 결과로 돌아온다. 그는 매티와 언제까지고 함께하고픈 자신의 소원도 이루고 남편으로서의 책임도 저버리지 않게 된다. 생각도 못 했던 방식으로 말이다.

### 지나의 선택

썰매 사고에 따라온 충격적인 결말 못지않게 큰 반전은 지나의 선택과 그에 충실한 삶이다. 사정을 들려주는 헤일 부인의 말이 그 상황의 놀라움을 잘 정리해 준다. "지나는 그녀와 이

선을 위해 나름대로 애써 왔고, 지나가 얼마나 아팠던가 생각하면 이건 기적이죠. 그런데 그럴 필요가 생기니까 금방 떨치고 일어나더라고요. 요새도 가끔 의사한테도 가고 아파 누울 때도 있지만, 20년 이상 저 두 사람을 돌봐 왔어요. 그 사고 전에는 자기 한 몸도 주체 못 하던 사람이."

지나는 아마 이선과 매티의 관계를 짐작했을 것이다. (그것을 말해 주는 대목이 여럿 있다. 그런 대목이 없다 해도, 어느 여자가 그걸 모를 수 있을까?) 매티를 내보내고 하녀를 데려오기로 마음먹은 것에는 그런 측면도 작용하지 않았을까 싶다. 그런데 기차역에 갔어야 할 남편과 매티가 엉뚱한 곳에서 썰매를 타다가 큰 사고가 났다? 짐작이 확신으로 바뀔 만한 사건이다. 그런데도 지나는 두 사람을 챙겨야 할 책임을 적극적으로 받아들였다. 그런 마음이 생겨난 것, 그리고 그 마음을 20년이나 붙들고 갈 수 있었던 것. 그리고 무엇보다 그 마음을 실행에 옮길 힘이 불끈 솟아난 것. 이건 보통 일이 아닌 것 같다. 여기서 나는 지금까지의 지나의 모습, 혹은 지나의 수준에서는 볼 수 없는 그 무엇이 개입하는 것을 본다.


## 다시 주어진 기회

헤일 부인은 이선이 제일 안됐다는 말을 반복한다. 매티가 죽었으면 이선이 살았을 거라고도 한다. 저건 살아도 사는 게 아니야. 이런 생각이 들었던 것 같다. 그럴 수 있을 것 같다.


두 번째 기회

안 그래도 병마와 가난에 시달리던 프롬 일가가 사고로 인해 처하게 된 상황은 누가 봐도 암담하다.

하지만 지나의 선택과 그녀가 보여 주는 강인함은 그런 표면적 시각에 살짝 의문을 품게 만든다. "원래 성미가 급했"던 지나가 "매티 뜻을 받아주는" 것에서 지나의 변화가 잘 드러난다. 마치 부모가 어린아이의 투정과 원망마저 다 받아 내듯, 지나는 매티를 그렇게 받아 내게 된 것 같다. 특별한 은혜 아래 있는 지나가 그 중심이라면, 프롬 가족의 상황을 좀 다르게 볼 수 있지 않을까, 다르게 봐야 하는 것 아닌가 생각하게 된다.

갈 곳 없는 친척 매티를 받아 주어 그 집에서 지내게 해 주는 결정을 내린 것도, 저녁에 매티가 마을 청년들과 어울리고 돌아오는 길에 동행하는 임무를 이선에게 맡긴 사람도 지나였다. 그 과정에 정이 든 두 사람을 그대로 둘 수 없었기에 지나는 매티를 쫓아내는 것으로 상황을 정리하려 했다. 그런데 지나의 과격한 조치는 뜻밖의 결과를 불러왔다. 두 사람이 동반 자살을 시도할 줄 어떻게 알았겠는가. 그렇게 상황이 끝날 수도 있었다. 그렇게 남편과 친척 두 사람을 다 잃을 수도 있었다.

그런데 지나에게 두 번째 기회가 주어진다. 지나는 뜻밖의 비극적 상황을 그렇게 인식했던 것이 아닐까. 자신이 사지로 내몰았던 두 사람을, 어리석은 선택의 결과로 사고를 당하고 무력해진 두 사람을 제대로 품고 보살필 기회라고. 그리고 지나는 그 기회를 놓치지 않고 남편과 친척을 돌보기로 선택한다. 지나에겐 그 상황을 받아들일 마음이 주어진 것처럼, 그에 따르는 책임을 감당할 힘과 그릇도 주어진 것 같다.

만약 그렇게 읽을 수 있다면, 이 이야기는 소심하고 결단력 없는 남자가 앞길이 막막하고 대책 없는 처녀의 꾐에 넘어가 자살을 시도하다 집안이 완전히 바닥으로 추락하고 만, 처절한 파국을 경고하는 교훈극에 그치지 않는다. 그런 인간들의 대책 없고 무모한 선택과 그에 따른 비참한 결과 속에서도 여전히 희미한 빛을 발견할 수 있는 은혜의 이야기로 볼 수 있지 않을까.

매티의 두려움과 절망, 이선의 소심한 반항심과 수동성, 지나의 질투와 경계심 등이 복합적으로 작용해서 파국으로 상황이 종결될 수도 있었다. 매티와 이선은 죽고 지나만 남을 수도 있었다. 그러나 아내에 대한 일말의 책임감마저 지르밟고 이선이 저지른 사고에도 불구하고, 아니 바로 그 사고 때문에 매티와 이선과 지나가 함께 지낼 기회가 다시 주어졌다. 객관적 조건은 훨씬 안 좋다. 몸도 마음도 관계도 다 엉망이라고 할 만하다. 그런데 어떤 면에서는 가장 큰 피해자라 할 지나는 그 기회를 붙잡은 것 같다. 사고가 벌어지고 그녀가 그 결정을 내리기까지 일주일. 그사이에 어떤 일이 있었을까. 소설에는 전혀 나오지 않지만, 엄청난 충격과 갈등, 분노와 좌절, 고뇌와 씨름, 기도와 호소, 의탁, 위로와 평안. 그런 것이 있지 않았을까. 그리고 지나는 믿음의 혹독한 시련을 겪어 냈고 승리한 것 같다. 이후의 20년은 그것이 정말이었음을 확인해 주는 시간이었다.

이선은 어떨까. 그는 꽤 괜찮은 사람이었다. 성실하고 우직한 성품으로 가정을 꾸려 왔다. 하지만 썰매 사건을 통해 그것만으로는 충분하지 않다는 것이 증명되었다. 이선에게도 두 번째 기회가 주어졌다. 성실하고 우직한 성품만으로 또 어지간히 버틸 수도 있다. 하지만 그것으로는 행복할 수 없었고, 그렇게 자기를 억누르다 결국 대단히 잘못된 선택을 내리고 말았지 않았던가. 간발의 차로 살아남은 지금, 전보다 더 어려워진 상황 속에서 그는 어떻게 해야 할까. 전과 똑같이 꾸역꾸역 버티라고 주어진 두 번째 기회가 아닌 것은 아닐까. 그도 지나처럼 은혜를 구하고 누릴 수 있을까.

## 초자연적 필요의 사랑

너무 큰 것을 상실한 매티에 대해 무슨 말을 할 수 있을까. 모든 것을 잃어버린 것처럼 보이는 그녀에게 남은 것은 절망뿐, 지나에게 (또는 다른 누구에게든) 악을 쓰고 성질을 부리는 것뿐인 것 같다. 하지만 매티의 뜻대로 되었더라면, 그녀는 큰 죄인으로 남았을 것이다. 두려움 때문에, 막막함 때문에 벌인 일이라고 하나, 한 가정의 상황은 개의치 않고 가장을 동반 자살의 상대로 삼은 것은 상상하기도 힘든 무서운 일이다. 그 시도는 실패로 끝났다. 그리고 모든 것을 내던졌던 그녀는 목숨을 건졌다. 그리고 지나가 그녀를 받아 주고 돌봐 주는 사람으로 나섰다. '이제 와서!'라고 분노할 수도 있겠다. 지나에게 그런 취지로 숱하게 분통을 터뜨렸을 것이라 짐작할 수 있다.

여기서 나는 C. S. 루이스가 《네 가지 사랑》에서 말한 초자연적 필요의 사랑을 떠올린다. 루이스는 그 책에서 사랑을 여러 가지로 구분하는데, 그중 선물의 사랑과 필요의 사랑을 구분한다. 그는 두 사랑을 정의하지 않고 예를 들어 설명한다. 선물의 사랑은 "한 가정의 가장이 정작 자신은 함께 누리거나 보지 못하고 죽을 수도 있지만, 가족의 미래 행복을 위해 일하고 계획하고 저축하는 사랑이다." 반면에 필요의 사랑은 "외롭고 겁먹은 아이가 엄마 품속으로 파고드는 모습"이다.

매티는 필요의 사랑에 익숙했다. 지나의 배려, 이선의 관심은 필요의 사랑을 어느 정도 채워 주었다. 그러나 필요의 사랑이 끊어지고 말 위험에 처하자 그녀는 극단적 선택을 시도했고, 그리하여 다시 필요의 사랑을 받을 수 있는, 아니 받아야만 하는 처지가 된다. 이전보다 훨씬 더 의존적인 상태로, 그렇기에 더욱 자존심 상하는 상태로. 이제 매티는 정말 제대로 필요의 사랑을 받아야 했다. 그것이 얼마나 어려운 일인지는 능히 짐작할 수 있다. 루이스는 《네 가지 사랑》에서 좀 다르지만 매티와 비슷한 사례를 소개하고 있다.

가령 자신이 결혼 직후 불치병에 걸려 수년간 병상에 누워
있다고 합시다. 무능하고 무력하며 흉측하고 혐오스러운
모습으로 누워서, 아내의 수입에 의존할 수밖에 없고, 집안
살림을 거덜 나게 하고 있으며, 정신까지도 손상을 입었고,
치밀어 오르는 울화를 이기지 못해 자주 발작을 일으키며,
도움을 받지 않고는 아무것도 할 수 없는 처지. 그런 자신
에게 아내가 끝없는 동정과 간호를 베푼다고 가정해 보십
시오. 이런 상황 속에서 꽁해지지 않을 사람, 그저 받기만
하는 처지임에도 성질내지 않을 사람, 실제로는 자기를 달
래 주고 안심시켜 달라는 요구에 불과한 끝없는 자기 비하
로 상대방을 피곤하게 만들지 않을 사람이 있다면, 그는 사
실 단순한 자연적 필요의 사랑으로도 할 수 없는 일을 하고
있는 셈입니다.…이 경우에는 받는 일이 주는 일보다 더
어렵고 또 아마 더 복된 일일 것입니다.

매티가 그런 은혜를 누렸을까? 어차피 소설 속 인물이니
부질없는 질문이다. 하지만 현실에도 구체적인 이름과 상황
은 다 다르지만 본질적으로는 동일한 유혹과 시련을 겪고 있
는 숱한 지나, 이선, 매티가 엄연히 존재하고 있다. 내 속에도
그 편린들이 존재하고 있다. 루이스는 원래 자연적 사랑으로

는 부족하다고, 남녀 간의 사랑, 부모의 사랑, 우정 같은 것이 대단해 보이고 마치 신적인 것처럼 보일 때도, 자기만의 힘으로는 자신을 스스로 꾸려 갈 수 없고 하늘의 도움이 필요하다고 단언한다. 선물의 사랑이든 필요의 사랑이든 마찬가지다. 자연적으로는 할 수 없는 일을 해야 할 처지의 모든 이들에게 초자연적 은혜가 주어지기를 소원한다. 넓게 말해서 그런 처지에 있지 않은 사람은 없다고 봐야 하리라. 우리의 삶은 원래 자연적인 힘만으로 살아가라고 주어진 것이 아니기에.

두 번째 기회

# 《이선 프롬》

❶ 이 소설은 부정의 끔찍한 결과를 통해 정절의 중요성을 말하는 책일까요, 아니면 사랑 없는 결혼을 떨치지 못하고 우유부단하게 굴다가 찾아온 비극을 말하는 것일까요? 아니면 둘 다일까요? 아니면 그 외의 다른 이야기를 하는 책일까요? 어떻게 보시나요? 그 이유도 말씀해 주십시오.

❷ 나가 새로운 하녀를 들이기로 하고 매티를 떠나라고 통보하는 것이 결국 파국으로 가는 계기가 되는데요. 이 통보를 계기로 세 사람이 각기 원했던 바가 드러나는 것 같습니다.

　—지나가 원했던 것은 무엇이었을까요? 그녀는 그것을 얻었습니까?
　—이선이 원했던 것은 무엇이었을까요? 그는 그것을 얻었습니까?
　—매티가 원했던 것은 무엇이었을까요? 그녀는 그것을 얻었습니까?
　그들은 자신이 원했던 것을 얻었습니까? 왜 그렇게 생각하시나요?

악마의 눈이 보여 주는 것

❸ 이선과 매티는 육체적으로 어떤 선을 넘은 것처럼 보이지는 않습니다. 하지만 이선의 마음이 매티에게 기울어 있는 것은 분명해 보입니다. 두 사람의 관계는 불륜일까요, 아닐까요? 불륜이란 무엇일까요? 부부의 정절이란 무엇을 말할까요?

❹ 저는 이 소설이 두 번째 기회를 말한다고 생각합니다. 그리고 각 사람은 그 두 번째 기회를 자기만의 방식으로 살아내야 합니다. 그들은 그 기회를 잡았을까요? 어떻게 생각하시나요?

　—지나는 두 번째 기회를 잡았습니까? 왜 그렇게 생각하십니까?

　—이선은 두 번째 기회를 어떻게 받아들이고 있나요? 왜 그렇게 생각하시나요?

　—매티는 두 번째 기회를 어떻게 활용하고 있나요? 왜 그렇게 생각하시나요?

두 번째 기회

**악마의 눈이 보여 주는 것**
문학, 질문하며 함께 읽기

**홍종락 지음**

2022년 11월 3일 초판 1쇄 발행

**펴낸이** 김도완                          **펴낸곳** 비아토르
**등록번호** 제2021-000048호            **주소** 서울시 종로구 삼일대로 428, 500-26호
    (2017년 2월 1일)                     (우편번호 03140)
**전화** 02-929-1732                     **팩스** 02-928-4229
**전자우편** viator@homoviator.co.kr

**편집** 최은하                  **디자인** 임현주              **일러스트** 두부왕
**제작** 제이오                  **인쇄** 민언프린텍           **제본** 다온바인텍

**ISBN** 979-11-91851-54-0  03800        저작권자 ⓒ 홍종락, 2022